Lotte Kinskofer

Grabenkämpfe

Die Autorin

Lotte Kinskofer, geboren und aufgewachsen an der Grenze von Niederbayern zur Oberpfalz, hat in Regensburg das Gymnasium besucht. Heute lebt sie in München, aber Regensburg ist für sie immer eine zweite Heimat geblieben.
Die promovierte Germanistin arbeitet als Autorin und Drehbuchautorin. Bislang sind zwei Romane sowie vier Kinderbücher und mehrere Sachbücher von ihr erschienen.
2007 erschien im Prolibris Verlag Heimvorteil, ihr erster Kriminalroman aus der Oberpfalz.

Handlung und Figuren dieses Buches entspringen der Phantasie. Darum sind eventuelle Übereinstimmungen mit lebenden oder verstorbenen Personen zufällig und nicht beabsichtigt.

Lotte Kinskofer

Grabenkämpfe

Kriminalroman

Prolibris Verlag

Originalausgabe
1. Auflage Oktober 2008

Tel.: 0561/766 449 0, Fax: 0561/766 449 29

Lektorat: Anette Kleszcz-Wagner
Titelfotos: Thomas Heilmeier, Regensburg, und
© bota horatio - Fotolia.com (Geige)
Druck: GGP Media GmbH, Pößneck
ISBN: 978-3-935263-60-3

www.prolibris-verlag.de

1. Kapitel

Wenn man irgendwo auf der Welt die Kunst der Langsamkeit neu erlernen konnte, dann hier. Während anderswo über Entschleunigung geredet wurde, hatten die Menschen in Helmering noch gar nicht damit begonnen, überhaupt eine Beschleunigung einzuführen. Sie gingen langsam, sie nickten selbst langsam mit dem Kopf, wenn sie grüßten, nach ein paar Worten übers Wetter bewegten sie sich behutsam vorwärts, als wollten sie die Luft nicht zu schnell zerschneiden, die sie umgab.

Thomas Reitinger saß auf der Bank vor seinem Elternhaus, blinzelte in die Sonne und hing seinen Gedanken über die Helmeringer Langsamkeit nach. Vor einem guten halben Jahr war er mehr provisorisch bei der Mutter eingezogen, weil es mit seiner Frau Probleme gab und sie sich gemeinsam in ihrer Wohnung in Regensburg nicht mehr wohlfühlten.

Seit knapp acht Wochen wohnte er nun hier allein. Die Mutter hatte ihre Ankündigung wahr gemacht und war nach Regensburg gezogen. Das hatte sie schon zum Jahresende vorgehabt, aber dann dauerte es eben bis Anfang April. Sie wollte mit ihren 63 Jahren noch einmal von vorne anfangen. Was wollte eigentlich er mit seinen 36 Jahren?

„Wie ein akuter Herzinfarktler schaust net aus“, hörte er jemanden rufen. Sein Schulfreund Richard Wachter nahm neben ihm auf der Holzbank Platz. „Eher wie ein fauler Journalist, der sich recht schnell an die schönen Seiten des Dorflebens gewöhnt hat.“

Reitinger grinste den Landarzt an.

„Du hast aber, scheint's, auch nicht viel zu tun.“

„Von wegen – noch drei Hausbesuche, dann wieder Sprechstunde.“

„Ich habe heute frei, weil ich gestern im strömenden Regen auf dem Fußballplatz gestanden bin und dann bis spät abends noch in der Redaktion war.“

Wachter beeindruckte das nicht. „Ich habe auch nicht freigehabt – und zwar genau wegen dieser blöden Fußballspieler. Bänderriss, Erstversorgung."

Thomas fühlte sich sehr wohl in seiner Haut. Wie gut, dass es bei ihm für ein Medizinstudium nicht gereicht hatte! Lieber Fußballreporter als Landarzt. „Augen auf bei der Berufswahl", feixte er.

Der Wachter grummelte grantig vor sich hin und stand auf. „Ich muss noch zur alten Hofmeisterin."

„Ich komme mit", sagte Reitinger und schlüpfte in die Schuhe, die er vorher ausgezogen hatte. „Ich muss zum Friedhof, die Palmkätzchen stehen noch auf dem Grab von meinem Vater."

„Ostern ist schon fast zehn Wochen her."

Reitinger nickte. „Deswegen hat mich eine Freundin von meiner Mutter angesprochen, dass ich sie mal wegräumen soll."

„Auf dem Land bleibt eben nichts verborgen."

Gemeinsam gingen die alten Freunde den Weg hinauf, Wachter schob sein Rad neben Reitinger her.

„Wie gefällt es dir denn jetzt bei uns?", fragte der Arzt.

Das wusste Thomas selbst noch nicht. Es störte ihn, dass er so einen weiten Weg zur Arbeit hatte, jeden Tag 30 Kilometer nach Regensburg und wieder nach Hause. Ihm fehlte die Stadt, ihm fehlte seine Wohnung, ihm fehlten die Kneipen, in denen die Leute ihn zwar kannten, ihn aber nicht gleich ansprachen wie hier im Wirtshaus. Ihm fehlte sogar seine Frau Lisa. Er zuckte nur die Schultern.

„Im Sommer ist es bei uns heraußen schöner als in der Stadt", meinte Wachter. „Hast den Weiher, hast den Wald, hast den Garten, hast deine Ruhe. Wenn's dich nach einem halben Jahr immer noch in die Stadt zurückdrückt, dann machst das halt."

Damit klopfte er Reitinger mehr mitleidig als liebevoll auf die Schulter und klingelte am Haus der alten Hofmeisterin.

Thomas staunte nicht schlecht, als er auf den Friedhof kam. Denn die Palmkätzchen, die er entfernen wollte, waren nicht mehr da.

Das Grab seines Vaters war gepflegt, das Unkraut war rausgezupft, selbst rund herum hatte jemand den Löwenzahn entfernt.

„Gegossen hab ich nicht, das kann ich mit meinem Kreuz nicht mehr", hörte Reitinger eine Stimme hinter sich und drehte sich um. Da stand eine Frau, die er vom Gesicht her kannte, aber an ihren Namen konnte er sich nicht erinnern.

„Grüß Gott", sagte er deshalb nur und deutete auf das Grab. „Sie haben das so schön hergerichtet?"

„Ich hab nur das Notwendigste gemacht, Bub", sagte die Frau, die etwa im Alter seiner Mutter war. „Aber die nächsten Tage musst dir schon was einfallen lassen. Die Stiefmütterchen sollten net den ganzen Sommer da stehen. Geh doch zum Gärtner und hol ein paar Gottesaugen, die könntest dann da so quer pflanzen, schau, so ähnlich wie da ..." Sie deutete auf ein Grab in der Nähe.

„Wenn ich mal Zeit hab ...", brummelte er.

„Für die Toten muss man Zeit haben. Mein Heinz ist schon seit zwanzig Jahren tot, aber ich pfleg das Grab immer noch, als wäre er erst gestern gestorben."

Reitinger sah sich unauffällig um. Wo lag ein Heinz? Wie hieß er mit Nachnamen? Wer war diese Frau, die ihn da in ein Gespräch verwickelt hatte? „Dann mach ich das nächste Woche", erklärte Thomas und wollte schon gehen.

„Gegossen hab ich noch nicht", wiederholte die Frau. „Und das ist dringend nötig."

In einer Ecke des Friedhofs hingen Gießkannen. Damit es etwas schneller ging, füllte Reitinger gleich zwei mit Wasser, trug eine rechts, eine links, kam zurück zum Grab des Vaters und begann zu gießen. Die alte Frau sah ihm aufmerksam dabei zu.

„Die Mutter war fast jeden Tag da", sagte sie. „Schade, dass sie weggezogen ist."

Reitinger nickte nur. Er hatte gerade etwas heftig gegossen, mit dem Wasser floss Erde über die Umrandung des Grabes.

Schnell zog die Frau einen Lappen heraus, wischte die Erdspur weg und warf dem ungeschickten Kerl einen strafenden Blick zu.

„Gottesdienste haben wir jetzt auch keine mehr in Helmering", fing die Frau wieder an. Erneut ein vorwurfsvoller Blick in Richtung Thomas.

„Ich dachte, der Pfarrer aus Neukirchen hält sonntags um neun Uhr eine Messe", warf er ein.

„Eine einzige in der Woche!", rief die Frau aus. „Der Pfarrer Hintermayer hat jeden Tag eine gehalten, und ich war immer drin."

Reitinger verstand den Vorwurf in ihrem Blick. Mit seinen Recherchen nach dem Tod des Fußballtrainers Alois Schindler hatte er vor einem halben Jahr Unruhe ins Dorf gebracht. Er, nicht der Mörder. Denn manche Dorfbewohner hätten lieber mit einem ungeklärten Mord gelebt als mit der Erkenntnis, dass bei ihnen nicht alles eine perfekte Idylle war; selbst im Pfarrhaus nicht.

„Ich trag jetzt die Kannen zurück. Wiederschaun", versuchte sich Thomas aus der Affäre zu ziehen, aber die Frau stellte sich ihm in den Weg.

„Wär schön, wenn du das Grab von meinem Heinz auch gießen könntest."

Wieder holte er zwei Kannen und folgte der Frau zu einem Grab, zwei Reihen weiter im Eck.

„Heinz Lauber", stand da, und endlich konnte Thomas Reitinger die Frau einordnen. Mit ihrem Sohn Albert war er zur Schule gegangen.

„Wie geht's denn dem Bertl?", fragte er.

„Gut geht's ihm. Eine Frau und drei Kinder hat er, ein Haus hat er auch und er ist Bezirkskaminkehrermeister. Dann engagiert er sich noch bei der Feuerwehr. Da ist er Kommandant, weil als Kaminkehrer kennt er sich natürlich aus mit dem Feuer."

Reitinger wollte gerade die beiden leeren Kannen wieder zurücktragen, da deutete die Lauberin auf das nächste Grab.

„Da liegt meine Schwester."

Schweigend goss er auch dieses Grab, während die Lauberin hier und da einen Grashalm auszupfte. Noch bevor die erste Kanne leer war, sah ihn die Lauberin auffordernd an.

„Liegt nicht da hinten ein Onkel von deinem Vater?"

Reitinger atmete tief durch. Waren nicht irgendwie alle, die hier lagen, mit ihm oder der Lauberin verwandt? War das sein Schicksal, dass er jetzt alle Gräber in Helmering goss?

Ein lautes Klingeln.

„Telefon am Friedhof", keifte die Lauberin. Thomas griff schuldbewusst in seine Hosentasche und zog sein Handy heraus. „Reitinger", sagte er leiser als nötig, denn zuvor hatte er sich ja auch laut mit der Lauberin unterhalten. Die musterte ihn skeptisch.

„Aber ich bin doch nur der Sportreporter", sagte Thomas. „Von Kultur habe ich keine Ahnung und von Mord und Totschlag eigentlich auch nicht."

Resigniert lehnte sich Reitinger an einen Grabstein.

„Keine Achtung von nix", keifte die Lauberin, nahm die leeren Gießkannen und trug sie zurück zum Wasserhahn.

Als sie wiederkam, war Thomas schon verschwunden.

Reitingers Chef konnte es einfach nicht glauben. „Was machen Sie hier in der Redaktion? Warum sind Sie nicht gleich zum Tatort gefahren?"

„Ich weiß doch gar nicht, wo die Leiche liegt!", rechtfertigte sich Thomas.

„Im Hafen! Den werden Sie doch noch finden."

Wieder einmal hatte Thomas das unbestimmte Gefühl, dass er kein guter Journalist war. Ihm fehlte es am „Riecher" und an der „hartnäckigen Recherche".

„Ein Journalist muss brennen für seine Arbeit", sagte der Chef gerne, aber wenn Reitinger irgendetwas in sich fühlte, so war es eher ein kleiner Rest Kohle, der da vor sich hinglühte.

Thomas nahm eine Tasse Kaffee und sah sich um, ob irgendwo in der Redaktion Kekse herumlagen, denn gegessen hatte er auch noch nichts seit dem Frühstück. Doch leider konnte er nirgends eine angebrochene Keksschachtel entdecken.

Reitinger setzte sich, rührte Milch in seinen Kaffee und sah den Chef fragend an. „Warum soll eigentlich ich mich um den Mordfall kümmern?"

„Herr Aschenbrenner ist in Urlaub, und ohnehin ist die Lokalredaktion im Moment schwach besetzt. Da dachte ich: Das wäre doch ein Fall für unseren Reitinger! Zumal die Fußballsaison mehr oder weniger zu Ende ist, wenn ich mich nicht irre."

„Noch nicht ganz. Die unteren Klassen ..."

„Darum kann sich auch jemand anderer kümmern. Außerdem ist das doch gar nicht Ihr Revier", schnitt ihm der Chef das Wort ab, und Thomas wunderte sich, dass sein Chef dann doch genau Bescheid wusste, wie sie sich die Arbeit untereinander aufgeteilt hatten.

„Nachdem Sie vor einem halben Jahr den Fall in Ihrem Heimatort so bravourös gelöst haben ..." Der Chef versuchte es noch einmal mit Schmeicheleien.

„Ich habe nur darüber berichtet."

„Mein lieber Reitinger, ich schätze Ihre Bescheidenheit." Der Chef stand auf, kam auf Thomas zu und legte ihm eine Hand auf die Schulter. „Aber Ihre journalistische Arbeit im Fall Helmering hat mich so sehr überzeugt, dass ich der Meinung bin, Sie sollten sich auch um die Leiche im Regensburger Hafen kümmern."

Thomas unternahm noch einen letzten Versuch, diesen schwierigen Auftrag loszuwerden. „Beim Fußballtrainer von Helmering war ich als Sportjournalist nicht so ganz der falsche. Außerdem war es mein Heimatort ..."

„... und Sie haben Ihren Heimvorteil bravourös ausgespielt", ergänzte der Chef.

„Ein Geiger gehört doch ins Feuilleton. Noch dazu, wenn er am Stadttheater war."

„Machen Sie sich nicht lächerlich, Reitinger. Es ist ein Mord – und wir steigen ganz groß ein." Der Chef holte ein Papier von seinem Schreibtisch. „Roman Ziegler, 40 Jahre alt, Violinist im Orchester des Stadttheaters Regensburg. Verheiratet, zwei Kinder. Stranguliert mit einer Geigensaite und dann ins Wasser geworfen. Ob erdrosselt oder ertrunken, das steht noch nicht fest."

„Sie wissen ja schon alles", brummte Thomas.

„Das reicht für die Schlagzeile und den Vorspann, sehr viel weiter nicht. Das wissen Sie sehr genau."

„Den Rest recherchiere ich jetzt.“

Der Chef schüttelte den Kopf. „Die Facts recherchiert Kollege Krakowski schon. Von Ihnen möchte ich einen Hintergrundbericht.“

Reitinger sah den Chef groß an. „Aus dem Stadttheater?“

„Fahren Sie jetzt endlich in den Hafen. Ich lasse Ihnen hundert Zeilen frei. Aber machen Sie bitte schnell.“

Thomas sah auf die Uhr. 17 Uhr. Der Abend war gelaufen. So hatte er sich seinen freien Tag nicht vorgestellt.

Reitinger stellte seinen alten Renault ab und besorgte sich an einem Kiosk eine kleine Flasche Wasser und eine Käsesemmel. Kauend schlenderte er die breite Straße entlang, vorbei an den Verwaltungsgebäuden, hinein ins Hafengelände. Noch bevor ihm klar war, wohin er jetzt gehen sollte, kam ihm Bobby Friedrich entgegen, der Fotograf der Zeitung. Die Kamera hatte er noch im Anschlag, schnell machte er ein Foto von Thomas, der auf beiden Backen kaute und eine Flasche in der Hand hielt.

„Der Reitinger, wieder undercover.“

„Bestimmt sehr witzig“, knurrte Thomas. „Aber ich verstehe den Gag nicht.“

„So langsam wie du hier entlangschlenderst, Brotzeit machst und dich umschaust – man sollte nicht glauben, dass du heute noch was rauskriegen musst.“

„Bin halt nicht wie dein Freund, der Aschenbrenner.“

Man sah dem Bobby Friedrich an, dass er dachte: Leider. Der Aschenbrenner hätte längst mit allen wichtigen Leuten geredet, vermutlich auch die Witwe schon besucht, beim Stadttheater nachgefragt und mindestens drei dunkle Seiten des Verstorbenen aufgedeckt, von denen der selbst wahrscheinlich zu Lebzeiten gar nichts geahnt hatte.

„Ich bin heute nur für das Atmosphärische zuständig“, sagte Thomas zu seiner Verteidigung.

„Ist nicht mehr viel Atmosphäre da“, grinste Friedrich. „Die Leiche ist schon abtransportiert, ein paar Leute von der Spurensicherung treiben sich noch herum.“

Thomas war zum einen erleichtert, dass er die Leiche nicht ansehen musste. Zum anderen aber war ihm klar, dass er nun so gar nicht wusste, was er hier noch sollte. Er hatte so lange getrödelt, bis alles vorbei war. Was sollte er schreiben?

„Deine Freundin, die Kommissarin, war da, ist aber auch schon wieder gegangen“, feixte Friedrich, und Thomas fiel sofort darauf rein.

„Bloß weil ich einmal mit ihr ein Bier trinken war ...“

Bobby Friedrich grinste wieder. Dann nestelte er an seiner neuen Kamera herum. „Ich könnte dir ein paar Fotos zeigen – damit du wenigstens ein bisschen einen Eindruck hast von dem, was da los war.“

„War denn niemand von uns da?“

Bobby Friedrich sah ihn böse an. „Bin ich Niemand?“

„Außer dir.“

„Doch, doch, der Krakowski. Der hat sich gleich übergeben, wie sie die Leiche aus dem Wasser gezogen haben.“

Friedrich hielt seine Kamera hoch und zeigte Reitinger seine Sammlung an Fotos. Eine männliche Leiche, seitlich gekrümmt auf dem Boden liegend.

„Der Chef meint, sie wüssten noch gar nicht, ob er ertrunken ist.“

Friedrich nickte zur Bestätigung. „Die Geigensaite, mit der ihn jemand stranguliert hat, haben sie auch schon gefunden, die hing da hinten an der Mauer vom Hafenbecken“, erklärte er.

Thomas sah nur widerwillig auf das Foto.

„Fällt dir was auf?“, fragte Friedrich nach.

Thomas schüttelte den Kopf.

„Da merkt man, dass du das sonst nie machst“, freute sich der Fotograf. „Denn sonst wüsstest du, dass der für eine Wasserleiche noch sehr gut aussieht.“

Reitinger schluckte fest, damit alles unten blieb.

„Was schließen wir daraus?“ Friedrich ließ einfach nicht locker.

„Er ist noch nicht lange tot.“ Thomas tat ihm den Gefallen und machte das Lehrer-Schüler-Spiel mit.

„Das ist schon einen Schritt zu weit gedacht“, erklärte Friedrich. „Es heißt zunächst nur, dass er noch nicht lange im Wasser gelegen hat. Und weil man nicht weiß, ob er durch die Saite oder das Wasser starb ..."

Reitinger hatte genug von diesen Fotos, die einen Toten, die Ermittler, die Spurensicherung, die Donau, ein Hafenbecken, ein Schiff, dann wieder die Leiche zeigten. Er wollte weitergehen.

„Jetzt schau ich mir mal den Tatort an."

„Das ist auch noch nicht sicher, ob das der Tatort ist", korrigierte ihn Bobby Friedrich, der Schlaumeier.

Reitinger nickte und ging weiter. Friedrich aber war nicht zufrieden. „Ein Dankeschön könntest schon sagen!"

„Danke!"

„Lässt was springen?"

„Um neun Uhr beim Kneitinger."

Bobby Friedrich zog zufrieden ab.

Reitinger bog in die Linzer Straße ein, ging vorbei an einem kleinen roten Kran und einem schwarzen Schiff, das auf den Namen „Maria" getauft war. Drüben am Hafenbecken sah er die Absperrung der Polizei. Einige Menschen standen um das Band herum, die Spurensicherung arbeitete noch. Thomas überquerte die Gleise und stand bald am Rande des Hafenbeckens. Treppen führten ins Wasser, ziemlich tief ging es hier hinunter. In einiger Entfernung lag ein Boot, das aussah, als sei es bewohnt. Vorhänge hingen im Fenster, doch niemand war zu sehen.

Thomas gesellte sich zu den Schaulustigen.

„Wenn da noch eine Spur war, dann haben's die von der Polizei selber niedergetrampelt", behauptete einer der Passanten.

Thomas sah ihn fragend an.

„Ich bin bei jedem Tatort, ich weiß, wie das geht", erklärte der alte Mann. „Ins Gericht geh ich auch immer, wenn ich Zeit hab."

„Wenigstens einer, der sich um die Gerechtigkeit kümmert", spottete Thomas, aber der alte Mann nahm das ernst, er nickte, und Thomas merkte, dass seine Ironie wieder einmal ins Leere gelaufen war.

Noch eine Weile stand er unschlüssig herum. Er drehte sich, betrachtete die lange, gerade Straße, die Hallen, die Schienen, die

Container, den aufgehäuften Schrott. Er sah sich noch einmal den schwarzen Kahn an und fragte sich, was der wohl früher transportiert hatte, als er noch nicht auf dem Trockenen lag. Und wozu brauchte man den kleinen, roten Kran, der etwas erhöht stand, als wollte er besser wirken in all dieser hässlichen Sachlichkeit?

„Was macht eigentlich ein Geiger im Hafen?", fragte sich Thomas halblaut. Eine blöde Eigenschaft, mit sich selbst zu reden, noch dazu in aller Öffentlichkeit. Doch der alte Mann hatte seine Worte aufgeschnappt und er wusste auch eine Antwort.

„Im Kulturspeicher war gestern eine Veranstaltung, da hat er gespielt, der Herr Ziegler. Warum er aber dann hierher gegangen ist, das weiß ich auch nicht."

Wenigstens etwas, dachte Reitinger und machte sich auf den Weg. Von hier zum Kulturspeicher war es etwa einen Kilometer, das könnte er auch zu Fuß gehen.

Gemächlich schlenderte er den geteerten Weg entlang. Kein Auto kam ihm entgegen, keines fuhr an ihm vorbei. In der Ferne konnte er die Türme des Doms sehen.

Die Donau entlang, auf den Dom zu - da kann man sich nicht verlaufen, dachte er und staunte über ein Gebäude, das am linken Wegrand stand. Das Glas der Eingangstür war offenbar eingeschlagen worden, davor hatte jemand Pappkarton geklebt. Vor der Tür ein Rost, an dem man sich früher die Füße abstreifen konnte. Doch anscheinend hatte das lange niemand mehr getan. Denn aus dem Rost wuchs ein Holunderstrauch - und da er schon mehr als einen Meter groß war, konnte man davon ausgehen, dass dieses Gebäude seit Ewigkeiten keiner betreten hatte. „Druckerei Eingang" stand über der Tür, aber ein Blick durchs Fenster bestätigte Reitingers Eindruck: alles verlassen und leer.

Je mehr er in Richtung Stadt ging, desto schöner wurden die Häuser, sie waren saniert, wurden neu genutzt. Der Wind wehte eine kleine Melodie herüber - aber von wo? Es klang, als ob jemand hier in der Nähe Geige üben würde. Gar nicht schlecht, so weit er das beurteilen konnte. Reitinger horchte genauer, dann schüttelte er den Kopf. Jetzt war es still. Alles nur Einbildung. Kaum lag ein toter Geiger im Hafen, hörte er schon Musik.

Thomas ging die Donaulände weiter, bog ab und stand vor dem Kulturspeicher. Hier hatte Roman Ziegler seinen letzten Auftritt gehabt. Dann war er vielleicht zu Fuß den Weg in umgekehrter Richtung gegangen, den Reitinger jetzt gekommen war. Hatte er sein Instrument dabei? Hatte er den schönen Anzug noch an? Reitinger konnte sich nicht erinnern. Er hatte bei den Fotos, die ihm Bobby Friedrich auf seiner Digitalkamera gezeigt hatte, nicht darauf geachtet.

Ein Blick auf die Uhr riss Thomas aus seinen Gedanken. Er musste dringend in die Redaktion. Sein Auto stand aber noch im Hafen. Deshalb winkte er einem Taxi.

Auf seinem Schreibtisch lag ein Ausdruck des fertigen Artikels vom Kollegen Krakowski. Nackte Fakten, sauber recherchiert, klare Sätze, kein Sensationsjournalismus, einfach Information. Daneben lag noch ein anderer Zettel. Reitinger sah fragend hoch, als Krakowski hereinkam und ihn angrinste. Der Kollege war noch nicht lange hier. Vor vielen Jahren war er der Liebe wegen von Bayern ins Ruhrgebiet gegangen. Nachdem die Liebe erloschen war, war sein Heimweh zu groß geworden, und er war nach Regensburg zurückgekommen.

„Ich habe nicht alle Informationen verbraten", erklärte Krakowski und zeigte auf den Zettel mit den Notizen. „Ich dachte, ein paar Aussagen könntest du für deinen Artikel auch brauchen."

Thomas sah den Kollegen überrascht an. Dafür, dass er mit ihm bisher nur das Nötigste gesprochen hatte, fand er das sehr nett.

„Was bin ich dir schuldig?" Thomas war vorsichtig geworden. Ihm war klar, dass kaum einer umsonst so kollegial war; Aschenbrenner wäre es auf alle Fälle nicht gewesen.

Krakowski aber lachte nur. „Du glaubst aber auch nicht mehr an das Gute im Menschen."

Reitinger beschrieb den Fundort der Leiche, die Einsamkeit des Hafens, den Weg vom Kulturspeicher hinüber zu dem alten Kahn Maria, in dessen Nähe im Hafenbecken die Leiche gefunden worden war. Er schilderte die Arbeit der Spurensicherung, so weit er sie noch mitbekommen hatte. Seine eigenen Beobachtungen ergänzte er durch die Notizen, die ihm der Kollege überlassen hatte. Der Fairness halber setzte er nicht nur sein Kürzel vor den Artikel, sondern auch Krakowskis, das hatte der sich redlich verdient, dachte er.

War es ein Vergnügen, mit Bobby Friedrich ein Bier zu trinken? Oder gehörte das noch zur Arbeitszeit? Reitinger wäre nun gerne heimgefahren in sein Haus nach Helmering, aber er konnte seinen Kollegen nicht versetzen.

Friedrich saß schon im Kneitinger und rief Thomas ungeduldig auf dem Handy an. „Wo bleibst denn? Ich habe schon gegessen und zwei Halbe getrunken, aber zahlen will ich nicht."

So ähnlich hatte sich Thomas das vorgestellt. „Gleich bin ich da", versprach er dem Kollegen. Aber Lust hatte er keine.

Thomas schlenderte über den Bismarckplatz und blickte nachdenklich auf das Theater. Hier hatte Roman Ziegler gearbeitet. War er ein guter Musiker gewesen? Mit wem war er befreundet? Offenbar hatte er auch in seiner Freizeit Musik gemacht. Krakowski hatte das recherchiert. Bei der Feier im Kulturspeicher hatte ein kleines Salonorchester gespielt - mit Roman Ziegler als Leiter und Geiger.

Es war schon fast dunkel. Aber warm genug, um sich noch draußen aufzuhalten. Auf der Umrandung des Brunnens am Bismarckplatz saßen Leute. Aßen Eis, tranken Bier, unterhielten sich, dazu das Plätschern des Wassers. Aus dem Theater kam ein älteres Ehepaar, er schimpfend, sie beschwichtigend. Offenbar hatte ihnen das Stück heute nicht gefallen, denn zu Ende war es noch nicht, sie waren die Einzigen, die gingen.

Was für eine Aufführung das wohl war, die den Herrn so verärgert hatte, fragte sich Thomas. Wann war er eigentlich zum letzten Mal im Theater gewesen und was hatte er sich angesehen? Er konnte sich nicht erinnern. Aber er hatte so ein unbestimmtes Gefühl, dass er demnächst mal wieder reingehen würde.

Reitinger musste sich erst orientieren, als er das Wirtshaus am Arnulfsplatz betrat. An den Tischen saßen vor allem Männer, er hörte aus einer Ecke das Klopfen von Händen, die mit den Spielkarten auf die Tische schlugen, er hörte das Klirren der Biergläser, wenn Gäste sich zuprosteten. Gemurmel war im Raum, es roch nach gebratenem Fleisch und nach Bier. Sofort bekam er Hunger und Durst. Die Instinkte funktionierten also noch. Wenn er eines der modernen Lokale betrat, die weiß eingedeckt waren, Kellner mit Schürzen bis zum Boden, gedämpfte Club-Musik, leise Gespräche, gut gekleidete Menschen ... da bekam er nie Hunger oder Durst, selbst wenn die Weine dort noch so gut und die Menüs noch so erlesen waren.

Eigentlich war er nicht der Schweinebraten-Typ, zumal er immer noch mit seinem Bauchansatz kämpfte, da kam ihm diese Appetit-Attacke gar nicht gelegen. Aber während er die Kneipe absuchte und Bobby Friedrich nicht auf Anhieb entdecken konnte, zog an seinem geistigen Auge eine Speisekarte vorbei, die allein schon mehrere zehntausend Kalorien beinhaltete. Schweinebraten mit Knödel - der Klassiker. Gebratene Knödel mit Ei - das Montagsessen, das es früher bei seiner Mutter immer gab, die Reste vom Sonntag eben. Wiener Schnitzel mit Pommes. Bratwürste, Wiener Würstl, Brotzeitteller, Käsespätzle ...

„He, bist blind?" Die helle Stimme von Bobby Friedrich war zwar nicht besonders laut, aber sie lag in ihrer Frequenz so deutlich über dem vorherrschenden Gebrumm im Wirtshaus, dass Reitinger sofort wusste, in welche Richtung er zunächst schauen und dann gehen musste. Noch ein kurzer Blick, ob nicht irgendwo ein Bekannter saß, aber er bemerkte niemanden außer dem Fotografen. Bei Friedrich am Tisch saß ein Mann im Abendanzug. Reitinger sah ihn erstaunt an. Denn das elegante Outfit passte nicht zu dem breiten, etwas grobschlächtigen Gesicht. Der Mann hatte auch einen guten Durst, er leerte das halbe Bierglas in einem Zug, rülpste vernehmlich und hielt das Glas dann hoch.

„Das ist der Larry", stellte Bobby Friedrich den Mann vor. „Und das ist der Thomas, ein Kollege von mir. Der soll den Mord aufklären."

„Ich soll bloß drüber schreiben", korrigierte Thomas den Fotografen, der um keine Übertreibung verlegen war.

Larry nickte nur kurz, winkte etwas heftiger mit dem Bierglas. „Ich komm gleich!", rief die Bedienung, verschwand aber dann mit ihrem Bierträger, in dem derzeit nur leere Gläser waren.

Reitinger setzte sich und schob den leer gegessenen Teller weg, der vor ihm stand.

„Zwiebelrostbraten", erklärte Bobby. „Sehr zu empfehlen."

„Ich hätte auch Hunger, aber keine Zeit", brummte Larry.

Die Bedienung kam zurück. Ihr Bierträger war voll, sie lächelte freundlich in die Runde.

„Drei Halbe?", fragte sie, und die drei Männer nickten. Sie stellte die Gläser hin, reichte Thomas noch eine Speisekarte und verabschiedete sich vorläufig mit einem „Prost, die Herren!"

„Der Larry ist Trompeter drüben im Theater", erklärte Bobby Friedrich.

Larry nickte zur Bestätigung.

„Heute im Einsatz?", fragte Thomas mit Blick auf den schönen Anzug des Trompeters.

„Heute ist Sprechtheater. Mein Dienst ist im Velodrom."

Thomas sah fragend auf seine Kleidung.

„Wir haben Pause", erklärte Larry. „Ich muss gleich wieder rüber."

Reitinger erinnerte sich, beim Hereinkommen auf der Suche nach Bobby Friedrich einen Stehtisch gesehen zu haben, auf dem das Schild „Orchester-Tisch" angebracht war.

„Kommt ihr öfter hierher?", fragte er deshalb.

Larry nickte. „Ich schon, andere auch, einige nicht."

„Und Roman Ziegler?"

Larry grinste und tat vornehm: „Oin Stroicher wie der setzt oder stellt sich doch nicht zu mir an den Tisch."

„Wieso nicht?", fragte Thomas.

„Die halten sich für was Besseres", erklärte der Trompeter.

„Dabei hat der Larry den schönsten Trompeterton, den du dir überhaupt vorstellen kannst", erklärte Bobby. „Wenn der *La Montanara* blasen tät, du, da würde ich anfangen zu weinen."

Thomas hoffte sehr, dass er nie miterleben musste, wie Bobby Friedrich, der so viele schwere Unfälle, unglückliche Menschen, tragische Situationen fotografiert hatte in seinem Reporterleben, nun wegen eines kitschigen Liedes zu weinen anfing.

„So einen Scheiß spiel ich nicht", brummte der Larry und war Thomas jetzt richtig sympathisch.

„Lass dir den Künstler nicht so raushängen", forderte Bobby Friedrich, aber Larry blieb hart.

„Das ist keine Musik, das ist Volksverblödung."

„Aber du könntest eine Menge Geld verdienen, wenn du in den Musikantenstadel gehst", setzte Friedrich noch einmal nach.

„Was brauch ich Geld, so lange du mich einlädst", knurrte Larry.

„Das hab ich gar nicht gesagt!" Bobby versuchte zu retten, was zu retten war. „Ich hab bloß gesagt: Wenn du uns was über deinen toten Kollegen erzählen kannst, dann lädt dich der Thomas vielleicht - vielleicht hab ich gesagt! - ein."

Larry sah fragend zu Thomas, und dem blieb gar nichts anderes übrig, als zu nicken.

„Was war denn der Roman Ziegler für einer?", fragte Thomas.

„Ein Geiger eben", sagte Larry und trank wieder.

Reitinger und Friedrich wechselten einen Blick. Friedrich machte aufmunternde Bewegungen, die wohl bedeuteten: Jetzt frag halt mal was Gescheites.

„Sie wollen sagen: Er war arrogant", schlug Thomas vor.

„Für den war doch jeder Trompeter eine minderbemittelte Gestalt."

„Dann hat er aber nicht nur Sie nicht gemocht, sondern keinen von den Bläsern."

„Du. Ich bin Larry und du."

Reitinger nickte und überlegte, wie er diesen wenig gesprächigen Trompeter knacken könne. Ihn zu duzen, reichte wohl nicht. „Das heißt, ein sympathischer Mensch war er nicht, der Roman Ziegler."

„Ich kann doch nicht jeden Streicher umbringen, bloß weil er die Nase so weit oben hat."

Reitinger und Friedrich wechselten wieder einen Blick. So kamen sie nicht weiter.

„Wer war denn mit ihm befreundet?"

„Keine Ahnung. Weil von allen hochnäsigen, arroganten, blöden Streichern war er einer der schlimmsten."

Reitinger gab noch nicht auf. „Er hat ja nicht bloß bei euch gespielt, sondern auch ein Salonorchester gehabt."

„Da braucht man keine Trompete", erklärte Larry.

„Ich meine ja nur: Er hat auch in seiner Freizeit ..."

Larry lachte: „Der und Freizeit. Der war doch süchtig nach Musik. Wo man einen Geiger gebraucht hat, da hat der sein Instrument ausgepackt. Überall war der dabei. Der hat ein Laienorchester geleitet und ein Streichquartett hat er auch schon gehabt und Schüler und ..."

„Dann hat ihn ja doch jemand gemocht", wunderte sich Thomas.

Larry blieb dabei: „Ich nicht. Der hat immer so getan, als wäre er der Konzertmeister. Das wäre er schon gern gewesen, aber nicht mit uns."

Larry trank aus, rülpste noch einmal, dann stand er auf. „Zweite Halbzeit. Ich muss gehen. Servus."

„Kommst nachher noch mal vorbei?", fragte Friedrich.

Larry schüttelte den Kopf. „Meine Frau hat Geburtstag. Ich trink noch ein Glas mit ihr." Er warf Reitinger und Friedrich einen unsicheren Blick zu, den Friedrich sofort verstand.

„Bist eingeladen, klar!"

Thomas wusste, dass das auf seine Rechnung ging. Ob sein Chef das als Recherchegespräch durchgehen ließ, da war er sich allerdings nicht so sicher.

„Woher kennst du den?", fragte Thomas seinen Kollegen, nachdem der Trompeter gegangen war.

„Der hat früher bei mir in der Nachbarschaft gewohnt. Aber die meisten Leute hat es gestört, wenn er geübt hat, da hat er sich was weiter draußen gesucht."

„Viel hat er uns ja nicht sagen können", maulte Thomas.

„Aber es ist doch wenigstens ein Anfang." Bobby versuchte, Optimismus zu verbreiten.

„Mehr aber auch nicht", brummte Reitinger.

Dann winkte er der Bedienung, die auch gleich an den Tisch kam. „Noch ein Bier und ..." Reitinger sah noch einmal in die Karte, als hätte er nicht genug Zeit gehabt, sich etwas auszusuchen. Die Bedienung wartete geduldig.

„Nimm doch den Zwiebelrostbraten", riet ihm Bobby Friedrich noch einmal. „Der war wirklich super."

„Zwiebelrostbraten", bestellte Reitinger mit wenig Überzeugung.

Einen Moment schwiegen Friedrich und Reitinger. Dann zog Thomas seinen Block und einen Stift heraus.

„Geiger und Bläser" notierte er, und dann „Konzertmeister", weil er sich erkundigen musste, warum der Tote das gerne gewesen wäre. „Streichquartett, Laienorchester" waren die nächsten Stichpunkte. Der Vollständigkeit halber schrieb er dazu, was er vorher schon gewusst hatte: „Salonorchester".

Bobby Friedrich sah ihn neugierig an. „Hat sich doch gelohnt, dass ich den Larry getroffen habe, oder?"

Reitinger merkte, dass Friedrich völlig scharf darauf war, gelobt zu werden. „Das war ein guter Gesprächspartner zum jetzigen Zeitpunkt", versicherte er.

Und Bobby strahlte. „Ich habe eben so meine Connections."

„Wie viele Musiker gibt's denn im Orchester vom Stadttheater?"

„Zwanzig oder dreißig oder noch mehr."

Reitinger überlegte weiter. „Im Quartett sitzen vier, also drei außer dem Ziegler. Im Salonorchester – keine Ahnung. Im Laienorchester noch mehr. Ich will nicht mit denen allen reden."

„Privat hat er bestimmt auch noch einen Haufen Leute gekannt", vermutete Bobby.

Thomas sah ihn missmutig an. „Danke, das hätte es jetzt auch nicht mehr gebraucht."

„Ich wollte bloß konstruktiv sein", meinte der Friedrich kleinlaut. „Weißt, du lässt dir wenigstens etwas sagen, nicht wie der Aschenbrenner, Mister Siebengescheit."

Irgendwie hatte Reitinger das Gefühl, dass er mit zwei Stunden Kneitinger, einer Einladung und ein bisschen Lob den härtesten Paparazzo Regensburgs geknackt hatte. Denn Friedrich, der bisher als getreuer Begleiter des Lokaljournalisten Aschenbrenner galt, sah ihn nun an wie ein Hund, der gerade ein neues Herrchen gefunden hatte.

Es war nach elf Uhr, als Reitinger das Wirtshaus verließ. Er fühlte sich voll und schwer vom Essen und auch ein bisschen angetrunken. Zwei Halbe Bier, so wollte er nicht mehr die 30 Kilometer nach Helmering fahren.

„Also dann gute Nacht, bis morgen in der Redaktion", sagte Bobby Friedrich und ging zu seinem Auto, als hätte er nicht mehrere Bier getrunken. „Und vielen Dank fürs Zahlen."

Einen kurzen Moment überlegte Reitinger, ob er den Kollegen nicht fragen sollte, ob er bei ihm auf dem Sofa pennen könnte. Soweit er wusste, lebte der Friedrich seit seiner Scheidung allein. Aber dann ließ er es. Er war sicher, dass Bobby in der Redaktion herumerzählen würde, Reitinger traute sich nicht mehr zu seiner Frau.

Dass Thomas vor einigen Monaten in seinen Heimatort zurückgezogen war, hatten die meisten Kollegen mitbekommen. „Wir nehmen das Haus von meiner Mutter quasi als Wochenendhaus", hatte er allen erklärt, die ihn danach fragten. Einige ahnten, dass Thomas meist in Helmering war, seine Frau Lisa aber in der Wohnung in Stadtamhof geblieben war. Ob sie nun getrennt waren oder nicht, da konnten sie nur spekulieren. Thomas wusste es selbst nicht so genau. Lisa und er verstanden sich viel besser, seit sie sich nicht mehr so oft sahen.

Reitinger ging durch die Stadt. Sein Auto stand ja noch am Hafen. Es war warm genug, um noch ein bisschen zu flanieren, und die Bewegung tat ihm gut. Unwillkürlich führte ihn sein Weg hinunter an die Donau, über die Steinerne Brücke nach Stadtamhof. Er blieb stehen und sah hoch zu der Wohnung. Seiner Wohnung. Es war dunkel. Entweder war Lisa schon im Bett oder sie war ausgegangen. Noch hatte er einen Schlüssel. Aber seit er die meisten seiner Sachen ins Haus nach Helmering geräumt hatte, war er nie ohne Vorankündigung erschienen. Übernachtet hatte er gar nicht mehr hier. Er würde es auch heute nicht tun.

Reitinger seufzte und schlenderte die Donau entlang. Eine halbe Stunde später stand er vor einem anderen Haus im Regensburger Westen. Hier wohnte seine Mutter jetzt. Es brannte noch Licht.

Therese Reitinger war nicht wenig erstaunt, als es nach Mitternacht bei ihr klingelte. Sie drückte auf die Sprechanlage.

„Jaaaaa?"

„Mutter, ich bin's, der Thomas."

„Bub, ist was passiert?", hörte er die erschreckte Stimme seiner Mutter.

„Gar nichts, ich war bloß noch dienstlich unterwegs und ..."

Therese Reitinger drückte auf den Summer und öffnete dann ihre Haustüre. Sie horchte, wie ihr Sohn die zwei Stockwerke zu ihr heraufkam.

Müd schaut er aus, dachte sie, als er dann vor ihr stand. Dunkle Schatten vom Bartwuchs im Gesicht, die Augen klein und rot, er roch nach Wirtshaus, fand sie. In dem Moment kam sie sich jünger vor als ihr eigener Sohn. Beruhigend fand sie das nicht. Der Bub sollte sie schon überleben.

„Komm rein, schaust net gut aus", begrüßte sie ihn und schob ihn in ihre Wohnung.

„Ich bin bloß müd", brummte Thomas und ging direkt ins Wohnzimmer, wo er vermutlich schlafen würde.

„Was ist denn los?", bohrte die Mutter noch einmal nach.

„Nichts", sagte der Reitinger und ließ sich in einen Sessel fallen. „Ich hatte bloß noch einen Termin im Kneitinger - dienstlich - und nach zwei Bier wollte ich nicht mehr nach Helmering rausfahren."

Natürlich hätte Therese Reitinger zu gern gewusst, warum Thomas nicht bei seiner Frau Lisa schlief. Aber sie wollte ihn jetzt nicht fragen. Er war wirklich erschöpft, das konnte man sehen. Also holte sie das Bettzeug für Gäste.

„Ich hab noch eine neue Zahnbürste in der Schublade im Bad. Handtuch kannst dir aus dem Schrank nehmen."

Reitinger kam sich auf einmal so aufgehoben vor.

2. Kapitel

Thomas Reitinger hörte ein leises Klacken, dann erzählte eine muntere Stimme, dass wieder super Wetter werden solle. „Und deshalb hören wir jetzt ..."

„Guten Morgen, guten Morgen, guten Morgen Sonnenschein. Diese Nacht blieb dir verborgen, doch du darfst nicht traurig sein."

Stöhnend öffnete Thomas ein Auge und richtete sich auf. Allmählich erst fand er sich zurecht. Er lag in der Stadtwohnung seiner Mutter auf dem Kanapee. Auf dem Couchtisch stand ein Radiowecker. Wahrscheinlich hatte die Mutter ihn programmiert und hingestellt.

Thomas schaltete zunächst einmal das Radio aus. Seufzend stand er auf, wollte sich Hose und T-Shirt anziehen, doch er fand seine Sachen nicht. Also machte er sich auf die Suche. Der Frühstückstisch in der Küche war für zwei Personen gedeckt, aber die Mutter nicht da. Er duschte und wickelte sich in ein Handtuch. Während er sich die Haare trocken rubbelte, hörte er die Haustür.

„Guten Morgen, bist wach?", rief die Mutter. Thomas öffnete die Badtür.

„Gut geschlafen?", fragte die Mutter noch und schleppte drei Tüten in die Küche. Thomas folgte ihr.

„Deine Sachen hab ich gewaschen", sagte die Mutter während des Auspackens. „Die sind grade im Trockner. Ich hol sie dir gleich aus dem Keller."

Thomas fand das sehr nett von der Mutter, aber irgendwie war es ihm auch wieder zu viel. Zumal sie jetzt in ihr Schlafzimmer ging und mit einem verpackten neuen Hemd zurückkam.

„Dein Hemd hat einen Riss. Zieh besser das da an."

„Du hast neue Herrenhemden im Schrank?"

„Das wäre eigentlich für deinen Geburtstag, aber dann kriegst du es eben jetzt schon."

Nachdem er die gewaschenen Sachen und das neue Hemd angezogen hatte, gab es endlich Frühstück. Thomas schlürfte genussvoll seinen Kaffee, biss in die frische Semmel.

„Eigentlich könntest mal eine Reisetasche mit ein paar Sachen packen und bei mir hier deponieren, dann hast immer was Frisches in der Stadt", schlug die Mutter unvermittelt vor.

„Ich will nicht bei dir einziehen", sagte Reitinger.

„Dann geh zu deiner Frau, wo du hingehörst", konterte die Mutter. „Oder fahre ins Haus nach Helmering." Beleidigt schlug sie die Zeitung auf und stutzte. „Da ist ja einer umgebracht worden."

Reitinger nickte: „Ein Musiker. Er lag im Donauhafen."

„Warum hast mir nichts erzählt?"

„Ich hab's vergessen."

„Aber du hast doch den Artikel geschrieben. Ich kenne dein Kürzel ganz genau. Bist du wieder der Ermittler?"

„Ich bin der, der über die Ermittlungen schreibt", korrigierte er sie. Da die Mutter in die Tageszeitung vertieft war, schnappte sich Thomas eine Zeitschrift, die er auf der Küchenablage entdeckte. „Aktiv 50 plus", stand drauf, und Thomas war klar, dass seine Mutter zu den aktiven Senioren gehörte, die dieses Programm intensiv nutzten.

„Die haben sehr interessante Angebote", sagte Therese Reitinger, als sie entdeckte, was ihr Sohn da las. „Da solltest auch mal was drüber berichten."

Das hatte Thomas befürchtet, dass seine Mutter ihm bald vorschreiben würde, was in Regensburg berichtenswert wäre.

„Gehst in den Stickkurs?", spöttelte der Sohn, aber die Mutter nahm ihm das gar nicht krumm, schüttelte nur den Kopf. „Im Moment fang ich aber gerade einen Kurs *Orientalisch kochen* an der Volkshochschule an", sagte sie. „Das ist auch ganz gut."

„Wie kommst denn darauf?"

„Da wohnt so eine nette Familie aus dem Iran im Haus, und wenn die kochen, dann riecht das immer so interessant."

Thomas sah auf die Uhr und stand auf. „Ich muss dann mal los. Danke, Mutter."

„Kümmerst dich auch um den Garten?"

Reitinger wich dem forschenden Blick seiner Mutter aus. Es war bereits Ende Mai, er hatte noch gar nichts gemacht. Es wuchs nur das, was den Winter überstanden hatte oder was die Mutter im März noch gesät hatte, bevor sie nach Regensburg gezogen war. „Jaja", sagte er kurz.

„Das Garteln fehlt mir schon arg", seufzte die Reitingerin und sah ganz traurig aus.

Fast war Thomas versucht, ihr anzubieten, jede Woche vorbeizukommen für Haus und Garten, aber er biss sich auf die Zunge. Er brauchte keine Frau. Nicht die Mutter und auch nicht Lisa. Er konnte alles ganz allein. Wenn er wollte. Und wenn er Zeit hatte.

Der Chef begann mit einer kleinen Blattkritik.

„Ihre Reportage vom Tatort, mein lieber Reitinger, sehr schön. Nur leider war die Leiche schon weg, bis Sie kamen."

Thomas nickte mehr vage, ein paar Kollegen sahen ihn spöttisch an.

„Wir haben doch die Fotos von Bobby Friedrich, und ich war selbst mit dort", schaltete sich der Kollege Krakowski ein. „Das Stimmungsbild vom Thomas fand ich recht interessant. Schließlich kennt kaum einer von uns das Hafengelände."

„Er sollte aber keine Reportage über den Regensburger Hafen machen", fuhr der Chef den neuen Kollegen an.

Krakowski presste wütend die Lippen aufeinander, er sagte nichts mehr.

„Der Artikel vom Frank war super. Ich wäre froh, wenn wir die Sache miteinander machen könnten." Thomas merkte selbst, dass er gerade dabei war, den Gutmenschen zu spielen – und die Reaktion blieb nicht aus.

„Schön, dass Sie sich gegenseitig loben. Bahnt sich da eine neue Männerfreundschaft an?", fragte der Chef spöttisch.

Die anderen Kollegen grinsten, aber keiner sagte etwas.

Der Chef blätterte weiter in der aktuellen Ausgabe, dann sah er hoch. „Und jetzt eine Schweigeminute?"

„Ich war am Sonntagabend im Kulturspeicher beim 65. Geburtstag von Alexander Radecke", sagte der Feuilletonredakteur Hubert Leisner.

„Ist das denn Kultur?", fragte Andrea Kriegler vom Lokalen.

„Ich kenne ihn eben gut und war eingeladen“, erklärte Hubert.

„Schönes Büfett?“, wollte Andrea wissen.

„Hat nichts gefehlt“, meinte Leisner und wandte sich dann an den Chef. „Ich wollte eigentlich ein paar Sätze dazu schreiben, schließlich ist Radecke ein bekannter und angesehener Mann in dieser Stadt. Und es war der erste Auftritt des Salonorchesters von Roman Ziegler, dem Schwiegersohn Radeckes.“

„Der jetzt tot ist“, brummte Thomas.

Bobby Friedrich meldete sich. „Ich habe Fotos gemacht. Schließlich ist Radecke Unternehmer und Promi. Der macht irre viele Charity-Projekte. Das ist doch eine Nummer, dass ausgerechnet sein Schwiegersohn, der mit seinem Salonorchester bei diesem Geburtstag den ersten Auftritt hat, nachher tot im Hafen liegt ...“ Er versuchte sich als Überschriftenkünstler: „Mord nach dem letzten Ton – Stehgeiger ringt um Luft.“

Die anderen sahen sich betreten an. Bobbys Bemühungen, gelegentlich Bildzeilen zu seinen Fotos zu verfassen, waren berüchtigt. Jeder zweite Satz enthielt einen Kalauer oder eine Stilblüte, unbeabsichtigt natürlich. Leisner sammelte solche sprachlichen Meisterwerke und zitierte gelegentlich daraus, um die Kollegen zu erheitern. In Bobbys Sprachwelt schwanden Menschen die Felle oder an ihnen war auch mal ein grüner Daumen verloren gegangen. Sie spielten dem Schicksal ein Schnäppchen oder etwas ging ihnen durch Mark und Pfennig. Als er einmal bei einem Stück im Stadttheater unter das Foto geschrieben hatte, es gehe um die Büchse der Ponderosa, da hatte ihm Feuilletonist Leisner jedes weitere Wort für die Kultur untersagt.

„Von wegen Stehgeiger“, schaltete sich Hubert jetzt ein, um Bobby Friedrich von weiteren lyrisch-dramatischen Bildtexten abzuhalten.

Thomas Reitinger las aus seinen Notizen vor. „Er spielte im Orchester des Stadttheaters, er leitete ein Laienorchester, er war erster Geiger in einem Streichquartett, das Salonorchester war sein neuestes Projekt. Er galt als kompromisslos und eigenwillig.“

Alle starrten Thomas an.

„Du bist ja ein richtiger Kulturbeutel“, spottete Andrea.

„Ich hab recherchiert", erklärte Thomas und zeigte auf den Fotografen. „Bobby hat mir einen Trompeter vom Stadttheater vorgestellt."

„Ein Trompeter sagt nie was Gutes über einen Geiger", schaltete sich Hubert Leisner wieder ein.

„Aber selbst der Larry hat zugegeben, dass der Tote eine Konifere auf seinem Gebiet war." Bobby wollte das letzte Wort haben.

„Er war eine Koryphäe", korrigierte der Chef. „Koniferen stehen vielleicht mal auf seinem Grab, wenn die Rechtsmedizin die Leiche freigibt und sie ihn beerdigen."

Nach der Sitzung verdrückte sich Thomas mit seiner Kaffeetasse zum Kollegen ins Feuilleton. Er war selten hier, aber dieses Mal war eine Kooperation unumgänglich. Neugierig sah er sich um. Wo in seinem Zimmer die Fotos der Sportler hingen, manche mit Autogramm, die Mannschaftsaufstellungen und die Spielpläne die Wände füllten, waren hier nur wenige ausgewählte Objekte zu sehen. Das Plakat einer Ausstellung in der Ostdeutschen Galerie, das Foto einer Kulturpreisverleihung mit Hubert als Laudator. Ein Zitat: „Feuilleton schreiben heißt, auf einer Glatze Locken drehen." Karl Kraus.

„Aus Nichts was Hübsches machen?", fragte er Hubert und zeigte auf das Zitat.

„Schön, dass du's verstehst", lästerte der Kollege. „Aber mich wundert nichts mehr, seit ich vorher bei der Konferenz gehört habe, wie gut du dich in der Regensburger Kulturszene auskennst."

„Keine Angst, ich nehme dir deine Musiker, Maler und Literaten nicht weg", konterte Thomas ironisch.

„Ich dir deine tumben Fußballer auch nicht."

Die beiden grinsten sich an.

„Du hast vorher das Streichquartett erwähnt", erinnerte sich Hubert. „Das gibt's nicht mehr. Der zweite Geiger mochte den Umgangston Zieglers nicht und die Cellistin ist weg aus Regensburg."

Einen Moment waren beide still. Thomas schrieb sich etwas auf, dann blätterte er zurück zu seinen Notizen vom Vorabend.

„Was ist ein Konzertmeister?", fragte er.

Hubert Leisner sah ihn erstaunt an. „Was hat denn das mit dem Toten zu tun?"

„Der Freund vom Bobby, also der Trompeter, meint, das sei Zieglers Traum gewesen."

„Dafür war er meiner Meinung nach nicht geeignet, menschlich nicht und musikalisch auch nicht. Selbst wenn er sich bei einem schlechteren Orchester als unserem hier beworben hätte", konstatierte Leisner und sah Thomas' fragenden Gesichtsausdruck. „Der Konzertmeister ist der erste von den ersten Geigern, der Stimmführer der ersten Violinen, quasi gleich der Nächste nach dem Dirigenten", erklärte er.

Reitinger verstand nur Bahnhof.

Leisner lachte und gab ihm zwei Karten. „Da, für morgen Abend. Gehst ins Konzert und hörst dir so was mal an. Ich habe keine Zeit."

„Aber ich kann nichts drüber schreiben." Thomas war ganz schlecht, wenn er daran dachte, dass er sich vielleicht zu dem Konzert äußern sollte.

„Musst du nicht. Wäre aber mal ganz lustig, oder?"

Thomas lachte nicht. „Wie kann ich mich revanchieren?"

„Karten für ein Jahn-Spiel in der neuen Saison", kam es ohne Zögern.

Thomas sah den Feuilletonkollegen verwundert an.

„Meine Kinder stehen drauf", sagte der und seufzte. „Das Mädel noch schlimmer als der Bub."

Mittags schlenderte Thomas über den Haidplatz. Nicht ganz ohne Absicht, wie er sich allerdings erst eingestand, als er vor dem Haus stand, in dem sich Lisas Büro befand.

„Guten Tag, Herr Reitinger", begrüßte ihn die Sekretärin, und Thomas bildete sich ein, dass sie zwar verwundert klang, aber versuchte, es vor ihm zu verbergen.

Thomas wollte weitergehen zum Büro seiner Frau, so wie er das früher öfter gemacht hatte, als sie noch regelmäßig gemeinsam zu Mittag aßen.

„Moment, Herr Reitinger."

„Ist Lisa nicht da?", fragte Thomas und ärgerte sich, denn das hätte sie ja gleich sagen können.

„Doch, aber ihr Büro ist da lang", murmelte die Sekretärin und deutete auf eine andere Tür.

„Meine Frau hat ein neues Büro?"

„Schon seit einem Jahr."

Reitinger bemühte sich um ein harmloses Lächeln, dann ging er in die Richtung, die ihm der Zeigefinger der Sekretärin wies.

Wenn Lisa erstaunt war, ihn zu sehen, so hatte sie sich gut im Griff. Vielleicht hat sie meine Stimme schon gehört, dachte Thomas. Oder die Sekretärin hat ganz schnell durchgefunkt in diesen zehn Sekunden.

Die Tür zum Büro war geöffnet, sie saß im Businesskostüm hinter ihrem Schreibtisch, las in ihren Unterlagen, in der rechten Hand einen noblen Füller. Sie blickte hoch und lächelte ihren Noch-Mann an, der in der Tür stand wie ein schüchterner Schüler.

„Schickes Büro", sagte er.

„Schickes Hemd", gab Lisa zurück.

Thomas wollte lieber nicht erzählen, dass es ein Geschenk der Mutter war. „Machst Mittag?", fragte er und es klang ein bisschen grob und zugleich hilflos.

Lisa hatte sich immer über seine wenig galante Art geärgert, aber nachdem sie ihn nun nicht mehr so oft sah, konnte sie fast liebevoll darüber hinweglächeln. „Wenn du mich so nett einlädst."

„Darfst auch aussuchen, wohin wir gehen."

„Ich möchte gern ins *Chaplin*."

Thomas wunderte sich. Es gab inzwischen so viele chice Lokale in der Innenstadt. Er dachte, seine Frau würde ein vornehmeres Ambiente bevorzugen. Stattdessen wählte sie das Restaurant am Ostentor, gemütlich und altbewährt. Früher waren sie oft dort gewesen, vor allem nach dem Kinobesuch, hatten über den Film diskutiert, waren fast immer unterschiedlicher Meinung gewesen.

Lisa sagte der Sekretärin, es könne ein bisschen dauern, sie habe anschließend einen Termin in Schwabelweis, sie sei aber über Handy erreichbar.

Sie fuhren mit Lisas kleinem Sportwagen in die Ostengasse. Das Wetter war schön, aber Lisa wollte nicht draußen vor dem Lokal oder hinten im Biergarten sitzen, sie fand es zu kühl. Reitinger nahm ein Gericht von der Tageskarte, Lisas Wünsche waren ein bisschen ausgefallener, das war schon immer so gewesen.

„Wie geht es dir?", fragte sie Thomas.

„Eigentlich ganz gut. Und dir?"

Lisa antwortete nicht. Sie musterte ihn nachdenklich. „Gefällt es dir in Helmering?"

„Ich weiß nicht recht. Es ist nicht mehr so schön wie früher."

Ein feines spöttisches Lächeln umspielte Lisas Mundwinkel. So kannte er sie, beobachtend, analysierend. Am Anfang hatte er dieses Lächeln so geliebt, es hatte ihm gefallen, von ihr durchschaut zu werden, nicht alles erklären zu müssen. Aber dann waren ihm irgendwann ihr Röntgenblick und das ironische Lächeln auf die Nerven gegangen.

„Manchmal ist es auch ganz schön weit", sagte Thomas. „Vor allem, wenn ich abends noch einen Termin habe."

„Du wohnst offiziell noch hier und du hast auch einen Schlüssel."

Sie hätte es netter sagen können, fand Thomas. Zumal sie für schöne Worte so viel mehr übrig hatte als er. Aber vielleicht erwartete er zu viel. Immerhin war es eine Einladung. „Ich bin gestern Nacht vor der Tür gestanden", gab er zu. „Aber es war schon alles dunkel, da hab ich mich nicht getraut."

„Du hattest Angst, ich könnte Besuch haben?"

Reitinger erschrak. Auf diese Idee war er in seiner Naivität gar nicht gekommen. Er hatte geglaubt, Lisa sei nicht da oder sie schlafe bereits. Ein anderer Mann in seiner Wohnung, das wollte er nicht denken.

„Du kannst jederzeit in unserer Wohnung übernachten", bestärkte Lisa ihre Aussage.

Thomas überlegte, wo er dann wohl schlafen würde. Aber selbst das ahnte Lisa.

„Ich habe ein Gästebett in das Zimmer zum Hof gestellt. Es ist zwar jetzt ein bisschen voll, aber wenn du willst, kannst du dir da dein eigenes Zimmer einrichten. Bisher war es ja doch mehr eine Rumpelkammer."

„Danke", sagte Thomas nur, dann winkte er der Bedienung und bat sie um die Rechnung. Erst jetzt stellte er die Frage, die er schon die ganze Zeit mit sich herumtrug: „Hast Lust auf ein Konzert?"

Überrascht sah ihn Lisa an. „Was steht denn auf dem Programm?"

Er sah auf die Karten, die Leisner ihm geschenkt hatte: „Sinfoniekonzert. Spätromantik."

Lisa lächelte süffisant. „Sehr späte Romantik", sagte sie, und dann lachten sie miteinander wie schon lange nicht mehr.

„Sie spielen, obwohl einer von ihnen umgebracht worden ist", sagte Lisa, nachdem sie sich wieder beruhigt hatten.

„Das weißt du also auch schon wieder."

„Stand doch in der Zeitung, und wenn ich mich nicht täusche, war der Artikel von dir."

Reitinger nickte. Sie las also noch, was er schrieb.

„Ich würde gerne wissen, wie es Julia jetzt geht. Aber ich trau mich nicht anzurufen. Erst hört man jahrelang nichts voneinander, da mag man sich auch nicht melden, wenn was passiert ist."

So ganz konnte Thomas ihr nicht folgen. Wovon redete Lisa?

„Ich kenne die Frau des Geigers", erklärte Lisa, als sie seinen ratlos-fragenden Blick sah. „Wir haben uns mit sechzehn Jahren im Fortgeschrittenen-Tanzkurs kennengelernt und angefreundet. Bis sie dann nach dem Abitur zum Studieren nach München ging. Seitdem laufen wir uns nur noch zufällig manchmal über den Weg."

Reitinger richtete sich auf und sah sie erwartungsvoll an.

„Und um deine nicht gestellte Frage gleich zu beantworten: Nein, ich stelle jetzt nicht den Kontakt für dich her. Das ist mir doch zu geschmacklos."

Wieder hatte sie seine Gedanken erraten.

Vor dem Chaplin verabschiedete sich Reitinger von Lisa und sagte noch, dass er sich auf den gemeinsamen Abend freue. Er schlenderte die Ostengasse entlang in Richtung Innenstadt und hing seinen Gedanken nach. Ein Gespräch mit der Frau des Geigers, das würde schon was bringen. Aber Lisa hatte Recht. Es war geschmacklos, jetzt dort anzurufen. Er wollte nicht so sein wie die Kollegen von den Boulevardblättern. Ob das nun feig war oder anständig - egal, er konnte es eben nicht. Nachdenklich betrachtete er die Schaufenster eines Second-Hand-Ladens, bevor er weiter in Richtung Kolpinghaus ging.

Das Klingeln seines Handys riss ihn aus seinen Gedanken. Es war der Kollege Krakowski. „Der Geiger hat nach dem Auftritt beim Geburtstag seines Schwiegervaters seiner Frau die Geige gegeben und ihr gesagt, er müsse ein bisschen frische Luft schnappen."

„Da wüsste ich schönere Gegenden als den Hafen."

„Jetzt kommt's", sagte der Krakowski, und man hörte die Freude in seiner Stimme, dass er etwas Neues verkünden konnte. „Er ist ertrunken. Die Geigensaite hat zum Umbringen nicht gereicht, sondern es muss ihn jemand ins Hafenbecken gestoßen oder geworfen haben."

„Er hat sich also mit seinem Mörder getroffen."

„Oder er wollte jemand anderen treffen, aber da stand sein Mörder schon."

Reitinger blieb stehen, er hatte eine Idee. „Ich bin sowieso in der Nähe. Ich schau mich noch mal um. Vielleicht treffe ich jemanden, der mir was erzählen kann." Außerdem kann ich dann mein Auto holen, das noch dort steht, dachte Thomas.

„Kennst du eigentlich die Kommissarin, die Meyerbeer? Mit der habe ich heute telefoniert."

„Flüchtig. Bis später." Thomas schaltete sein Handy ab.

Er machte kehrt und ging die Ostengasse zurück. Wieder einmal nutzte er die Gelegenheit, nicht in der Redaktion zu sitzen, sondern sich in der Stadt herumzutreiben. Die Hände in die Hosentaschen vergraben schlenderte er weiter, in Gedanken bei Jana Meyerbeer, der Kommissarin, die er vor einem halben Jahr kennengelernt hatte, als es um den Fall des toten Trainers in seinem Heimatort Helmering ging. Er hatte ihr geholfen, die Einheimischen zu verstehen, ihre Sprache, ihr Denken, ihr Handeln. Jana Meyerbeer hatte ihm gefallen, aber da gab es immer noch seine Frau Lisa. Die hatte zwar ein Auge auf Janas Kollegen Abramovic geworfen, aber das war ein kurzes Techtelmechtel gewesen. Der Kommissar arbeitete inzwischen anderswo. Thomas war froh, dass er weg war.

Jana Meyerbeer hatte Thomas seine Unentschlossenheit damals übel genommen. Er wisse nicht, was und wen er wolle, hatte sie gesagt. Als er ihr gestand, dass er sie „nett" finde, war sie ihm fast an die Gurgel gegangen. Nett ist auch ein Hund, hatte sie festgestellt. Sie habe den Eindruck, sie sei eine Art Zeitvertreib für ihn. Thomas fand, das sei doch nicht das Schlechteste. Seitdem hatten sie nichts mehr voneinander gehört.

Ganz in seine Überlegungen versunken kam er am Kulturspeicher an. Er betrat das Lokal und wählte einen Tisch am Fenster. Als sein Espressso gebracht wurde, besann er sich darauf, warum er eigentlich gekommen war.

„Am Samstag war doch hier eine große Feier."

Der Kellner sah ihn misstrauisch an. „Polizei?"

Thomas schüttelte den Kopf. „Zeitung."

Das machte den Kellner nicht sehr viel entspannter. „Ich hatte genug zu tun und hab mich deshalb nicht darum gekümmert, was drüben im Saal los war."

„Als Sie Feierabend hatten, haben Sie da beim Rausgehen etwas bemerkt?"

„Da war dort noch längst nicht Schluss."

„Haben Sie denn den Geiger gekannt, der umgebracht worden ist?"

Der Kellner schüttelte den Kopf. Sehr gesprächig war er nicht. Reitinger trank schnell seinen Espresso. Durchs Fenster sah er, dass draußen die Tür zum Saal offen stand, in dem die Party stattgefunden hatte. Einige Männer trugen Tische heraus. Neugierig ging er hin und lugte hinein.

„Gehen'S auf die Seitn", brummte einer der Männer, der einen Tisch hochwuchtete und mit dessen Beinen Thomas' Gesicht gefährlich nahe kam.

„Ist das noch von dem Fest am Sonntag?", fragte Reitinger.

„Morgen ist ein Seminar", sagte der Mann. „Aus die Party."

Thomas sah sich noch kurz um, aber er konnte nichts Besonderes in diesem Raum entdecken. Deshalb ging er hinunter an die Donau und machte sich auf den Weg in Richtung Hafen.

Fasziniert blieb er wieder vor dem Gebäude an der Donaulände stehen, vor dessen Eingangstür der Holunderstrauch wuchs. Thomas sah durch ein halbblindes Fenster nach innen. Die Räume waren auf den ersten Blick leer. Doch in der Ecke eines Zimmers lag etwas. Ein Schlafsack? Eine Decke? Reitinger rieb die schmutzige Scheibe. Dann entdeckte er drinnen etwas, was aussah wie ein Gaskocher. Einige Büchsen. Offenbar wohnte jemand in dem Haus, auch wenn er es sicherlich nicht durch die Tür betrat.

Thomas wollte schon weitergehen, da hörte er Geräusche. Nein, es waren Töne. Nicht sehr schön zunächst, wie wenn jemand seine Geige stimmt. Dann aber entwickelte sich daraus eine Melodie. Thomas war kein Kenner der klassischen Musik, aber dieses Stück hier gefiel ihm. Hatte er nicht auch gestern von fern Musik gehört, als er diesen Weg entlangkam? Also doch keine Einbildung.

Reitinger ging um das Haus herum. Er hörte zu und suchte gleichzeitig nach einer Möglichkeit hineinzukommen. Eines der Fenster war nur angelehnt. Der Geiger war nicht in diesem Raum, zumindest konnte er ihn nicht sehen. Also drückte er behutsam das Fenster nach innen auf, sah sich noch einmal um, doch war weit und breit niemand zu sehen. Er stemmte sich an der Mauer hoch und kletterte ins Haus.

Leise durchmaß er den Raum, sah noch einmal auf den zerfetzten Schlafsack, einen alten Pullover, die Dosen mit Ravioli und Linsensuppe, alles billigste Ware. Ein Aschenbecher, ein Päckchen Tabak, ein paar Streichhölzer, der Topf auf dem Gaskocher angebrannt, nicht sehr sauber.

„Was machen Sie hier?"

Reitinger zuckte zusammen und drehte sich um. Hinter ihm in der Tür zum Nebenraum stand ein alter Mann, der eine Geige und den Bogen in der Hand hielt. Thomas war gar nicht aufgefallen, dass die Musik verklungen war.

„Sie spielen sehr schön", sagte Thomas, und es kam wirklich von Herzen.

Der Mann lachte bitter. „Sie haben überhaupt keine Ahnung." Mit dem Daumen strich er über die Saiten des Instruments.

„Ich bin draußen vorbeigegangen, da hab ich Sie gehört und da ... da bin ich eben neugierig geworden."

„Normalerweise spiele ich nur nachts, da ist hier selten einer unterwegs."

„Wenn jemand entlangkäme, würden Sie das bemerken?"

„Sie meinen Roman Ziegler?", fragte der Geiger.

Thomas nickte.

„Er hat nicht bei mir vorbeigeschaut."

„Aber Sie kennen ihn."

„Von früher, lange her. Als ich noch ein guter Bürger dieser Stadt war."

„Jetzt wohnen Sie hier?" Thomas sah auf die wenigen Habseligkeiten, die auf dem Boden verstreut waren.

„Mehr oder minder. Im Moment eher mehr."

Immer wieder zupfte er mit dem Daumen der rechten Hand die Saiten an, summte dazu, ließ sich dabei auch von seinem Besucher nicht stören.

„Ich kann Ihnen leider keinen Kaffee anbieten", sagte der Mann. „Ich hab keinen da."

„Ich könnte uns einen besorgen", schlug Thomas vor.

Das brachte ihm einen sehr misstrauischen Blick des Mannes ein.

Aus der Nähe konnte Thomas erkennen, dass er so alt noch nicht war. Aber die grauen Bartstoppeln, die wenigen Haare, das vom Alkohol oder vom Wetter, vielleicht von der Enttäuschung über Rückschläge geprägte Gesicht, das machte ihn alt.

„Ich hab kein Geld", sagte der Mann.

„Ich lade Sie ein."

Thomas konnte sehen, dass der Mann misstrauisch blieb. Aber er nickte, und Thomas kletterte wieder aus dem Fenster. Er ging nun etwas schneller, bis zum Hafen, wo er am Kiosk zwei Becher Kaffee sowie Würstl und Brot kaufte. Damit eilte er zurück, wuchtete sich und seine Einkäufe zurück in das Zimmer der ehemaligen Druckerei.

Doch der Geiger war nicht mehr da. Seine Sachen hatte er zusammengerollt in eine Ecke, er selbst war weg, mitsamt seiner Geige.

Reitinger ließ beide Kaffeebecher, Würstl und Semmel stehen und liegen, dann ging er. Er beschloss, es einfach später noch mal zu probieren. Er würde vermutlich die nächsten Tage öfter in den Hafen kommen.

Endlich wieder daheim, dachte Thomas, als er in Helmering das Haus betrat. Er nahm sich einen Saft, ging hinaus auf die Terrasse und betrachtete den Garten. Im Spätherbst hatte er der Mutter geholfen beim Umgraben, aber die Arbeiten im März vor ihrem Umzug hatte sie weitgehend allein erledigt. Schnittlauch, Petersilie und gelbe Rüben hatte sie gesät. An die Terrassentür einen Zettel geheftet, was als nächstes anstand. „Mai: Kohlrabi, Salatpflanzen, Blumenkohl, Brokkoli", stand da. Und: „Nach Mitte Mai (Eisheilige vorbei) Bohnen legen. Sellerie, Porree, Tomaten, Gurken." Nichts von alledem hatte er gemacht. Er würde auch die nächsten Tage nicht dazu kommen. In einer Ecke lugte der Rhabarber hervor, die Bäume hatten von selbst geblüht, ihm war jetzt schon ganz zweierlei, wenn er daran dachte, was er alles ernten, essen oder verarbeiten musste. Doch das meiste Grün in den Beeten war Unkraut. Löwenzahn und Brennnessel machten sich breit, auch das Gras stand schon hoch.

Sein Magen knurrte, das Mittagessen mit Lisa lag schon viele Stunden zurück. Thomas ging zum Kühlschrank, machte auf. Er holte Wurst, Käse, Essiggurken und Bier heraus. Doch der Blick in den Schrank machte die Hoffnung auf eine gute Mahlzeit zunichte. Er hatte vergessen, Brot zu kaufen. Eine einzelne alte Scheibe krümmte sich dort, als hätte sie Schmerzen. Er warf sie weg und beschloss, am nächsten Tag einzukaufen. Heute aber würde er beim Wirt zu Abend zu essen.

Am Stammtisch war wenig los. Fritz Löbl war bereits da, der wohnte ja fast hier. Argwöhnisch sah er Thomas Reitinger entgegen, als dieser hereinkam. Dann hob er sein fast leeres Glas und sah die Wirtin an, die hinter dem Tresen Gläser spülte. Die Hitzlkoferin nickte nur und warf dann einen strafenden Blick auf ihren Mann, der selbst am Stammtisch saß, klug mitredete, aber keinen Finger rührte.

Thomas zögerte, zum Stammtisch zu gehen, als er den giftigen Blick Löbls sah. Aber sein Schulfreund Wachter war auch schon da. Er und Hans Neubauer, der Vorsitzende des Sportvereins, winkten Thomas an den Tisch.

„Geh her, schön dass du auch mal wieder da bist."

Thomas bestellte sich ein Bier und die Brotzeitplatte. Dann setzte er sich.

Fritz Löbl bekam sein frisches Bier, tankte einen großen Zug, dann stand er auf und ging zur Toilette.

„Nicht viel los heute", sagte Thomas.

„Das Wetter ist zu schön", mischte sich Albert Lauber ein, der Feuerwehrkommandant, der neben einem jungen Mann saß, den Thomas nicht kannte.

„Dass du heute da bist", wunderte sich Thomas. „Ich hab gestern deine Mutter auf dem Friedhof getroffen, und da ist mir aufgefallen, dass wir zwei uns eigentlich überhaupt nicht über den Weg laufen."

Albert Lauber grinste und wies mit dem Kopf auf den Mann neben sich. „Ich gehe nicht oft ins Wirtshaus. Aber der Karsten wollte mal wissen, wie das so zugeht bei uns auf dem Dorf. Mein Cousin. Der kennt das nicht vom Norden."

„Solche Kneipen gibt es bei uns nicht", bestätigte Karsten.

„Schade, dass unser Stammtisch so klein geworden ist, wir hatten da früher noch ganz andere Typen, bevor der Reitinger sich eingemischt hat", scherzte Richard Wachter.

Der Fremde sah fragend in die Runde, doch in diesem Moment kam Löbl zurück und setzte sich. Unbehagliches Schweigen.

„Warum ist denn der Stammtisch kleiner als früher?", fragte Karsten.

„Wieder dieselbe Geschichte", knurrte Fritz Löbl verärgert.

„Mein Cousin kann das doch nicht wissen", sagte Albert Lauber.

„Dann erzähl's ihm halt", fauchte der Löbl, trank sein Bier auf einen Zug aus und ging zur Tür.

„Wie wär's mit zahlen?", rief die Wirtin.

„Frag doch den Reitinger. Vielleicht übernimmt er's."

Thomas nickte kurz, und Löbl ging. Immer noch sah der Fremde auffordernd von seinem Cousin zu den anderen.

„Kann ich nun mal erfahren, was hier Sache ist?"

„Pass auf, Karsten, des war so", fing Albert Lauber die Geschichte an. Dann erzählte er, mehrmals unterbrochen von den anderen, die Ereignisse, die Helmering verändert hatten. Karsten hörte gebannt zu, vor allem die Tatsache, dass auch Honoratioren in den Fall verwickelt waren, schien ihn zu erschüttern.

„Ich dachte, hier in Bayern sind alle so katholisch", wunderte er sich.

„Ja, und? Das ist doch katholisch. Erst was anstellen, dann beichten", grinste der Wachter, der kein Freund der Kirche war.

Karsten sah Reitinger neugierig an, der noch nichts gesagt hatte, sondern sich voll und ganz auf seine Brotzeitplatte konzentrierte. „Nun würde ich noch gerne wissen, welche Rolle Sie bei der Angelegenheit gespielt haben."

Reitinger hatte den Mund voll und sagte gar nichts.

„Er ist bei der Zeitung", antwortete der Neubauer für ihn. „Er hat die ganze Geschichte aufgedeckt, weil er eben einer von uns ist und sich auskennt mit den Leuten hier. Ja, mit den Leuten kennt er sich aus. Das hätte die Polizei sonst nie gespannt, nein nie gespannt hätten die das."

Karsten Kröger sah so aus, als wollte er seinen Cousin Albert fragen, warum denn der Neubauer manche Sätze wiederholte, aber dazu kam es nicht mehr, denn Neubauer wandte sich nun Thomas zu.

„Die erste Mannschaft steigt wahrscheinlich auf."

„Glückwunsch", brachte Thomas aus seinen vollen Backen hervor.

„Schreibst eine große Geschichte, wenn wir aufsteigen, machst was?", fragte der Neubauer.

Reitinger nickte brav und wollte sich gerade dem letzten Stück Käse zuwenden, als ein Piepser anging. Thomas sah fragend zu Wachter, aber der schüttelte nur den Kopf. Statt des Arztes sprang Albert Lauber auf.

„Feueralarm", sagte er. „Servus."

Dann war er zur Tür hinaus. Karsten Kröger lief hinterher. Auch Wachter und Reitinger zahlten.

„Was habt ihr denn alle?", wunderte sich der Wirt. „Wahrscheinlich ist es sowieso ein Fehlalarm."

„Vielleicht ist jemand verletzt", sagte der Wachter.

„Ich muss den Fotografen anrufen", brummte Thomas.

Eine Viertelstunde später stand er vor dem Gerberhof. Der Stadel brannte lichterloh, das Feuer hatte bereits auf den Stall übergegriffen. Der Bauer und seine Frau holten noch die letzten Kühe heraus, die Feuerwehrleute rollten die Schläuche aus. Zwei Kinder standen mit der Oma auf der Straße, sie trugen Schlafanzüge. Der Halbwüchsige starrte fassungslos auf das Feuer, die Kleine hielt ihren Plüschelefanten ganz fest. Einige Schaulustige waren schon da, aber sie gafften nicht nur, manche versuchten auch zu helfen.

Die Lauberin legte der Gerber-Oma den Arm um die Schulter. „Kommt doch rüber zu uns", sagte sie leise. Der Gerber-Oma rannen die Tränen über die Wangen, sie schüttelte den Kopf.

„Aber es ist doch besser, wenn die Kinder nicht zusehen müssen, wie alles zusammenfällt", flüsterte die Lauberin, und da hatte die Oma ein Einsehen. Sie nahm die Kleine an der Hand und winkte dem Großen. Aber der blieb stehen und sah in die Flammen.

Reitinger stand dabei und beobachtete, wie der Dachstuhl des Stadels zusammenkrachte, wie die Funken stoben. Einer der Nachbarn bekam schon Angst, dass der Funkenflug ihn auch noch erwischen könnte.

Endlich war Bobby Friedrich da. Er packte seine Kamera aus und starrte auf den brennenden Hof.

„Geil. Das wird super. Schade, dass wir das nicht mehr nachschieben können - Redaktionsschluss." Er sprang herum und machte aus jeder Perspektive ein paar Aufnahmen.

„Wie nennt man das? Warmer Abbruch, oder?", fragte er etwas zu laut und schon spürte er eine Faust in seinem Gesicht. Thomas hatte nicht gesehen, dass der Bauer zu ihnen getreten war. Als der Gerber hörte, dass ihm der Fotograf Brandstiftung unterstellte, da war er nicht mehr zu halten. Bobby Friedrich lag am Boden, seine Kamera fest umklammert, damit ihr ja nichts geschah. Reitinger hatte Mühe, den Bauern festzuhalten, damit er nicht weiter auf den Kollegen einschlug. Aber insgeheim gönnte er Bobby das blaue Auge. Vielleicht lernte er was dazu. Aber sicher war das nicht.

3. Kapitel

Am nächsten Morgen recherchierte Thomas in Helmering wegen des Brandes. Er hatte im Büro angerufen und das mit den Kollegen so abgesprochen, schließlich war er ja schon vor Ort. Bobby Friedrich hatte trotz seiner leichten Verletzung tolle Fotos gemacht, die er ihm noch in der Nacht auf dem Display seiner neuen Digitalkamera gezeigt hatte. Sogar die Tränen der Gerberin hatte er eingefangen. „Und das bei den Lichtverhältnissen, sagenhaft, oder?"

„Du bist und bleibst ein sensationsgeiler Depp", sagte Thomas.

Aber Bobby nahm ihm das gar nicht übel. „Einer muss es ja machen. Und ich kann das besser als du."

Da hat er Recht, dachte Thomas, als er sich auf den Weg zum abgebrannten Gerberhof machte. Viel war nicht übrig geblieben vom Stadel und vom Stall, auch das Haus war arg in Mitleidenschaft gezogen. Er sah auf die Trümmer, er roch noch das Feuer, er spürte sogar seine Wärme, obwohl es schon lange erloschen war. Albert Lauber stand auch schon da.

„Hast heute frei, Bertl?"

„Nein, ich wollte nur noch mal nachschauen, ob alles in Ordnung ist."

„Weißt du was über die Brandursache?"

„Die Polizei schickt jemand vorbei wegen der Ermittlungen. Und die Versicherung vom Gerber auch."

„Brandstiftung?"

Lauber zuckte die Schultern. Thomas hätte lieber eine klare Antwort gehabt, aber die gab es zu diesem Zeitpunkt noch nicht.

Nachdem er sich verabschiedet hatte, ging Reitinger ins Wirtshaus. Hier hatte der Bürgermeister die Familie Gerber vorübergehend einquartiert. Seit im vergangenen Herbst dort Reitingers Kollegen Aschenbrenner und Friedrich für kurze Zeit logiert hatten, war es wieder ins Bewusstsein der Dorfbevölkerung gerückt, dass es im Ort sogar Fremdenzimmer gab.

Die Gerbers saßen mit Kindern und Oma in der Wirtsstube. Rudi Hitzlkofer und seine Frau hatten ihnen ein Frühstück gemacht, die Reste davon standen noch herum.

„Heute melken andere Leute meine Kühe", sagte der Bauer, als Thomas sich dazusetzte und vor sich hinmurmelte, dass ihm das alles leid täte, dass er etwas schreiben wolle und sie noch was fragen müsse.

„Wo hast die denn untergestellt?"

„Ein Teil von meinen Viechern ist beim Meiderer und die anderen hat der Ehrenberger genommen."

„Aber Wiesen und Felder ..."

„Ich habe ja nicht mal mehr einen Traktor, der funktioniert."

Der Gerberin liefen wieder die Tränen übers Gesicht, die alte Frau presste das Mädchen an sich.

Jakob, der Halbwüchsige, stand auf, packte seinen Vater am Arm und gab sich kämpferisch. „Dann leihen wir uns einen und machen weiter."

„Du gehst ab morgen wieder in die Schule."

Die vernünftigen Worte wirkten nicht beruhigend auf den 15-Jährigen. Er wollte etwas tun, nicht einfach nur herumsitzen, die kraftlose Depression der Eltern schien ihn mehr zu belasten als der Brand selbst. Er verließ die Wirtsstube, offenbar enttäuscht über die Lethargie seines Vaters.

„Er meint, wenn wir eine Woche hart arbeiten, dann ist alles wieder gut", sagte der Gerber, wie zur Entschuldigung.

„Vielleicht würde es ihm besser gehen, wenn er mit anpacken dürfte", erwiderte Thomas, in Erinnerung an seine eigene Jugend, als er noch dachte, er würde irgendetwas in dieser Welt verändern.

Der Gerber spielte mit den Bierdeckeln. Ungeschickt drehte und wendete er sie mit seinen großen Händen.

„Jetzt plagen wir uns und bauen alles wieder auf. Dann plagen wir uns, damit wir davon leben können."

„Dabei müssen wir froh sein, dass wir alle noch lebendig da rausgekommen sind", murmelte die Gerberin.

„Glück im Unglück meinst du wohl, - dass ich nicht lach", brummte ihr Mann.

Als Thomas in die Redaktion kam, drängten sich gerade alle vor einem Bildschirm dicht zusammen und sahen sich die Fotos an, die Bobby vom brennenden Hof geschossen hatte.

„Das sieht ja irre aus." Andrea Kriegler war ganz fasziniert.

„Weiß man schon, wie das passiert ist?", fragte Krakowski Thomas, der gerade seinen Computer einschaltete, um seine Geschichte zu schreiben.

Reitinger schüttelte den Kopf.

„Kann doch sein, dass es der Bauer selbst war."

„Das hat der Bobby auch gesagt", grinste Thomas. „Jetzt schau ihn dir an mit seinem Veilchen."

„Ist der Bauer so ehrlich?"

„Ich kenne ihn nicht gut, aber die ganze Familie ist total verzweifelt."

„Wenn meine Wohnung abbrennen würde, wäre ich eine Menge Plunder los. Dann müsste ich nicht mehr aufräumen und könnte ganz von vorne anfangen." So stellte Krakowski sich das vor.

„In ein paar Monaten wär's bei dir wieder der alte Saustall", konterte Thomas mit Blick auf Krakowskis Schreibtisch.

„Ich finde immer, was ich brauche." Wie zum Beweis zog er seinen Block heraus. „Zum Beispiel meine Notizen zur Kripo-Pressekonferenz."

Die hatte Reitinger völlig vergessen.

„Ich soll dich herzlich von deiner Kommissarin grüßen."

Thomas zuckte unwillkürlich zusammen, dann sah er den lauernden Blick des Kollegen und die Augen der anderen alle auf ihn gerichtet, dann brach ein Gelächter los.

„Habt ihr das gesehen? Da läuft doch noch was!"

„Blödsinn!", rief Thomas und machte sich an seinen Artikel.

Die anderen aber kicherten noch ewig vor sich hin, priesen die Vorzüge von Jana Meyerbeer und fragen laut, was die hübsche Kommissarin eigentlich an diesem langweiligen Sportjournalisten fand, der angeblich ihre Lokalredaktion verstärken sollte, aber ewig brauchte, um einen Brand auf dem Dorf zu recherchieren.

Als sich die Stimmung am Nachmittag etwas beruhigt hatte, weil jeder genug Arbeit hatte und möglichst schnell fertig werden wollte, ging Reitinger noch einmal zu seinem Kollegen. „Was hat denn die Kripo bisher?"

„Nicht viel", sagte Krakowski. „Erst fast erdrosselt, dann ins Hafenbecken geworfen. Zwischen ein und drei Uhr morgens. Weil er im Wasser lag, ist es auch mit den Faserspuren schwierig. Die Saite, mit der ihn einer gewürgt hat, war übrigens eine A-Saite."

Krakowski sah Thomas erwartungsvoll an, aber der zuckte nur ahnungslos die Schultern.

„Auf jeden Fall", fuhr Krakowski fort, „waren an der auch keine Spuren dran, einfach gar nichts."

Thomas überlegte.

„Mit wem war der Geiger im Hafen verabredet?"

„Entweder mit einer Frau, die nicht seine eigene war ..."

„Da wüsste ich mir aber schönere Fleckchen als den Hafen. An der Donau, im Park ..."

„Aber im Hafen ist man wenigstens ungestört und trifft nicht ständig Bekannte oder Freunde."

„Stimmt auch wieder. Aber du hattest noch eine zweite Möglichkeit."

„Er könnte Geschäfte dort abwickeln. Balkan - capito?"

Reitinger verstand nicht. Welche Geschäfte machte ein Geiger mit dem Balkan?

„Über die Donau kannst du schnell was von hier nach da transportieren, ohne dass jemand nachfragt, ob du es auch gekauft hast."

„Du meinst, er klaut den Kollegen die Geigen, und die tauchen hinter Budapest wieder auf?"

„Oder er nimmt was an, was aus dem Balkan kommt."

Reitinger überlegte. „Schwarzhandel? Diebesgut? Drogen? Dunkle Geschäfte? So ein Geiger ist doch ein Mann der Kultur."

„Und du bist naiver als ich dachte."

Das sagt Lisa auch manchmal, dachte Thomas.

Als er gerade seinen Computer ausschalten und sich auf den Feierabend einstimmen wollte, kam die neue Praktikantin herein.

„Wollt ihr eigentlich meinen Artikel über den Semesterbeginn der Volkshochschule noch?", fragte sie in die Runde.

„Alles dicht", rief ein Kollege. „Der Reitinger hat eine ganze Seite für seinen Brand."

„Die Fotos brauchen so viel Platz", verteidigte sich Thomas. „Der Text ist doch sowieso unwichtig."

„Was ist dann mit *Orientalisch kochen für Anfänger* - ich sollte doch eine Reportage drüber machen."

Reitinger und seine Kollegen sahen sich an. So beschäftigte man Praktikanten, wenn's sonst nichts zu tun gab. Wenn dann gar nichts passierte ein paar Tage lang, dann kam das sogar rein in die Zeitung.

„Kochen lernen, schadet nichts, Melanie", gab sich der Krakowski gönnerhaft, und sie zog ihm eine Grimasse.

„Kannst uns dann alle einladen, und wir testen , ob du auch was gelernt hast."

„Nur wenn ihr mir als Küchenjungen assistiert."

Auf den Mund gefallen ist sie nicht, dachte Thomas.

„Übrigens haben die eine im Kurs, eine ältere Frau", fing Melanie an zu plaudern, „die weiß alles besser als die Lehrerin. Die beiden haben gleich zu streiten angefangen."

An diesem Punkt ahnte Reitinger, um wen es sich handelte. Melanie war in ihrer Erzählung schon weiter.

„Wenn die Kursleiterin sagt: *Ich mache das seit zehn Jahren, aber so etwas ist mir noch nicht vorgekommen.* Da sagt sie: *Ich koche seit mehr als fünfzig Jahren.* Da meinte die Kursleiterin: *Liebe Frau Reitinger ...*"

In diesem Moment unterbrach die Praktikantin sich selbst. Sie und alle Kollegen starrten auf Thomas.

„Das ist ein ganz häufiger Name in dieser Gegend", behauptete er.

„Aber deine Mutter ist doch nach Regensburg gezogen", hakte Andrea Kriegler nach.

„Ja schon, aber die macht doch keinen Kochkurs. Die kann gut kochen."

„Eben", feixte Melanie, „seit fünfzig Jahren."

Die Kollegen grinsten sich an.

Die Praktikantin setzte noch einmal nach, von Kopf bis Fuß dynamische Jungjournalistin. „Sie ist so etwa einen Meter sechzig groß, hat braune Haare, Dauerwelle, ganz dünn ist sie nicht, aber auch nicht dick und heißt Therese."

Reitinger sagte nichts, aber er spürte die Blicke der Kollegen.

„Sie hat gesagt, dass sie einen Sohn hat, der so viel arbeiten muss ..."

Höhnisches Gelächter.

„Ja!", rief der Reitinger entnervt. „Ich geb's ja zu, das ist meine Mutter!"

„Die Mutter vom Thomas mischt die Volkshochschule auf." Krakowski konnte sich gar nicht mehr einkriegen. Dann wandte er sich an die Praktikantin. „Weißt du was? Am besten, nicht du kochst für uns, wenn der Kochkurs vorbei ist, sondern die Mutter vom Reitinger. Ich glaub, das schmeckt besser."

Melanie streckte ihm die Zunge raus, dann ging sie.

Ein Mitarbeiter sah ihr nachdenklich hinterher. „Aber ich hätte trotzdem lieber sie als Tischdame als die Mutter vom Thomas", sagte er und wieder prusteten alle los.

Kindisches Volk, dachte Reitinger und ging zur Toilette. Er wollte sich ein bisschen frisch machen, bevor er Lisa abholte. Heute ging's ins Konzert.

Thomas hatte sich mit Lisa vor dem Theater verabredet. Aber erst, als er die Karten aus seinem Jackett holte, merkte er, dass das Konzert gar nicht hier stattfand. Es war im Neuhaussaal. Lisa sah ihn kritisch an mit diesem Das-hättest-du-auch-früher-feststellen-können-Blick, dann eilten sie gemeinsam los, denn sie waren spät dran. Thomas atmete erst durch, als sie ihre Plätze eingenommen hatten. Schon kurz darauf begann das Konzert. Thomas hatte keine Ahnung von spätromantischer Musik. So ließ er seine Gedanken schweifen, während das Orchester spielte.

Wo hätte Roman Ziegler gesessen, wenn er noch leben würde? Ganz vorne, weiter hinten? Wie wichtig war der einzelne Streicher fürs Orchester? Trauerten die Kollegen um ihn?

So sehr Thomas auch schaute, Larry, den Trompeter, entdeckte er nicht. Vielleicht hatte der frei. Je länger er da saß und zuhörte, desto mehr gefiel es ihm. Er hatte seine Ruhe und konnte gut nachdenken.

Nach dem Konzert gingen sie noch etwas trinken. Thomas erzählte vom Brand in Helmering, von der Mutter, die den Volkshochschulkurs aufmischte. Lisa lachte.

„Ich habe deine Mutter auch nicht gern zum Essen eingeladen. Mir war klar, dass sie besser kochte."

„So oft war sie doch gar nicht bei uns."

„Ich hatte immer den Eindruck, dass sie dachte, ich sei nicht gut genug für ihren Bub."

„Mir sagt sie, ich sei nicht gut genug für dich", erwiderte Thomas.

Lisa lächelte, aber sie sah nicht glücklich dabei aus. „Du gehst aber immer noch zur Mama, wenn's dir daheim nicht passt."

„Die wohnt in Regensburg, und ihr Bub sitzt in Helmering“, konterte Thomas.

„Wo er wahrscheinlich wieder in seinem Jugendzimmer schläft wie vor zwanzig Jahren.“

„Wo soll ich denn sonst schlafen?“

Sein Augenaufschlag war erbarmungswürdig. Lisa lachte.

„In deiner Wohnung in Stadtamhof.“

Reitinger war sprachlos vor Freude. Lisa stand bereits auf.

„Komm, wir gehen heim. Ich hab einen Weißwein kalt gestellt, der ist um Klassen besser als der Plimpelplempel hier.“

Der Wein war besser, die Musik war vertrauter als die spätromantischen Klänge, die Couch war bequem, nur das Thema war nicht ganz so romantisch, wie Reitinger das gerne gehabt hätte.

Gemeinsam saß er mit seiner Frau auf dem heimischen Sofa, und sie zeichnete so etwas Ähnliches wie ein Organigramm, wie sie das nannte.

„Lernst du in jeder Fortbildung“, sagte sie, schrieb den Namen des Geigers hin und zog dann zwei Linien, nach links außen und nach rechts außen. Links schrieb sie: Privat. Rechts schrieb sie: Beruflich.

Links schrieb sie: Verheiratet mit Julia, geborene Radecke, zwei Kinder, Felix und Paul, neun und vier Jahre alt.

„Woher weißt du das so genau?“, fragte Thomas verblüfft.

„Ich habe sie vor ein paar Wochen zufällig in der Stadt getroffen, da hatte sie die Kinder dabei.“

„Praktisch, wenn man aus Regensburg kommt, da kennt man gleich die Hälfte der Leute, die man mal braucht, wenn's ums Recherchieren geht.“

„Dafür kennst du in Helmering alle.“

„Das hilft mir in diesem Fall wenig.“

„Als der Alois Schindler umgebracht wurde, war's dein Vorteil.“

Thomas Reitinger nickte und rückte etwas näher an Lisa heran, doch die verpasste ihm gleich einen Dämpfer.

„Aus dem du dann doch beruflich keinen Nutzen gezogen hast“, ergänzte sie.

Thomas rutschte wieder weg.

Lisa wandte sich dem rechten Arm ihres Organigramms zu und sah ihn herausfordernd an. „Was weißt du über ihn?"

Thomas diktierte: Geiger beim Orchester des Regensburger Stadttheaters; erster Geiger beim„ Allegro Streichquartett" (aufgelöst); Leiter des Laienorchesters „Gaudeamus"; Leiter des Salonorchesters „Servus Wien".

„Dann hat er noch viel in so zusammengewürfelten Orchestern gespielt. Muggen nennt man das. Weihnachten und Ostern in verschiedenen Pfarreien, mal eine Spatzenmesse, mal eine Krönungsmesse, mal Haydn, mal Schubert ... Und Schüler hat er auch noch gehabt, Geigenschüler."

Lisa füllte das Organigramm weiter aus. Links, im privaten Zweig, stand herzlich wenig, rechts aber eine ganze Reihe von Betätigungen.

„Er war mit der Musik verheiratet, nicht mit seiner Frau", murmelte Thomas.

Lisa nickte. „Er war besessen davon zu spielen und zu dirigieren, das sagt sie auch."

Reitinger wurde hellhörig. „Das hat sie gesagt, als du sie zufällig getroffen hast?"

Lisa schüttelte den Kopf. „Ich habe sie angerufen und kondoliert. Schließlich waren wir einmal eng befreundet. Übrigens: Sie gibt dir ein Interview, wenn du willst."

Reitinger war sprachlos. Er starrte seine Frau an, als sähe er sie zum ersten Mal. Lisa lächelte süffisant.

„Ich habe gewusst, dass du dich freuen würdest. Aber du musst nicht gleich so überschwänglich Danke sagen."

„Danke", sagte Reitinger und bemühte sich wenigstens, Euphorie in seine Stimme, wenn schon nicht in seine Worte zu legen. So ganz gelang es ihm leider nicht.

4. Kapitel

Das Haus lag in Pentling, dem deutschen Wohnsitz des Papstes. Thomas vermied es, auch nur in die Nähe des neuen Wallfahrtsortes zu kommen. Regensburg war fast zu einer Papst-Gedenkstätte geworden, gab es doch wohl in der Innenstadt kaum einen Stein, auf den der damalige Professor Ratzinger nicht seinen Fuß gesetzt hätte oder über den er nicht gefahren wäre. Regensburg war auch voll mit Menschen, die ihn einmal gesehen oder gesprochen hatten, mit ihm Auto gefahren waren, die seinen Rat eingeholt oder ihm einen gegeben, die seinen Vorlesungen gelauscht und seine Klugheit bewundert hatten. Und die vor allem damals schon wussten, dass noch etwas ganz Großes aus ihrem Theologen werden würde.

Das Haus der Zieglers war das letzte in einer kleinen Straße am Ortsrand, nichts Extravagantes. Thomas stieg aus dem Auto und streckte sich. Schon gestern, nach der Nacht auf Mutters Sofa, hatte ihm der Rücken wehgetan. Lisas Gästebett hatte ihm nun den Rest gegeben. Er reckte sich noch einmal, dann lugte er durch die Hecke, sah Schaukel und Sandkasten, Planschbecken und Kinderfahrrad, gemütliche Gartenmöbel, eine Gießkanne.

Nachdem er geklingelt hatte, summte es und das Gartentor öffnete sich. Langsam ging er auf die Eingangstür zu und hob im Vorübergehen noch einen kleinen Socken auf, der da lag. Julia Ziegler stand in der Tür und sah ihm entgegen. Eine schöne Frau, wie er fand. Groß gewachsen, schlank, die blonden Haare zurückgebunden. Sie trug ein einfaches Sommerkleid und Flipflops, das sah schlicht und wenig bemüht, aber doch ziemlich gut aus. Sie war blass, kein Wunder nach dem, was geschehen war. Selbst Thomas, sonst nicht der galanteste unter den Männern, fühlte das Bedürfnis, ihr nicht zu viel zuzumuten und sie vor den Widrigkeiten der Welt zu beschützen. Bevor er ihr noch die Hand entgegenstrecken konnte, nahm sie ihm den kleinen Socken ab.

„Danke. Kommen Sie herein, Herr Reitinger."

Sie bat ihn ins Wohnzimmer. Der Flügel war das markanteste Stück dort. Alles andere war um ihn herum gruppiert. Tisch, Sofa und Sessel in einer Ecke, ein langes Regal mit stapelweise Noten, Büchern, Schallplatten und CDs sowie einer Stereoanlage, die Boxen. Ein Notenständer. Einen Geigenkasten konnte Thomas nicht entdecken. Vielleicht hatte sie ihn weggeräumt, um ihn nicht ständig vor Augen zu haben.

Julia Ziegler brachte aus der Küche Tassen, Teekanne und Gebäck auf einem Tablett und deckte auf der Terrasse.

„Ich bin nicht so gerne im Wohnzimmer", sagte sie leise. „Ich kann diese Anwesenheit von Musik derzeit nicht ertragen."

„Spielen Sie selbst ein Instrument?"

„Leidlich Klavier", antwortete sie. „Ich habe manchmal versucht, meinen Mann zu begleiten. Aber ich glaube, besonders zufrieden war er mit meiner musikalischen Leistung nicht." Sie goss Tee ein und räumte mit einer beiläufigen Bewegung ein paar Spielzeugautos vom Tisch.

„Ihre Kinder sind in der Schule?"

Sie schüttelte den Kopf. „Mein Vater ist mit ihnen nach Straubing in den Zoo gefahren. Ich habe sie beide krankgemeldet, Felix in der Schule und Paul im Kindergarten. Ich will, dass sie auch noch etwas anderes mitbekommen als die Fragen rund um den Tod ihres Vaters."

Thomas nickte und nahm sich Gebäck.

„Ihr Mann hat sehr viel Musik gemacht", fing er etwas hilflos an. „Stadttheater, Laienorchester, Streichquartett, Salonorchester ..."

Julia Ziegler nickte: „Und wenn er zu Hause war, arrangierte er Werke für seine Ensembles, übte selbst oder unterrichtete Schüler, studierte Partituren ..."

„Hat man da noch Zeit fürs Privatleben oder für Freunde?"

„Er nahm seine Arbeit ernst, er spielte nicht einfach so. Er war zuverlässig, pünktlich, diszipliniert, aber er war auch begabt, kreativ, impulsiv. Die Musik war sein Ein und Alles."

Thomas warf einen verstohlenen Blick ins Wohnzimmer. Es war ihm vorher nicht aufgefallen, aber tatsächlich gab es dort nichts, was auf den privaten Roman Ziegler hindeutete. Auch keine Bilder der Kinder, keine Familienfotos. Es war ein Raum, der dem Musiker und seiner Musik gewidmet war. Gerne hätte Thomas gefragt, wie es ihr, der Ehefrau damit ging, aber er fürchtete, das wäre jetzt zu taktlos oder sie würde die Fassung verlieren.

„Er war auch Dirigent ..."

„Er leitete ein Laienorchester. Mit Roman machten sie einen Qualitätssprung wie nie zuvor. Für ihn war auch das ein wichtiges Projekt, mit Hobbymusikern möglichst gute Musik zu machen."

Thomas Reitinger knabberte einen weiteren Keks und sagte nichts. Er wollte, dass Julia Ziegler von sich aus erzählte. Seiner Meinung nach redeten die meisten Journalisten zu viel und hörten zu wenig zu. Sie fragten dumm und nahmen die Antworten kaum zur Kenntnis. Er aber ließ die Leute lieber reden und vermied es mitzuschreiben, weil das manche Menschen verunsicherte. Aber Julia Ziegler schwieg jetzt. Er versuchte, das Gespräch wieder in Gang zu bringen.

„Die Hobbymusiker waren bestimmt froh, dass sie einen so guten Dirigenten bekommen haben."

„Ich bin mir da nicht so sicher. Roman hat ein Konkurrenzsystem aufgebaut, das die Gemütlichkeit empfindlich störte. Er führte Vorspielen ein, er warf einige Leute aus dem Ensemble, er suchte bessere Musiker, die auf seiner Seite waren, er drängte auf mehr Proben, auf schwerere Stücke, auf mehr Auftritte."

„Es gab also Ärger."

„Jedenfalls musste er feststellen, dass er mit diesem Ensemble nicht alle Ideen umsetzen konnte, also suchte er neue Herausforderungen."

„Das Salonorchester", warf Reitinger ein, und sie nickte.

„Eigentlich ist diese unterhaltende Musik nicht so seine Sache. Strauß-Walzer, Operettenseligkeit, Wiener Schmäh ... Mein Mann nannte es Klassik light. Für alle, die gerne so tun, als wären sie Klassikfreunde, bei denen es aber zu Richard Strauss und Wagner nicht reicht."

Thomas konnte nicht beurteilen, was Richard Strauss von Johann Strauß unterschied, aber er fragte besser nicht. Im Geiste notierte er diese Frage für den Feuilletonredakteur.

„Aber er erreichte mit der Salonmusik auch Menschen, die sich niemals ein Streichquartett anhören würden."

Es war seine Geltungssucht, dachte Thomas. Um bei den Festen der wirklich wichtigen Leute in der Stadt mitzumachen und ihnen zu imponieren, musste er Musik spielen, die sie auch hören wollten. Nur dann war er dabei und stand auch im Mittelpunkt. Laut sagte er: „Wie beim Geburtstag Ihres Vaters."

Julia Ziegler nickte und bei der Erinnerung an diesen Abend füllten sich ihre Augen mit Tränen.

Einen Moment waren sie still. Thomas räusperte sich unsicher. „Hatte Ihr Mann denn noch viel Zeit für Sie, für seine Familie?"

Julia Ziegler schüttelte kaum merklich den Kopf. „Das ist der Preis", sagte sie ein bisschen zu abgeklärt. „Als ich ihn kennenlernte, hielt ich Roman für ein Genie, ich wollte ihn haben und ich wusste, dass die Musik immer das Wichtigste für ihn sein würde."

„Wichtiger als Sie und die Kinder?"

Julia Ziegler zögerte. „Die Kinder und ich sind ein Paralleluniversum, in das er sich manchmal für einige Stunden zurückgezogen hat, aber nur selten. In seiner Welt der Musik aber war er mit der Kunst allein. Zumindest hat er das so gesehen."

„Das heißt, Sie waren verheiratet und doch quasi alleinerziehend."

„Das geht vielen Frauen so, die erfolgreiche Männer geheiratet haben", meinte Julia Ziegler. „Die Familie ist ein Hort der Entspannung. Sollte es Probleme geben, muss die Frau die selbst regeln; der Manager, der Unternehmenschef oder der Künstler haben dafür keine Zeit."

„Da hat es meine Frau leichter", lächelte Thomas.

„Glauben Sie nicht, Lisa hätte manchmal gerne einen erfolgreichen Mann?"

Reitinger merkte, dass sich das Frage-Antwortspiel umdrehte – und zwar nicht zu seinen Gunsten. Er konterte mit einer Rückfrage. „Wollten Sie einen Karrieretypen?"

„Es ging Roman nicht um die Karriere, es ging ihm nur um seine Musik. Ich habe mich in einen Geiger verliebt, der wunderbar spielte", sagte sie. „Der einen so weichen, zarten Ton hatte, dass ich dachte, ein Mensch, der so spielt, der muss etwas Himmlisches an sich haben."

Reitinger schmunzelte, was Julia Ziegler offenkundig irritierte. „Was ist daran so lustig?"

„Entschuldigen Sie, aber ich habe kürzlich einen Trompeter kennengelernt. Der sah aus, als wäre er Matrose oder Bauarbeiter, aber ich habe mir sagen lassen, er spiele wie ein junger Gott. Daran musste ich gerade denken."

Sie nickte: „Das Geigenspiel meines Mannes versprach viel."

Und der Typ konnte es nicht einlösen, ergänzte Thomas für sich diesen Satz, doch das behielt er lieber für sich.

„Wollen Sie noch etwas wissen?", fragte sie nach einer Pause.

„Ich würde gerne ein Foto von Ihnen und Ihrem Mann sehen, geht das?"

Julia Ziegler verschwand im Haus.

„Lisa hat erzählt, sie hätten Kunst studiert", sagte er, als sie mit einem Fotoalbum wiederkam.

„Als ich mich in Roman verliebte und wir zwei Jahre später heiraten wollten, habe ich das Studium abgebrochen."

„Aber Sie malen doch bestimmt noch."

„Um gut zu malen, fehlt mir die Konzentration auf die Kunst, und schlecht malen will ich nicht."

„Durfte es nur einen Künstler in der Familie geben?"

„Wir wollten Kinder, und es war ganz klar, dass die Erziehung meine Aufgabe sein würde. Familie, ihm den Rücken freihalten, seine Termine koordinieren, Stabilität geben, Anfälle von Einsamkeit vertreiben, bei Zweifeln bestärken, bei Überarbeitung entlasten."

Als sie Reitingers verwundertes Gesicht bemerkte, ergänzte sie: „Hinter jedem großen Mann steht eine große Frau."

„Hat sich das Opfer gelohnt?"

„Darüber habe ich nie nachgedacht", antwortete sie ein bisschen zu schnell. Wie zur Rechtfertigung fügte sie hinzu: „Übrigens habe ich vor einem Jahr angefangen, wieder in meinem eigenen Bereich zu arbeiten. Ich organisiere Ausstellungen für zwei Künstler aus Kallmünz."

„Macht Ihnen diese Arbeit Spaß?“

„Sehr.“ Er sah ihr an, dass sie die Wahrheit sagte.

Thomas betrachtete die Bilder im Fotoalbum. Ein glückliches Paar, später eine glückliche Familie. Auch Fotos von Ziegler bei Auftritten und Konzerten.

„Warum ist Ihr Mann bei der Feier im Kulturspeicher verschwunden?“

„Ich habe keine Ahnung. Er hat mir die Geige in die Hand gedrückt und mich gebeten, sie nach Hause zu bringen. Er würde später nachkommen.“

„Sie haben nicht nachgefragt?“

„Ich bin nicht misstrauisch.“

„Das heißt, er ging öfter einfach weg und sagte nicht wohin.“

Julia Ziegler spielte mit einem Modellauto, das noch auf dem Tisch stand. „Kann sein, dass er sich mit einer anderen Frau traf von Zeit zu Zeit. Aber ich weiß, dass er seine Familie nie aufgegeben hätte.“

„Eifersucht wäre ein Mordmotiv.“

„Ich habe ein Alibi. Ich war auf der Feier meines Vaters, während mein Mann aus unerfindlichen Gründen in Richtung Hafen schlenderte und seinen Mörder traf.“

Es klingelte. Julia Ziegler stand auf und reckte den Hals, so dass sie zum Eingangstor sehen konnte. „Ich mache gleich auf“, rief sie und wandte sich dann entschuldigend an Reitinger. „Es ist die Kommissarin.“

„Dann gehe ich besser.“ Thomas hatte überhaupt keine Lust, Jana Meyerbeer zu treffen. Er nahm seine Teetasse und folgte Julia Ziegler ins Haus, die dort den Türöffner betätigte.

Als sie ihn mit seiner Teetasse im Flur stehen sah, schmunzelte sie. „Stellen Sie die Tasse einfach in die Küche.“

Thomas wäre am liebsten so lange in der Küche geblieben, bis Julia Ziegler die Kommissarin durch den Flur gelotst hätte, aber das gelang ihm nicht. Jana Meyerbeer entdeckte ihn sofort.

„Ach, Herr Reitinger.“

Jetzt sind wir wieder beim Sie, dachte Thomas.

„Sie kennen sich schon", stellte Julia Ziegler fest, und beide nickten.

Julia Ziegler bat die Kommissarin, sich auf die Terrasse zu setzen. Sie würde gleich nachkommen, wenn sie ihren Gast verabschiedet hätte.

„Danke für Ihren Besuch. Sie sind ein guter Zuhörer, Herr Reitinger."

„Vielen Dank für Ihre Offenheit."

„Ich glaube nicht, dass ich Ihnen helfen konnte. Aber ich hoffe, dass Sie diskret mit den Informationen umgehen."

„Vielleicht will ich doch noch mit der Geschichte Karriere machen, dann muss ich aber reinhauen."

Julia Ziegler schmunzelte. „Karrieremänner tragen nicht ihre Teetasse in die Küche, Herr Reitinger."

„Das ist der neue Stil, Frau Ziegler", konterte Thomas. „Teamgeist ist in der Führungsetage sehr gefragt."

Zum ersten Mal an diesem Nachmittag hörte er Julia Ziegler lachen: „Grüßen Sie mir Lisa!"

Auf dem Weg zurück in die Redaktion überlegte Thomas. Julia Ziegler war eine traurige Frau, vielleicht auch eine ungeliebte Frau. Aber das war keine Geschichte für seine Zeitung. Was dann? Die Frau, die sich dem Genie aufgeopfert hatte. Erst jetzt fiel ihm ein, dass im Wohnzimmer nicht nur keine Familienfotos hingen. Er hatte auch nirgends ein Werk entdeckt, von dem man annehmen konnte, dass Julia Ziegler es geschaffen hatte. Wo hingen ihre Bilder aus der Zeit, als sie noch künstlerisch gearbeitet hatte? Würde sie wieder anfangen zu malen, war jetzt wieder Raum für ihre Kunst?

Thomas sah auf die Uhr. Kurz vor zwölf. Er rief in der Redaktion an und sagte, dass er noch zum Mittagessen gehen würde. Er käme gegen zwei Uhr zurück und würde dann etwa hundert Zeilen brauchen.

„Einmal am Tag ein bisserl was schreiben und sich ansonsten in der Gegend herumtreiben, so schön hätte ich es auch mal gerne", grantelte der Kollege, und Thomas empfahl ihm, das mit dem

Chef auszumachen, er sei da der falsche Gesprächspartner. Denn was auch immer man ihm nachsagen konnte: Vorgedrängt hatte er sich nicht bei diesem Fall.

Thomas fuhr zum Kulturspeicher. Er stellte sein Auto ab und ging zu Fuß bis zu jener verlassenen Druckerei, in der er den obdachlosen Geiger kennengelernt hatte. Schon von weitem hörte er ihn spielen. Um ihn nicht unnötig zu erschrecken, klopfte er an die Scheibe. Das Spiel hörte auf. Der Mann kam ans Fenster, machte auf.

„Der Journalist."

„Der Musiker."

„Danke für die Brotzeit."

„Ich hätte lieber mit Ihnen gegessen."

Der Musiker sagte nichts. Er ging zu dem Geigenkasten, der auf dem Boden lag, und packte liebevoll seine Geige ein. Thomas stemmte sich hoch und kletterte hinein. „Sie trauen mir nicht."

„Warum sollte ich?"

„Gehen Sie mit mir essen?"

„Kennen Sie das Hottentotten Inn?"

Thomas schüttelte den Kopf. Der Musiker schulterte seinen Kasten und beantwortete gleich den fragenden Blick seines Gegenübers: „Sie glauben doch nicht, dass ich das Instrument hier liegen lasse."

Gemeinsam gingen sie in Richtung Hafen. Ein Arbeiter kam ihnen entgegen, er nickte dem Geiger kurz zu.

„Sie sind hier bekannt."

„Ich wohne ja auch hier."

„Schon länger?"

„Seit fünf Jahren."

„In diesem Haus?"

„Ich wechsle meine Wohnstatt gelegentlich, habe ja nicht viele Möbel."

„Und wo sind Ihre weiteren Apartments?", fragte der Reitinger und hoffte, dass es scherzhaft klang und nicht arrogant.

„Es gibt mehr leer stehende Gebäude in der Stadt, als man denkt. Der alte Schlachthof ist in der Nähe ..."

„In der früheren Zuckerfabrik müsste jetzt auch Platz sein."

„Mir gefällt der Hafen am besten. Auch die Leute, die hier arbeiten."

Sie bogen ab und überquerten die Gleise. Hier stand der Kiosk, an dem Reitinger die Semmeln und den Kaffee gekauft hatte. Nur wenige Schritte weiter waren sie am Ziel: das Hottentotten Inn.

„Servus, Leo", sagte die Bedienung und stellte dem Geiger ungefragt ein Bier hin.

Thomas bestellte eine Apfelschorle und setzte sich neben Leo. „Wie gut kannten Sie eigentlich Roman Ziegler?", fragte er. „Sie haben das letzte Mal nur gesagt: von früher."

„Für mich das Schweineschnitzel mit Reis und Zigeunersoße", rief Leo der Bedienung zu.

„Und der Herr?"

„Das Gleiche", brummte Thomas.

„Ich habe ihn nicht gesehen in dieser Nacht", stellte der Geiger klar. „Und ich habe ihn auch nicht umgebracht."

„Sie konnten ihn nicht leiden."

Die Antwort war ausweichend: „Manche dachten, er sei für das Regensburger Kulturleben unverzichtbar."

„Sie dachten das nicht."

„Fehlt er Ihnen?", fragte Leo.

„Ich kenne mich nicht so aus mit der Kultur."

Sie stießen an und tranken.

„Ich bin im Orchester eine Zeitlang hinter ihm gesessen, als ich noch dazugehörte. Ich konnte ihn gut beobachten. Er hat sich profiliert und mit jeder Geste den großen Künstler raushängen lassen."

„Für den er sich bestimmt auch gehalten hat."

„Sein Ehrgeiz machte ihn anstrengend; und so gut war er nun auch wieder nicht, dass man ihm jede Gemeinheit verzeihen konnte."

Leo Volkmann war in seine Erinnerungen versunken, ein bitterer Zug um seinen Mund verriet, dass es keine schönen waren.

Die Bedienung stellte Volkmann ungefragt das zweite Bier hin. „Essen kommt gleich."

„Vielleicht sind alle großen Künstler Egozentriker", brummte Leo. „Aber für mich war er mehr Egozentriker als Künstler."

„War er besser als Sie?"

Leo zuckte die Schultern, während die Bedienung das Essen hinstellte.

„Mahlzeit."

Leo aß schnell und mit großem Appetit, Thomas ließ sich Zeit.

„Schmeckt's nicht?", fragte Leo mit vollen Backen.

„Doch, aber ich glaub, ich hab nicht so viel Hunger wie Sie."

Leo nickte nur, dann schluckte er und redete weiter. „Ich war früher ein ganz passabler Geiger. Ich habe nebenbei noch viele Muggen gespielt - Sie wissen, was das ist?"

„So am Sonntag mal in der einen Kirche und mal in einer anderen."

Leo nickte. „Und ich habe ein Laienorchester geleitet. Lange Jahre. Die waren nicht gut, aber sie haben alle gern gespielt. Einmal im Jahr haben wir ein Programm zusammengestellt, das wir dann in zwei oder drei Pfarrsälen im Umland zum Besten gegeben haben. Waren immer viele Leute da, jeder von den Hobbymusikern brachte ja seine Familie mit. Dann ist Roman Ziegler gekommen."

„Er hat Sie weggeekelt", vermutete Reitinger.

„Anfangs wollte er angeblich nur mitspielen. Aber schon als Konzertmeister. Dann kam er mit Ideen, was wir üben könnten. Schwere Stücke. Auf einmal wollten alle, die einigermaßen gut waren, nur noch mit besseren Musikern zusammenspielen. Es gab Streit, das Orchester war fast am Ende. Ich habe aufgegeben, er hat es übernommen, die Hälfte der Leute musste gehen, wer gut war, durfte bleiben."

„Seine Frau sagt, das Orchester suchte damals einen neuen Leiter."

„So kann man's auch sehen."

„Was haben Sie gemacht?"

„Ich hatte eine Stinkwut, bin nach Hause, hab mich betrunken und dann mit meiner Frau gestritten."

Thomas sah ihn überrascht an, Leo lachte leise.

„Damals war ich noch verheiratet. Aber irgendwann hat sich meine Frau das anders überlegt."

„Weil Sie zu viel Musik gemacht haben und keine Zeit für sie hatten."

„Weil ich keine Musik mehr gemacht habe und ständig Zeit hatte", korrigierte der Geiger.

Interessiert linste Leo auf Thomas' Teller, denn der hatte nur die Hälfte gegessen. „Schon satt?"

Thomas nickte. Leo zog den Teller zu sich heran und aß weiter.

„Warum haben Sie aufgehört zu spielen?"

„Ich spiel doch noch, wenn ich auch nicht mehr dafür bezahlt werde", schmatzte Leo, und Thomas hatte das Gefühl, dass er ihm etwas verschwieg. Gerade wollte er nachfragen, aber da kam die Bedienung an den Tisch.

„Hat's geschmeckt?", fragte sie. Leo und Thomas nickten.

„Ich bring dir gleich ein frisches", sagte sie, als sie Leos leeres Glas sah.

Leo klopfte mit den Fingern auf den Tisch. Thomas sah einen Moment zu lange hin, dann zuckte er zusammen. Er starrte auf die linke Hand des Musikers, dann sah er ganz schnell weg. Leo aber lachte bitter.

„Das haben Sie jetzt erst gesehen?" Mittelfinger und Ringfinger waren etwas verkrümmt. Leo hielt ihm seine Hand unter die Nase, streckte alle Finger aus, doch diese beiden wurden einfach nicht gerade, blieben krumm.

„Wie ist das passiert?", fragte Thomas leise.

Leo Volkmann gab keine Antwort. Er sah an Reitinger vorbei, betrachtete die Baumstämme, die der Bar das besondere urige Flair gaben.

Von draußen kamen zwei neue Gäste herein. Einer von ihnen sah Leo, nickte ihm zu. „Die Polizei steht vor deiner Druckerei."

Leo überlegte nur kurz, dann zeigte er auf den Geigenkasten. „Passen Sie gut darauf auf."

Leo griff nach seinem Glas, nahm einen kräftigen Schluck, dann stellte er es auf der Bar ab und verschwand im hinteren Teil des Lokals, irgendwo zwischen Toiletten und Waschsalon. Die Bedienung nahm das Glas und schüttete den Rest des Bieres weg. Thomas schob die Geige vorsichtshalber unter seine Sitzbank.

Kurz darauf kamen zwei Polizisten herein. Sie gingen direkt an die Bar zur Bedienung.

„Wir suchen Leo Volkmann."

„Der ist nicht da."

„War er heute schon da?"

„Ja, aber er ist dann wieder weg."

Die Polizisten sahen sich um, warfen auch einen fragenden Blick auf Reitinger, der vor seinem fast leeren Glas saß.

Als die beiden Beamten gegangen waren, zahlte Thomas für sich und Leo. Er wollte aufstehen und gehen, da rief ihm die Bedienung nach: „Vergessen Sie die Geige nicht!"

Thomas verstaute die Geige im Kofferraum seines Autos. Obwohl keiner hineinsehen konnte, deckte er den Kasten behutsam zu. Er hatte keine Ahnung, wie viel so ein Instrument wert war. Aber er dachte, selbst wenn es nur hundert Euro waren, Leo würde ihm nie verzeihen, wenn er nicht gut darauf aufpasste. In die Redaktion wollte er die Geige nicht mitnehmen. Er fürchtete weniger den Spott der Kollegen als vielmehr die Tatsache, dass Leo Volkmann mit dem Mord etwas zu tun haben könnte.

„Wir haben einen Verdächtigen", empfing ihn tatsächlich Kollege Krakowski, als er die Redaktion betrat. „Es ist ein früherer Kollege Zieglers mit Namen Leo Volkmann. Obdachlos, treibt sich in der Hafengegend herum, größter Feind des Verstorbenen."

„Wie ist die Polizei denn auf den gekommen?", fragte Thomas.

„Volkmann war früher im Stadttheater als Streicher. Er hatte einen Unfall, hat sich zwei Finger an einer Autotür böse eingeklemmt und dann behauptet, das sei der Ziegler gewesen und der habe das mit Absicht gemacht."

Reitinger schluckte. Das war es also, was Leo ihm nicht hatte sagen wollen. „Stimmt es denn auch?"

„Konnte er nicht beweisen. Außerdem hat er angeblich zu dieser Zeit schon so viel getrunken, dass ihm öfter mal kleine Missgeschicke passiert sind. Jeder konnte sich vorstellen, dass er selbst die Tür zugehauen und gleichzeitig die Finger noch drin gelassen hatte."

„So fest, dass die Finger krumm bleiben?", fragte Reitinger, und Krakowski hörte auf zu tippen.

„Hab ich was von krumm gesagt?"

Reitinger wurde siedend heiß.

„Hast du gerade erzählt."

„Das hab ich doch gar nicht gewusst."

„Dann haben es die Polizisten erwähnt, die ich gerade im Hafen getroffen habe. Die suchen nach dem Volkmann."

Frank musterte ihn argwöhnisch. „Reitinger, bisher habe ich dir immer alles gesagt, was ich weiß."

Thomas nickte.

„Ich kann aber auch anders."

Thomas schrieb über sein Gespräch mit der Frau des Geigers eine sehr emotionale Geschichte, die auch den Ermordeten in einem guten Licht erscheinen ließ. Er betonte den liebevollen Familienvater, den begabten Musiker, den engagierten Dirigenten. Er wusste, das war nur ein kleiner Teil der Wahrheit, und er kam sich nicht gut dabei vor. Er dachte zugleich an Leo Volkmann und fragte sich, wo der wohl untergeschlüpft war und wann er sich bei ihm wegen der Geige melden würde.

Das Laienorchester probte in einem Pfarrsaal in Prüfening. Thomas hatte den Vorsitzenden des Vereins angerufen und gefragt, ob sie sich heute überhaupt treffen würden, aber der hatte das bestätigt.

„Herr Ziegler hätte auch geprobt, wenn einer von uns gestorben wäre", sagte er zunächst, und als Thomas betreten schwieg, hatte er hinzugefügt: „Wir proben ja auch für seine Beerdigung. Wir wollen nämlich in der Kirche spielen."

„Wer leitet denn jetzt das Orchester?", fragte Reitinger nach.

„Das übernimmt der Konzertmeister."

Zwanzig bis dreißig Leute saßen im Halbrund des Orchesters, schätzte Thomas. Überall lagen offene Geigenkästen herum, und ihm fiel wieder ein, dass auch in seinem Kofferraum ein Instrument lag. Thomas nahm sich einen Stuhl, setzte sich, hörte zu. Niemand nahm weiter Notiz von ihm, sie spielten, sie sahen manchmal zu ihrem Dirigenten. Selten unterbrach der, sagte etwas, dann fingen sie irgendwo wieder an. Takt 47, Takt 98, hier mehr piano, dort nicht so schleppend.

„Kurze Pause“, rief der Dirigent, legte seinen Taktstock weg und wischte sich den Schweiß von der Stirn.

Ein älterer, etwas dicklicher Mann kam auf Thomas zu, sein Instrument unter den Arm geklemmt, den Bogen in der Hand. „Ich bin Franz Klar, der Vorsitzende. Grüß Gott, Herr Reitinger. Das sind Sie doch?“

Thomas nickte und sah zu, wie Klar das Musikinstrument in den Koffer bettete, den Bogen dort einklemmte. Irritiert blickte er zu dem Geiger, der nebenan seine Violine verstaute. „Ihre Geige ist ja größer“, murmelte er.

„Es ist eine Bratsche“, erklärte Klar, aber keineswegs ironisch oder selbstgefällig. Für ihn schien es durchaus denkbar, dass man sein Leben verbringen konnte, ohne den Unterschied zwischen Geige und Bratsche zu kennen.

„Um eines gleich klarzumachen: Wir verdanken Herrn Ziegler sehr viel.“

„Sie müssen sich nicht verteidigen“, beeilte sich Thomas zu sagen. „Ich fahnde nicht nach dem Mörder. Ich will nur ...“

„Seinen Lebensraum abstecken, so dass Sie fundiert über ihn schreiben können“, mischte sich jemand ein. Thomas drehte sich um und sah in das Gesicht eines auffallend gut aussehenden Mittvierzigers, der ihm nun die Hand entgegenstreckte.

„Benjamin Greifenstein, hier Cello, im wirklichen Leben aber Kinderarzt. Ich habe den Verstorbenen sehr gut gekannt.“

„Und das da hinten, das ist Zieglers Schwiegervater“, erklärte Franz Klar und deutete auf einen anderen Streicher. „Er spielt bei uns die zweite Geige.“

„Und zwar sehr engagiert“, lächelte Greifenstein, und Thomas fand, es klang ein bisschen herablassend.

Franz Klar verdrückte sich, offenbar hatte er selbst das Gefühl, dass er im Moment nicht gebraucht wurde.

„Sie waren also mit Roman Ziegler befreundet", fing Thomas an.

„Ich bin eher ein Freund der Familie", korrigierte Greifenstein.

„Und Sie behandeln Felix", hörten sie eine Stimme hinter sich. „Alexander Radecke. Meine Tochter Julia hat mir von Ihnen erzählt, Herr Reitinger."

Thomas nickte und musterte Radecke. Ein gepflegter älterer Herr, dem es an Selbstbewusstsein offenkundig nicht mangelte. Auch wenn er dem Mann mit dem schütteren Haar, dem maßgeschneiderten Anzug und dem auffälligen Siegelring nie selbst begegnet war, so kannte er ihn doch aus der Zeitung und wusste alles über ihn, was man so wissen konnte.

Alexander Radecke war ein Selfmademan. Er hatte klein angefangen, dann einen Betrieb für Golfausstattung aufgebaut, damit ein Vermögen gemacht, mit seinem Geld und wohltätigen Aktionen auch einen Stand in der Gesellschaft erworben. Seit seine Frau gestorben war, ließ er sich gelegentlich mit jüngeren Damen sehen.

„Sie sind mir bisher weder als Gesellschaftskolumnist noch als Feuilletonist aufgefallen." Radecke musterte Thomas kritisch. Der wusste gar nicht, wie er sich verteidigen sollte, denn Radecke hatte Recht.

„Umso besser", übernahm Greifenstein die Konversation. „Er schreibt ja nicht über den Künstler und auch nicht über die Society-Kontakte Romans, sondern über ein schreckliches Verbrechen, das uns alle zutiefst entsetzt und verstört."

War der Arzt bislang vor allem durch sein charmantes Lächeln aufgefallen, so legte er nun die Stirn in Falten, unendliche Trauer sprach aus seinen Augen. Diese Traurigkeit ist echt, dachte Thomas. So was kann man doch nicht spielen.

„Meine Enkel stehen vollkommen unter Schock und meine Tochter ebenso", knurrte Radecke, und es klang wie ein Donnergrollen.

„Ich werde morgen früh vorbeischauen, wegen Felix; dann lasse ich auch Julia ein Beruhigungsmittel da, wenn es nötig ist."

Greifensteins Worte klangen gut gemeint und freundlich, aber Radecke dankte ihm nicht. Er musterte ihn kühl, dann wandte er sich Thomas zu.

„Sollten Sie Unsinn schreiben, dann lernen Sie mich kennen." Damit ging er.

Thomas sah ihm irritiert nach, dann blickte er Hilfe suchend zu Greifenstein. Der lächelte jetzt wieder.

„Nehmen Sie es ihm nicht übel. Er ist und bleibt ein Raubein mit einem weichen Herzen, das er gut vor Außenstehenden verbirgt. Und dass seine Tochter ihren Mann verloren hat, macht ihm natürlich große Sorgen."

„Auf mich wirkte sie heute sehr gefasst."

„Julia ist es gewöhnt, ihre Gefühle hintanzustellen."

Thomas sah den Arzt fragend an. Der beugte sich zu ihm und sprach leise. „Sie wissen doch, wer in dieser Familie die erste Geige gespielt hat."

Thomas wechselte das Thema. „Herr Radecke sagte gerade, Sie behandeln Felix Ziegler."

„Ich bin Kinderarzt", gab Greifenstein zur Antwort.

„Felix gilt offenbar Ihre besondere Aufmerksamkeit."

Greifenstein sah Thomas ernst an. „Ich muss Sie doch nicht an die ärztliche Schweigepflicht erinnern."

Dann frag ich eben Julia Ziegler, dachte Thomas.

Nachdem Radecke und Greifenstein ihn stehen gelassen hatten, wusste Thomas nicht so recht, was er tun sollte. Franz Klar befreite ihn aus dieser misslichen Situation und kam auf ihn zu.

„Brauchen Sie noch irgendwelche Informationen von mir?"

Thomas wollte schon den Kopf schütteln, doch da fiel ihm etwas ein. „Haben Sie schon mitgespielt, als Leo Volkmann noch das Orchester leitete?"

Franz Klar wirkte überrascht, doch dann nickte er.

„Der Leo hat das sehr lange gemacht. Aber ..." Klar sah sich um, ob jemand zuhörte, aber niemand war da. „... er hat einfach zu viel getrunken, das ging auf die Dauer nicht gut."

„Meine Damen und Herren, können wir weitermachen?", rief der Dirigent. Das Gemurmel im Raum wurde leiser, die meisten holten sich wieder ihre Instrumente. Auch Klar wollte seine Bratsche nehmen, doch Thomas hielt ihn auf.

„Eine Frage noch: War's bei Volkmann nicht gemütlicher?"

„Es war mehr Hobby und weniger Stress. Mehr Gaudi, weniger Anspruch."

„Finden Sie es jetzt besser?"

Klar zögerte mit der Antwort.

„Ich bin nicht besonders gut, aber erstens hat der Bratscher selten viel zu tun und zweitens bin ich der Vereinsvorsitzende und mache den ganzen Verwaltungskram. Die schmeißen mich nicht raus."

„Spielt denn Herr Greifenstein gut Cello?"

Klar nickte: „Der hätte genauso gut Musiker werden können."

„Und Herr Radecke?"

„Da bin ja ich noch besser", antwortete Klar nur knapp und wollte schon gehen. Aber Thomas ging einfach mit.

„Aber er kann mithalten, oder?"

Franz Klar flüsterte fast. „Er war der Schwiegervater. Reicht das als Auskunft?"

„Aber Roman Ziegler legte doch Wert auf Niveau und Können."

„Jeder Mensch macht Ausnahmen", sagte Klar noch schnell, dann nahm er im Orchester seinen Platz ein.

Als Thomas zu Hause ankam, war es schon kurz vor Mitternacht. Wieder hatte er den Garten nicht gegossen, aber er nahm sich fest vor, es morgen früh nachzuholen, bevor er zur Arbeit fuhr.

Als er sein Sakko auszog, knisterte es in der Jackentasche. Thomas zog seinen Notizblock heraus und ein mehrfach gefaltetes Blatt. Das Organigramm, das Lisa gezeichnet hatte. Thomas konnte nun ein paar kleinere Punkte auf der privaten Seite ergänzen. Da war der Schwiegervater, dann war der Arzt, ein Freund des Hauses. Beide spielten auch im Orchester; damit ergaben sich Verbindungen zur beruflichen Hälfte des Blattes. Aber das war ihm vorher schon klar gewesen. Wer so viel arbeitete wie Roman Ziegler, der suchte sich seine Freunde und Bekannten bei der Arbeit. Auch wenn offenbar nicht jeder sein Freund sein wollte.

Thomas betrachtete sein Organigramm und dachte nach, als es klingelte. Er sah auf die Uhr, wunderte sich. Dann ging er zur Tür und machte auf. Draußen stand Gerber.

„Servus, Thomas. Ich hab gesehen, dass noch Licht ist. Und vorher warst noch nicht da."

„Was ist denn los, Gerber?"

„Die sagen, ich hätte mein Sach selbst angezündet, wegen der Versicherung, weil ich doch so viele Schulden hab."

„Wer sagt das?"

„Alle - Thomas, das darfst du nicht schreiben!"

Gemeinsam saßen sie in der Küche und tranken Bier. Thomas hörte sich an, wie der Hof in die roten Zahlen gerutscht war, Pech mit den Viechern, ein verregneter Sommer, die magere Ernte.

„Zwei schlechte Jahre - und wir sind da nicht mehr rausgekommen. Ich habe keine Rücklagen gehabt, ich konnte auch kein Geld mehr aufnehmen. Freilich möchte man da am liebsten alles hinschmeißen, aber ich zünde doch nicht meinen eigenen Hof an!"

„War's denn überhaupt Brandstiftung?", fragte Thomas.

„Das steht noch gar nicht fest", erzählte Gerber. „Aber wie mich heute eine Frau von der Zeitung angerufen hat und hat erzählt, es geht das Gerücht, ich wär's selber gewesen ..."

„Weißt den Namen noch?"

Gerber schüttelte den Kopf.

„Ich frag nach. Und ich probier, dass ich wieder drüber schreiben darf. Aber wenn morgen schon was drinsteht, da kann ich dann nichts mehr machen."

„Was sollen sie denn schreiben, wenn nicht einmal die Feuerwehr und die Polizei wissen, warum der Brand ausgebrochen ist?"

Thomas schwieg. Er wusste sehr wohl, was man da alles schreiben konnte. Spekulationen, Gerüchte, Mutmaßungen, Behauptungen. Es würde reichen, wenn drinstünde, der Gerber hatte Schulden und wusste nicht mehr ein noch aus. Da brauchte man gar nicht mehr anfügen, dass er sein Haus vielleicht selbst angezündet hat. Den Rest reimte sich der Leser zusammen. Und der Journalist hatte nicht gelogen.

„Ich hoffe, es ist noch nichts erschienen, und kümmere mich drum", versprach Thomas, und Gerber gab ihm die Hand.

„Dass wir jetzt gar nichts zu tun haben, das ist das Allerschlimmste“, sagte er. „Wir hocken den ganzen Tag im Wirtshaus und warten ab.“

„Andere machen das schon seit Jahren“, grinste Thomas.

„So einer war ich nie.“ Dem Bauer war nicht nach Scherzen.

Reitinger nickte und brachte ihn zur Tür.

5. Kapitel

Als Thomas Reitinger am Morgen in die Küche kam, standen die Gläser vom Vorabend noch auf dem Tisch. Er räumte sie weg und schaltete die Kaffeemaschine ein. Nach einem kurzen Blick auf das Organigramm, das Lisa für ihn entworfen hatte, ging er ins Bad und duschte. Während ihm das Wasser über den Kopf rieselte, dachte er über den toten Geiger nach. Die Polizei verdächtigte offenbar Leo Volkmann, dessen Violine in seiner Küche an der Wand lehnte. Thomas zog sich an, setzte sich mit der Zeitung und seinem Kaffeebecher auf die Terrasse. Es war noch ein bisschen frisch, aber es sah aus, als ob es wieder ein warmer Tag werden würde.

Thomas überflog den Lokalteil. Kein Wort über den Brand in Helmering. Er war erleichtert. Dann konnte er sich heute darum kümmern, wenn ihn der Chef und die Kollegen ließen. Er würde gleich nachher anrufen. Er wollte die Zeitung schon zusammenfalten, da fiel sein Blick auf ein großes Foto von strahlenden älteren Frauen, in ihrer Mitte zwei Männer. Einige präsentierten Teller, auf denen mehr oder weniger appetitlich etwas angerichtet war. „Ich kann Orientalisch“ stand darüber und in der Unterzeile wurde erklärt, dass die Volkshochschule einen entsprechenden Kochkurs anbot. Die Praktikantin Melanie war mit einer Szene aus dem Kurs eingestiegen – sie hatte bestimmt gelernt, dass man eine gute Reportage so beginnen sollte.

Vorsichtig kostet Manuela Richter die Soße zum Granatapfelhühnchen. Sie schmeckt konzentriert nach und nickt. „Perfekt", sagt sie dann und lächelt die Teilnehmer ihres Kochkurses an. „Ich tät noch ein bisserl mehr Ingwer und Curry hin", widerspricht eine der Frauen, doch Manuela Richter schüttelt den Kopf. Die ältere Dame aber beharrt auf ihrer Meinung: „Ich glaube, des würde noch besser schmecken."

Das ist meine Mutter, dachte Reitinger und hoffte, dass die Einstiegsszene des Artikels bald zu Ende war.

Aber nein. Die junge Mitarbeiterin seiner Zeitung schilderte noch, wie sich die Kochlehrerin wegdrehte und die „ältere Dame", wie seine Mutter hier bezeichnet wurde, kräftig nachwürzte unter den verschwörerischen Blicken der anderen Teilnehmer. Später, beim Essen, habe sie das dann gestanden, als Manuela Richter noch einmal auf die herrliche Soße gekommen sei, die so besonders pikant schmecke.

Thomas betrachtete das Bild; seine Mutter hatte eine ihrer Schürzen an und hielt den Kochlöffel wie eine Trophäe in der Hand. Sie war leicht zu erkennen, sie strahlte über das ganze Gesicht. Er hätte nicht sagen können, wer diesen Kurs leitete. Als Außenstehender würde er auf seine Mutter tippen. Sie wirkte so souverän, als sei das alles hier ihre Veranstaltung. Wie die Praktikantin es gesagt hatte. Therese Reitinger hatte diesen Kochkurs übernommen, ohne jemals vorher irgendetwas mit orientalischer Küche zu tun gehabt zu haben.

Thomas wollte sich gerade noch einmal Kaffee holen, als es an der Tür klingelte. Der Gerber, dachte er und lugte von der Küche hinaus in den Flur. Durch das kleine Fenster in der Haustüre sah er Jana Meyerbeer, die Kommissarin. Thomas schlüpfte zurück in die Küche und schob den Geigenkasten unter den Küchenschrank. Dann ging er hinaus in den Flur, öffnete die Tür und guckte so erstaunt, wie er konnte.

„Ja, guten Morgen", sagte er. Jana Meyerbeer hatte offenbar gerade ihre morgendliche Fahrradtour hinter sich gebracht. Sie trug sportliche Kleidung, ihr Rennrad lehnte am Zaun. „So eine Überraschung", fügte Thomas noch hinzu, weil er fürchtete, so richtig sei es ihm nicht gelungen, den Erstaunten zu spielen.

„Guten Morgen", sagte auch Jana Meyerbeer und lächelte etwas unsicher. „Ich war gerade in der Nähe und da dachte ich ..." Was sie dachte, erfuhr Thomas nicht, denn sie führte den Satz nicht zu Ende.

„Eine Tasse Kaffee?"

„Tee wäre mir lieber. Oder einfach nur Wasser."

Thomas trat beiseite und ließ sie herein. Sie hatten sich schon einmal geduzt, aber als er Jana bei Julia Ziegler getroffen hatte, waren sie wieder per Sie gewesen. Das war aber quasi in der Öffentlichkeit - was war jetzt? Beide hatten eine persönliche Anrede vermieden, beide schraubten sie ihre wenigen Sätze so, dass sie nicht aus der Deckung kommen mussten.

Jana betrat die Küche und sah sich um. „Sieht alles noch aus wie bei Muttern."

Thomas setzte Wasser für den Tee auf. „Ein bisschen weniger sauber ist es", entschuldigte er sich. „Ich komme einfach nicht dazu, mich um alles zu kümmern."

Jana Meyerbeer lächelte und betrachtete einen Staubflusen, der an Reitingers T-Shirt hing. Thomas zupfte ihn verlegen weg. „Da ist einer als lebendiger Staubwedel unterwegs gewesen", analysierte die Kommissarin.

Unwillkürlich sah Thomas in Richtung Küchenschrank, schaute aber gleich wieder weg, als er merkte, dass die Kommissarin seinem Blick folgte. „Mir ist vorher was runtergefallen."

„Offenbar ist es unter den Schrank gerutscht."

Thomas erschrak und guckte schnell auf den Boden vor dem Schrank. Das kam davon, wenn man nicht wischte. Tatsächlich war zu sehen, dass er hier über den Boden gekrochen war.

„Hier findet man schnell Spuren", lachte Jana Meyerbeer.

„Mir ist eine Flasche unter den Schrank gerollt."

„Soll ich suchen helfen?"

„Nein!", rief der Reitinger etwas zu laut, und da die Kommissarin zusammengezuckt war bei seiner spontanen Reaktion, fügte er hinzu: „Ich hab's schon gefunden."

Thomas ging zum Küchenschrank und suchte nach Tee. Er selbst trank zu Hause keinen, aber er war ziemlich sicher, dass seine Mutter einige Sorten hier hatte. Für wenn mal Besuch kommt, hatte sie immer gesagt. Reitinger fischte mehrere kleine Teedosen heraus, die alle ordentlich beschriftet waren, und stellte sie auf den Tisch.

Amüsiert las Jana Meyerbeer vor. „Englischer Frühstückstee, Ostfriesland Auslese, Assam, Darjeeling, Sencha Kukicha, Brasilien Mate grün, Früchtemischung Wildkirsche, Rotbusch Erdbeere, St. Hildegard Energietee - du bist ja richtig gut ausgerüstet."

Endlich war es heraußen. Sie waren wieder beim Du.

„Was nimmst?", fragte Thomas, der nun auch etwas sicherer war, weil er die Kommissarin direkt anreden konnte.

„Den Sencha, aber ich gieße ihn selbst auf", erwiderte sie und machte gleich den Deckel des Wasserkochers auf, der sich gerade ausgeschaltet hatte, als das Wasser kochte. „Noch zu heiß für Grüntee", sagte sie, als sie Reitingers fragenden Blick bemerkte.

Dann zeigte sie auf das Organigramm auf dem Tisch. „Es geht um den ermordeten Geiger?"

Thomas Reitinger holte Teekanne und Tasse.

„Weißt du was, was ich nicht weiß?", fragte Jana nach.

„Der hat überall mitgemischt, wo in Regensburg klassische Musik gemacht wurde", antwortete Thomas ausweichend. „Und er hat nicht nur Freunde gehabt."

Jana Meyerbeer nickte.

„Da gibt es einen früheren Kollegen, der ihn besonders verabscheute." Aufmerksam betrachtete sie Reitingers Mienenspiel, aber der wusste, wie man am besten unbeteiligt und unbedarft dreinschaute, das hatte er schon in der Schule gelernt.

„Kennst du Leo Volkmann?" Sie begann, ihren Tee zuzubereiten.

Thomas wusste nicht, was er jetzt machen sollte. Er wollte Jana nicht anlügen, er wollte aber auch Leo nicht verraten.

„Du kennst ihn also", stellte die Kommissarin fest.

„Wie kommst da auf mich?", fragte Thomas zurück.

„Die Kollegen haben ihn gestern im Hafen gesucht, dabei waren sie auch im Hottentotten Inn, wo er gerne mal was trinkt. Da haben sie ihn nicht getroffen, aber dich."

„Bin ich so bekannt, dass jeder Polizist mein Gesicht kennt?"
„Wir haben dich in der Verbrecherkartei."
Thomas sah sie irritiert an.
„Kleiner Scherz", grinste die Kommissarin. „Aber in meinem Büro hängt ein Artikel über den Mord an Alois Schindler und seine Aufklärung. Von unserem Redaktionsmitglied Thomas Reitinger – mit Foto."
„Da bin ich ja berühmt", feixte Thomas.
„Kennst du Leo Volkmann?", bohrte Jana nach.
„Ich hab ihn getroffen", gab Reitinger zu. „Aber ich weiß nicht, wo er jetzt ist."
„Wenn du es wüsstest, würdest du es mir sagen?"
„Ich würde ihm sagen, dass er zu dir gehen soll."
„Er hat Roman Ziegler abgrundtief gehasst."
„Aus gutem Grund. Offenbar hat der ihm wohl sein Leben ruiniert."
„Das hat er selber mit seiner Trinkerei."
Thomas linste zur Spüle, wo die beiden Biergläser vom Vorabend noch standen. Jana Meyerbeer missverstand diesen Blick.
„Er war gestern Abend da! Er ist bei dir!"
Thomas schüttelte den Kopf. „Der Gerber war da – wir haben doch einen Brand gehabt im Dorf."
„Da sind die Kollegen dran. Brandursachenforschung."
„Ich hoffe, sie geben mir Auskunft, wenn ich Fragen hab."
„Ich dachte, du recherchierst in Sachen Mord an Roman Ziegler."
„Heute erst der Gerber, wenn's der Chef erlaubt."
Die Kommissarin trank ihren Tee, und beide schwiegen einen Moment.
„Wo ist Leo Volkmann?", nahm sie den Faden wieder auf.
„Ich weiß es wirklich nicht. Ich glaub auch nicht, dass er es war."
Jana Meyerbeer sah sich um.
„Wohnst du jetzt allein hier?"
Thomas nickte.
„Bleibt das so?"
„Keine Ahnung."

Jana Meyerbeer lächelte, aber es sah ein bisschen bitter aus. „Entscheidungsfreudig wie immer." Damit stellte sie ihre Tasse ab und ging zur Tür.

„Danke für den Tee. Bis bald."

Thomas wartete, bis Jana Meyerbeer sich aufs Rad geschwungen hatte und gefahren war, dann wollte er die Geige unter dem Küchenschrank herausziehen. Kaum hatte er sich gebückt, überlegte er es sich aber anders. Sie war dort gut aufgehoben, wenn auch inmitten einer Menge Staubflusen. Sollte sie doch dort bleiben.

Thomas stand auf, klopfte seine Hose ab. Er räumte auf, dann rief er in der Redaktion an. Dass er gerne wegen des Brandes recherchieren würde, sagte er, es käme eine gute Geschichte heraus und im Mordfall gebe es im Moment ohnehin wenig Neues. Ob er den Fotografen Bobby Friedrich brauche, fragte der Kollege nach, aber Reitinger wollte seine Ruhe haben.

„Fotos vom Brand haben wir genug. Und von den Ruinen auch. Sogar von Tränen der Betroffenen – also warum sollte er kommen?"

Grüßend ging Thomas durchs Dorf. Er sah die alte Hofmeisterin, die offenbar wieder gesund war, nachdem Doktor Wachter vor ein paar Tagen noch einen Hausbesuch gemacht hatte. Er hörte die Kirchturmuhr zehn schlagen und ihm fiel ein, dass er das Grab seines Vaters neu bepflanzen sollte – bei Gelegenheit.

Endlich stand er vor den verkohlten Restmauern des Gerberhofs. Der Gerber stand auch da mit zwei Leuten von der Polizei.

„Ich hab's gehört, wie die Viecher gebrüllt haben", erklärte er gerade. „Das war noch vor Mitternacht. Da bin ich dann aufgestanden ..."

„Sie waren schon im Bett?", fragte einer der Polizisten nach.

„Ich muss jeden Morgen um fünf Uhr raus. Freilich gehe ich bald ins Bett, wenn's nichts mehr zu tun gibt."

„Hat Ihre Frau auch schon geschlafen?"

Gerber nickte, dann bemerkte er Reitinger. „Sag's ihnen, Thomas, dass ich ein anständiger Mensch bin und nicht mein eigenes Sach anzünde. Vielleicht glauben sie einem von der Zeitung mehr als mir."

Die Polizisten grinsten sich an.

„Einem Journalisten glauben wir schon mal grundsätzlich nichts", stellte der eine klar. „Wir wissen ja, was für einen Blödsinn die oft schreiben."

Im Wirtshaus war niemand außer dem Wirt selbst und seinem treusten Gast, Fritz Löbl. Der hob nur kurz den Kopf, als er Reitinger sah, während Hitzlkofer hinter seinem Tresen hervorkam und ihm auf die Schulter klopfte.

„Hast gestern mit dem Gerber geredet, gell. Ist ihm viel besser gegangen, als er von dir gekommen ist."

„Ist es denn wirklich so, dass schon einige wegen dem Brand spekulieren?", fragte Thomas.

„Hier im Wirtshaus hab ich noch gar nichts Schlechtes gehört. Alle haben Mitleid. Was magst?"

Thomas bestellte sich eine Apfelschorle, setzte sich zum Löbl an den Tisch.

Der Wirt erzählte, dass die Gerberin jetzt jeden Morgen mit dem Radl wegfuhr, das er ihr geliehen hatte. „Sie hilft Melken und Füttern beim Meiderer, wo ein Teil ihrer Kühe steht. Der Gerber geht zum Ehrenberger. Meine Frau weckt dann die Kinder, die kriegen hier ihr Frühstück und gehen in die Schule."

Gerade kam die Lauberin herein, zwei große Plastiktüten in der Hand. „Ein Gewand für die Kinder", sagte sie. „Und Schulsachen sind auch drin. Weil's doch gar nichts mehr haben."

„Vom Gerber ist keiner da", erklärte der Hitzlkofer. „Aber ich geb's ihnen und sag schon mal für sie Dankschön."

Die Lauberin linste zum Stammtisch. Wahrscheinlich hätte sie gerne Platz genommen, aber keiner der drei Kavaliere sprach eine Einladung aus.

„Mein Bub sagt, das mit der Brandermittlung, das dauert noch", erzählte sie. „Bis die dort jede Kleinigkeit genau angeschaut haben."

„Ich denk, es war ein Kurzschluss", mutmaßte der Löbl. „Des kommt immer wieder vor."

„Warum hat dann der Gerber so viel Angst, dass ihm irgendeiner eine Brandstiftung anhängen könnte?"

Die Lauberin nutzte Thomas' Frage, um sich nun doch an den Stammtisch zu setzen. „Geh, bring mir ein paar Weißwürst", sagte sie zum Hitzlkofer. Der nickte und verschwand kurz in der Küche.

„Mir auch", rief der Fritz ihm hinterher.

Die Lauberin sprach leise, als würde sie ein Geheimnis verraten. „Freilich gibt's Leut, die schlecht reden, die gibt's doch immer", raunte sie. „Da hört einer, dass der Gerber kein Geld hat - und schon geht's los die Ratscherei."

Thomas nickte. Er wusste selbst, wie schnell das manchmal ging.

„Aber mein Bub als Feuerwehrkommandant sagt, wenn an dem Brand was net stimmt, dann finden die das auch raus."

Thomas nickte wieder. Er sah auf die Uhr. War Zeit, dass er in die Redaktion fuhr. Ein Sensationsbericht wurde das ja nicht. Aber er würde etwas schreiben über die Solidarität auf dem Land, über den Zusammenhalt der Dorfbevölkerung. Vielleicht war es möglich, die Leser zu Spenden für den Bauern und seine Familie aufzufordern.

Als er in die Redaktion kam, empfing ihn Krakowski mit einem Grinsen: „Die Frau vom toten Geiger hat schon drei Mal für dich angerufen. Der hat dein Artikel so gut gefallen."

Thomas nickte und sortierte seine Unterlagen. Alles, was mit dem Mord an dem Musiker zu tun hatte, kam weiter weg. Alles, was er zum Brand in Helmering recherchiert hatte, die Ausdrucke aus dem Internet über Brandursachenforschung, seine Notizen, die Fotos, das breitete er aus, denn erst wollte er diesen Artikel schreiben.

„Deine Frau hat auch schon zwei Mal angerufen, und dann noch die Kommissarin."

Thomas Reitinger sah hoch. Nicht nur Krakowski grinste, sondern auch Andrea Kriegler.

„Du bist ja ein richtiger Womanizer, Thomas", sagte sie. „Davon hab ich bisher noch nichts gemerkt."

„Ich werde von Jahr zu Jahr attraktiver - bei wirklich tollen Männern ist das so", brummte er.

Melanie kam zur Tür herein und lächelte in die Runde. „Hallo zusammen. Gibt's was Neues?"

„Das fragt man bei der Zeitung nicht", wies Krakowski sie zurecht. „Wenn es nichts Neues gäbe, müssten wir es erfinden."

„Melanie, vorhin hat eine Frau für dich angerufen", warf Andrea Kriegler schnell ein. „Die sagte, der Artikel über das orientalische Kochen habe ihr so gut gefallen."

Melanie strahlte über das ganze Gesicht. „Hat sie ihren Namen gesagt?"

Andrea lächelte süffisant. „Es war Frau Reitinger."

Thomas ließ das Gelächter über sich ergehen, während Melanie noch einmal mit allen Ausschmückungen vom Kochkurs erzählte.

Reitinger lieferte seinen Artikel über den Brand in Helmering, über die Suche nach der Brandursache und die Hilfsbereitschaft im Ort ab, dann rief er bei Julia Ziegler an. Die bedankte sich bei ihm für die faire Berichterstattung, wie sie das nannte.

„Ich weiß, dass Sie kein allzu großer Kenner der klassischen Musik sind. Aber dennoch konnten Sie sehr gut darstellen, dass ein Mensch für diese Berufung lebt und dieser Leidenschaft vieles unterordnet."

Auch sein Familienleben, dachte Thomas, aber er sagte es nicht. „Ich habe nur geschrieben, was Sie und andere mir erzählt haben", spielte er den Bescheidenen.

„Da sagen Sie vermutlich nicht ganz die Wahrheit. Denn die Musiker werden Ihnen nicht nur Gutes erzählt haben."

Thomas wechselte lieber das Thema. „Ihr Vater hat gestern bei der Probe erwähnt, dass Ihr Sohn Felix bei Dr. Greifenstein in Behandlung ist."

„Meine beiden Söhne."

„Warum hat Ihr Vater dann Felix besonders erwähnt?"

Er hörte, wie Julia Ziegler tief Luft holte. „Felix hat Diabetes", sagte sie leise. „Das wurde vor einem Jahr festgestellt, und seitdem betreut ihn Benjamin natürlich besonders intensiv. Die Ernährungsumstellung, die Insulinspritzen ... Wir mussten ja alle erst lernen, mit der neuen Situation umzugehen."

„Entschuldigen Sie, das tut mir leid", murmelte Reitinger.

„Es ist jetzt nicht mehr so schlimm", erzählte Julia Ziegler. „Felix ist gut eingestellt, er hat gelernt, mit seiner Krankheit zu leben – und wir auch. Aber natürlich war und ist es eine extrem große Belastung für uns alle."

„Die vor allem Sie tragen", traute sich Thomas zu sagen.

„Mein Vater hilft mir sehr", sagte sie. „Und natürlich Doktor Greifenstein."

Ihren Mann erwähnte sie in diesem Zusammenhang nicht.

Thomas sah noch kurz beim Kollegen vom Feuilleton vorbei. Hubert Leisner grinste, als Thomas ihm erzählte, dass Alexander Radecke offenbar nur deshalb im Laienorchester mitspielen durfte, weil er der Schwiegervater des Dirigenten war.

„Da sieht man doch, dass jeder sein Päckchen zu tragen hat. Der Ziegler hat jahrelang so getan, als käme nur allerfeinste Kultur bei ihm in Frage. Jeden anderen mäßigen Musiker hat er aus dem Orchester geworfen. Aber das Gefiedel vom Radecke musste er sich anhören."

„Das hat ihm bestimmt in der Seele wehgetan", gab Thomas zu bedenken.

Leisner grinste immer noch. „Es macht den Ziegler doch bei allem Geniewahn fast menschlich, dass er den Alten mitschleifen musste."

„Mit dem ist nicht gut Kirschen essen."

Hubert Leisner nickte: „Die Party zu seinem 65. Geburtstag – perfekt organisiert und er mittendrin, stolz wie ein Pfau, arrogant zum Personal, aber liebenswürdig – soweit er das konnte – zu allen, die er für wichtig hielt."

„Vielleicht waren sich der Geiger und der Golfschlägermillionär doch ähnlicher, als beiden lieb war."

„Das kannst du laut sagen", meinte Leisner.

Thomas wollte schon gehen, da kam der Kollege mit einer seltsamen Frage. „Spielt eigentlich Patricia Regler auch in dem Laienorchester mit?"

Thomas sah ihn irritiert an. „Die kenne ich nicht."

„Eine Schülerin von Ziegler. Er bereitete sie für die Aufnahmeprüfung an der Musikhochschule vor. Die ist ziemlich gut und hat auch schon bei einigen Muggen mitgemacht, die der Ziegler an Land gezogen hat."

Reitinger war überrascht. „Das höre ich zum ersten Mal, dass der Ziegler was für andere tut. Sonst ist das immer umgekehrt."

Leisner lachte: „Sie ist sehr nett und sehr hübsch - außerdem spielt sie gut. Damit kann man sich doch auch als Vollblutmusiker schmücken."

„Höre ich da einen Unterton?"

Leisner schüttelte den Kopf: „Sollten sie was miteinander gehabt haben, dann ist das an mir vorbei gelaufen. Patricia hat auch einen recht netten Freund, soweit ich weiß. Der ist bei Auftritten und Muggen immer dabei. Ich glaube, er ist Krankenpfleger."

Thomas fuhr die Adolf Schmetzer-Straße in Richtung Hafen. Die Ampel an der Ecke Weißenburgstraße war rot. Langsam rollte er auf die Kreuzung zu. „Sie kommen als Fremder und gehen als Freund", stand an dem Etablissement auf der linken Seite, und Thomas musste grinsen. Er hatte das Lokal nie besucht, aber immerhin warb es nicht mit billigen Nacktfotos, sondern mit hübschen Aktgemälden - Impressionismus, vermutete er, genauer wusste er es nicht. Gegenüber gleich zwei Matratzengeschäfte. Das war ihm vorher noch nie aufgefallen. Thomas musste lachen. Irgendwie passend, fand er, und gab Gas, als die Ampel endlich umschaltete.

Er ging ins Hottentotten Inn, bestellte eine Apfelschorle und fragte nach Leo Volkmann. Die Bedienung zuckte nur die Schulter.

„Erinnern Sie sich an mich?", fragte Thomas, weil er das Gefühl hatte, dass sie ihm misstraute. „Ich war doch mit dem Leo da, als ... ich meine, als die Polizisten ... Er hat mir doch seine Geige dagelassen."

„Dann passen Sie schön drauf auf", entgegnete die Bedienung. „Was sein Instrument angeht, da versteht der Leo keinen Spaß."

„Er war wirklich nicht mehr da seitdem?"

Sie sah Thomas an, als wäre er besonders schwer von Begriff. „Wenn die Polizei ihn bei uns sucht, dann wird er nicht jeden Tag hier hereinspazieren."

„Wo könnte er denn sein?"

Sie zuckte nur die Schultern, dann wandte sie sich einem anderen Gast zu.

Thomas spazierte noch an dem alten Haus vorbei, in dem er Leo Volkmann zum ersten Mal angetroffen hatte. Er guckte durch die Scheiben. Kein Lebenszeichen.

Er fuhr nach Pentling zu Julia Ziegler. Auch wenn er nicht genau wusste, was er dort suchte, er hatte den Eindruck, sie könnte ihm noch einiges erzählen. Die Polizei trat offenbar auf der Stelle. Kollege Krakowski meinte, man halte sich sehr bedeckt bei der Kripo. Angeblich, um die Ermittlungen nicht zu gefährden. Vermutlich aber hatten sie dasselbe Problem wie Thomas auch: Roman Ziegler kannte zu viele Menschen.

Thomas klingelte und wartete. Nichts passierte. Er klingelte erneut. Wieder nichts. Er wollte gerade gehen, als eine Frau aus dem Nachbarhaus kam. Sie trug einen Einkaufskorb und sah Thomas verwundert an.

„Grüß Gott", rief er ihr zu und ging ihr ein paar Schritte entgegen.

„Wollten Sie zu Frau Ziegler?", fragte die Frau und musterte ihn skeptisch von oben bis unten, als wäre dies besonders verwerflich.

„Es ist niemand da", brummte Thomas.

Die Frau lächelte verschlagen. „Ich habe den Opa vor zwei Stunden mit den Kindern wegfahren sehen. Aber Frau Ziegler war nicht dabei."

Die Kontrolle funktioniert, dachte Thomas. Wer wann das Haus verließ oder daheimblieb, irgendwer wusste das.

Thomas bedankte sich und wollte gerade wieder in sein Auto steigen, da bemerkte er, dass die Frau einen sehr dezidierten Blick auf einen Wagen warf, der ein paar Meter weiter geparkt war, direkt vor ihrer Hecke.

Er überlegte. Sie hatte nicht zufällig dorthin geschaut, da war er sich sicher. Aber warum? Dann dämmerte es ihm. Ein versteckter Hinweis, ohne wirklich zu denunzieren.

„Ihr Auto?", fragte Thomas ein wenig plump.

„Wir haben eine Garage und stellen unser Auto auch rein. Besuch haben wir auch nicht", fügte sie pikiert hinzu und ging.

Thomas wartete, bis die Frau um die Ecke gebogen war, dann sah er sich den Wagen genauer an. Vorne klebte ein Schild, das den Fahrer oder Besitzer als Arzt auswies. Ein Regensburger Kennzeichen. Auf dem Rücksitz lag ordentlich gefaltet ein Sakko. Daneben ein Bündel Noten. Arzt und Musiker – da gab es sicher viele. Aber wenn er an Julia Ziegler dachte, fiel ihm nur einer ein.

Greifenstein hatte sich ihm gegenüber als Freund der Familie bezeichnet. Und er war der Arzt der beiden Kinder. Doch die waren nicht da, das hatte ihm die Nachbarin ja ungefragt mitgeteilt. Aber wenn Julia Ziegler nicht aufmachte ... Thomas wollte gerade noch einmal klingeln, als er sah, dass vom Feldweg zwei Menschen in die Straße einbogen. Wer auch immer es war, er wollte nicht beim Herumschnüffeln ertappt werden.

Also mimte er den Spaziergänger, der nichts Schöneres kannte, als durch eine ruhige Gegend mit hübschen Einfamilienhäusern zu schlendern, bog um das Haus der Zieglers, blieb stehen, sobald er außer Sichtweite war, und wartete, was die beiden Menschen machten, die er hatte kommen sehen. Er war nah genug, um zu verstehen, was sie sagten.

„Komm doch noch einen Augenblick mit rein", hörte er Julia Ziegler.

„Dein Vater ist bestimmt bald mit den Kindern zurück."

„Du bist Felix' Arzt. Es ist also nicht weiter erstaunlich, wenn du öfter bei uns auftauchst."

Reitinger hörte ein männliches Lachen.

„Wir waren spazieren. Das ist kein Verbrechen."

Die beiden Menschen schwiegen einen Moment, und Thomas überlegte, dass die Nachbarin offenbar doch nicht alles unter Kontrolle hatte. Julia Ziegler hatte zwar Besuch bekommen, aber sie war mit ihm an die frische Luft gegangen und nicht ins Bett, wie sie ihm mit ihren beredten und missbilligenden Blicken wohl hatte mitteilen wollen.

„Wem gehört der Renault?“, fragte plötzlich der Mann, und es klang misstrauisch.

„Keine Ahnung. Vielleicht hat jemand aus der Nachbarschaft Besuch.“

Einen Moment herrschte wieder Stille.

„Fahr jetzt noch nicht“, bat die Frau. „Ich will nicht allein sein.“

Thomas hörte das Gartentor, er hörte die Schritte auf den Wegplatten. Er beschloss, erst eine Runde zu drehen, bevor er klingelte. Sollte doch niemand auf die Idee kommen, dass er schon die ganze Zeit vor dem Haus herumlungerte.

Julia Ziegler rang sich ein Lächeln ab, als er zehn Minuten später vor der Tür stand. „Herr Reitinger, was für eine Überraschung!“

Sie ist viel zu gut erzogen, um mir zu sagen, dass ich ungelegen komme, dachte Thomas. Aber ich kann's schon raushören. So blöd bin ich nun auch wieder nicht.

„Grüß Gott, Frau Ziegler.“

„Waren Sie zufällig in der Gegend?“

Das hieß wohl übersetzt: Tischen Sie mir bitte eine gute Erklärung auf und speisen Sie mich nicht mit billigen Ausreden ab.

„Nein, ich wollte Sie noch einmal sprechen.“

Julia Ziegler trat beiseite und ließ Thomas herein. Der ging gleich weiter ins Wohnzimmer, wo Dr. Greifenstein am Fenster stand, Thomas den Rücken zukehrte und in Noten blätterte.

Thomas räusperte sich, Greifenstein wandte sich um. Wieder erschien das freundliche Lächeln auf seinem Gesicht, das Thomas schon bei der Orchesterprobe beobachtet hatte. Ein liebenswerter Mensch, ohne Arg und Falsch, ein Mann, der Kinder rettete und die Musik liebte. Vielleicht liebte er auch Frau Ziegler, aber das war noch kein Verbrechen.

Greifenstein legte die Noten weg und kam mit ausgestreckter Hand auf Thomas zu. „Guten Tag, wir kennen uns ja schon.“

„Entschuldigen Sie die Störung“, sagte Reitinger verlegen, halb zu Julia Ziegler, halb zu Greifenstein gewandt.

„Sie waren gerade in der Gegend?“, fing nun auch Greifenstein an.

Reitinger schüttelte den Kopf.

„Aber der Renault, den ich draußen gesehen habe, gehört der vielleicht Ihnen?“, fragte Greifenstein nach.

„Ich war vorher schon mal da, aber da hat keiner aufgemacht. Dann dachte ich mir: Geh ein bisschen spazieren und schau auf dem Rückweg noch mal vorbei.“

Greifenstein lachte. „Da hätten wir uns begegnen können. Wir waren auch spazieren. Aber jetzt sind wir ja da.“

Julia Ziegler machte eine einladende Geste, und Thomas setzte sich. Die Frau des Hauses ging eine weitere Tasse holen.

„Mir kommt es so vor, als seien Sie eifriger in Ihren Nachforschungen als die Polizei“, lächelte Greifenstein und setzte sich zu Thomas.

„Ich ermittle nicht“, erklärte der. „Ich möchte nur berichten.“

„Ich habe gehört, Sie hätten schon einmal zur Aufklärung eines Mordes beigetragen.“

Thomas musterte den Arzt überrascht, und der grinste.

„Glauben Sie, ich lese keine Zeitung?“

Julia Ziegler kam herein, schenkte alle drei Tassen voll, legte Gebäck auf einen Teller.

Ich hätte im Hottentotten Inn eine Kleinigkeit essen sollen, dachte Thomas, dem sofort der Magen knurrte, als er das Gebäck sah. Julia Ziegler und Greifenstein waren höflich genug, das zu überhören, aber der Arzt gab ihm eine schöne Vorlage, um sich zu bedienen. Er nahm sich selbst einen Keks.

„Bedienen Sie sich, Herr Reitinger. Die sind wirklich köstlich.“

Das ließ Thomas sich nicht zwei Mal sagen.

Er rührte gerade die Milch in seinen Kaffee, als Greifenstein zur Sache kam. „Sie wollten Frau Ziegler also noch einige Fragen stellen.“

Thomas nickte und wandte sich an Julia Ziegler.

„Sie wissen, dass die Polizei nach einem früheren Kollegen Ihres Mannes sucht, nach Leo Volkmann?“

„Die Kommissarin hat mich schon nach ihm gefragt.“

„Haben Sie ihn denn gekannt?“

„Sicherlich habe ich ihn einmal spielen sehen, als er noch Mitglied des Orchesters war. Aber ich kann mich nicht erinnern, jemals mit ihm gesprochen zu haben."

Thomas sah fragend zu Greifenstein. Immerhin war er Cellist in dem Laienorchester, das früher Leo Volkmann geleitet hatte.

Der Arzt verstand den Blick sofort. „Ich spiele noch nicht so lange im Orchester Gaudeamus. Ich kenne also Leo Volkmann gar nicht persönlich."

Thomas wandte sich wieder Julia Ziegler zu. „Warum mochten sich die beiden nicht?"

Julia Ziegler sagte nichts.

Greifenstein kam ihr zu Hilfe. „Wie ist das denn in Ihrer Redaktion? Mögen Sie alle Kollegen? Freuen Sie sich morgens darauf, sie zu treffen? Sind da nicht welche, denen Sie am liebsten aus dem Weg gehen?"

„Aber bei uns in der Redaktion gab's keinen Mord", brummte Thomas.

Julia Ziegler zuckte zusammen. Tränen traten ihr in die Augen, und Thomas murmelte eine Entschuldigung.

„Mein Mann nahm seinen Beruf sehr ernst. Dass es Musiker gibt, die bereits vor dem Konzert Bier trinken, das konnte er nicht verstehen. Er ärgerte sich über jeden Kollegen, der einfach nur seinen Part spielte, der nicht seine ganze Seele und seine ganze Leidenschaft in die Arbeit legte."

Reitinger dachte nach. Leo Volkmann hatte auf ihn nicht so gewirkt, als ob ihm die Musik nicht wichtig gewesen wäre. Ganz im Gegenteil. Aber vielleicht war es irgendetwas an diesem Musikbetrieb, das ihn gestört hatte. War er wirklich ein schlechter Kollege gewesen?

„Vielleicht war Leo Volkmann nicht immer so, sondern ist erst so geworden?", fragte Thomas nach.

„Kennen Sie ihn?", mischte sich Greifenstein ein.

Thomas blieb eine Antwort erspart, denn in diesem Moment antwortete Julia Ziegler.

„Volkmann hat meinem Mann von Anfang an Steine in den Weg gelegt, wo es nur gerade ging. Doch sein Stern war im Sinken, mein Mann war jünger, leistungsfähiger, vielleicht auch begabter. Dass er Roman beschuldigt hat, seine Karriere durch eine Tätlichkeit ruiniert zu haben, ist einfach unverschämt."

Gut, dass sie von selbst auf dieses heikle Thema kam, dachte Thomas. „Volkmann hat sich damals offenbar zwei Finger in einer Autotür einge ..."

„Und behauptet, mein Mann habe die Tür mit großer Gewalt zugeschlagen, als er die Hand noch am Türrand hatte", unterbrach ihn Julia Ziegler aufgebracht.

„Würde das denn funktionieren?", fragte Reitinger bei Greifenstein nach. Immerhin war der Arzt, der musste das doch wissen.

„Mit etwas Pech gibt das eine schwere Quetschung, oder der Finger ist gebrochen."

„Aber das kriegt die Medizin doch wieder hin."

„Meistens schon. Aber nicht immer. Sehnen, Nerven und andere Strukturen sind verletzt, ein Bruch verheilt nicht sauber, ein Finger bleibt teilweise steif ... alles möglich."

„Also konnte Leo Volkmann nach dem Unfall nicht mehr richtig spielen."

„Ich habe ihn nie untersucht", sagte Greifenstein. „Aber für einen Violinisten ist diese Verletzung eine Katastrophe, das kann ich aus meiner eigenen Erfahrung als Laienmusiker sagen. Besonders schlimm ist es wahrscheinlich, wenn man selbst Schuld trägt an diesem Unfall - so wie Volkmann, der wohl wieder betrunken war, als er sich den Finger eingeklemmt hat."

„Sie meinen also, er habe sich die Hand im Vollrausch selbst verletzt und dann Roman Ziegler beschuldigt."

„Das ist doch plausibel. Die Verantwortung auf andere abwälzen. Sich selbst als Opfer darstellen. Nicht untypisch für einen Alkoholkranken. Und wenn Volkmann damit noch einem ungeliebten Kollegen schaden konnte ..."

Einen Moment war Thomas irritiert. Der Arzt war sonst so liebenswert, geduldig und verständnisvoll allem und jedem gegenüber; die Strenge, die nun in seiner Stimme lag, passte nicht ganz zu seinem bisherigen Auftreten. Greifenstein schien zu merken, dass Thomas ihn nachdenklich musterte. Er setzte sein jungenhaftes Lächeln auf, und das warme, weiche Leuchten kehrte in seine Augen zurück.

„Verstehen Sie mich nicht falsch", sagte er leise und wirkte dabei sehr nachdenklich. „Wenn jemand über Roman solche Unterstellungen verbreitet, dann kann ich das nicht einfach auf sich beruhen lassen. Schließlich waren wir gute Freunde."

Thomas nickte nur und konnte sich um eine Antwort herumdrücken, denn in diesem Moment kam Julia Zieglers Vater mit seinen beiden Enkeln herein.

„Mama, wir waren im Westbad!", rief der kleine Paul.

„Ich kann schon fast alleine schwimmen", freute sich Felix.

Während Julia Ziegler ihren Vater und die Jungen begrüßte, setzte sich in Thomas ein Lied fest, das durch das Stichwort „Gute Freunde" ausgelöst worden war, das Greifenstein gegeben hatte. „Gute Freunde kann niemand trennen, gute Freunde sind nie allein", dudelte es in seinem Kopf. Die Schallplatte müsste noch in Helmering irgendwo sein, vielleicht auf dem Speicher. Franz Beckenbauer hatte das Lied in den sechziger Jahren gesungen. Sein Vater hatte die Platte manchmal angehört. Singen kann er ja nicht, aber dafür Fußballspielen, hatte der Dorfschullehrer dann gesagt, außerdem muss man froh sein, wenn noch einer auf Deutsch singt.

Während Thomas sich gegen den Schlager in seinem Kopf wehrte, beobachtete er die Familie. Die beiden Jungen umarmten ihre Mutter, der ältere auch den Arzt. Greifenstein scherzte mit ihm, fragte ihn ausführlich, wie es im Schwimmbad gewesen sei, erkundigte sich auch scheinbar beiläufig nach seinem Befinden.

Der jüngere Bruder, Paul, musterte den Arzt weniger freundlich, gab ihm aber höflich die Hand. Radecke nickte nur knapp, kam aber nicht auf Greifenstein zu. Offenbar keine guten Freunde, dachte Thomas, während in seinem Kopf der Refrain von Beckenbauers Lied wieder von vorne anfing.

„Gute Freunde kann niemand trennen, gute Freunde sind nie allein."

Von wegen, dachte Thomas, der Tod hat die guten Freunde Greifenstein und Ziegler getrennt. Könnte es sein, dass dieser gute Freund auch der Mörder war?

Felix kam aus der Küche mit einem Glas Wasser zurück.

„Will Limo“, sagte Paul.

„Es gibt keine Limonade“, antwortete Julia Ziegler, und es klang relativ streng. Paul fing, wie auf Kommando, an zu schreien.

Felix wirkte genervt von dem Gequengel seines kleinen Bruders. Es schien ihn unter Stress zu setzen, dass der robustere Paul auf diese Weise seinen Willen durchzubringen versuchte.

„Gib ihm doch seine blöde Limo, mir macht das nichts aus“, sagte er und fügte noch leise hinzu: „Er darf das ja trinken.“ Dann nahm er einen Schluck aus seinem Wasserglas.

Thomas sah, wie Greifenstein und Julia einen betroffenen Blick wechselten. Offenbar dachten sie ähnlich wie er: Der Neunjährige ging mit seiner Krankheit ziemlich abgeklärt um. Das schien sie keineswegs zu beruhigen, sondern ihnen eher Sorgen zu machen.

„Wie kommt er überhaupt auf Limonade, wir haben so was doch gar nicht im Haus“, stellte Julia Ziegler auf einmal fest.

„Soll denn dem Kleinen alles versagt bleiben, nur weil sein Bruder krank ist“, polterte Radecke dazwischen. Schon die ganze Zeit hatte er versucht, den kleinen Paul zu beruhigen. Der setzte sich jetzt beim Opa auf den Schoß, ganz sicher, dass der sich um ihn kümmern und seine Rechte als Limotrinker verteidigen würde.

„Du hast ihm im Westbad Limonade gekauft!“ Julia Ziegler war fassungslos.

„Du hast das als Kind auch gerne getrunken“, verteidigte sich ihr Vater.

„Denkst du denn gar nicht, wie es Felix dabei geht?“

„Es reicht doch, wenn ihr beide ständig über Felix nachdenkt“, gab Radecke zurück und musterte Greifenstein verärgert.

„Nicht vor den Kindern“, mahnte der Arzt.

„Mischen Sie sich nicht ein“, fuhr ihm Radecke über den Mund.

Thomas starrte vor sich hin auf seine Tasse. Er biss in einen Keks, fragte sich allerdings plötzlich, ob er das denn so ohne Weiteres durfte. Was war, wenn Felix auch keine Kekse essen konnte? War er dann so rücksichtslos wie der alte Radecke? Schnell schluckte er und beschloss, nichts mehr zu essen, so lange die Jungen im Zimmer waren.

Er spürte, dass ihn alle Anwesenden sehr weit fort wünschten, und er fühlte sich auch nicht gerade wohl in dieser Gesellschaft, aber er hatte den Eindruck, dass hier etwas stattfand, was nicht uninteressant war im Zusammenhang mit dem Mord an Roman Ziegler. Denn die Spannung zwischen Julias Vater und Felix' Arzt war deutlich. Sie mochten sich nicht. Offenbar wurde hier, auch unter Einbeziehung der Kinder, ein Grundsatzstreit zwischen Opa und Arzt, zwischen Julias Vater und dem Freund der Familie, vielleicht sogar Julias Liebhaber ausgetragen.

Julia Ziegler entzog sich. „Kommt, Felix, Paul, ich hab was für euch."

Sie ging hinaus, und die beiden Kinder folgten ihr. Leise hörte man im Wohnzimmer ihre Stimme, die Worte waren nicht zu verstehen, aber der Tonfall war beschwichtigend und tröstend. Offenbar bekamen Felix und Paul jeder eine Kleinigkeit und waren zufrieden.

Die Männer im Wohnzimmer aber schwiegen und sahen aneinander vorbei.

Felix kam zurück. Er ging wortlos an den Flügel, öffnete den Deckel und begann zu spielen. Für Reitingers Ohren klang das recht virtuos.

„Hör auf", mahnte der Großvater. „Das passt jetzt nicht."

Der Junge unterbrach sein Spiel sofort. Wieder kehrte diese kalte Stille ein. Thomas versuchte, die Situation zu entspannen. Er lächelte den traurig dreinblickenden Jungen an.

„Das klingt aber schön. Was war das?"

„Mozart", antwortete der Junge.

„Du solltest Wolfgang Amadeus heißen", schlug Thomas vor, und als er die seltsamen Blicke der anderen beiden Männer bemerkte, fügte er hinzu: „Oder nach einem anderen Komponisten." Reitinger kam sich sehr schlau vor.

„Ich bin nach einem Komponisten benannt", gab Felix selbstbewusst heraus.

Thomas wühlte in seinem Gedächtnis, aber es fiel ihm keiner ein.

„Felix Mendelssohn-Bartholdy", half ihm Greifenstein auf die Sprünge, und Thomas nickte. Er kannte den Namen, aber er konnte sich nicht erinnern, jemals eine Komposition von ihm gehört zu haben.

„Und nach wem heißt Paul?", fragte er weiter, obwohl er fürchtete, sich immer noch auf vermintem Gelände zu bewegen.

„Nach dem Bruder von Felix Mendelssohn-Bartholdy", sagte Greifenstein, denn Felix gab keine Antwort, sondern ging einfach wieder aus dem Zimmer.

„War der auch Komponist?"

Greifenstein lächelte milde über Reitingers mangelnde Bildung und schüttelte den Kopf. „Er war Banker. In der Familie Mendelssohn komponierte noch eine Schwester, Fanny. So hätte Paul auch geheißen, wenn er ein Mädchen geworden wäre."

„So ist er eben Paul", knurrte der alte Radecke. „Vielleicht wird er auch Banker. Ein klar denkender Mensch in einer Künstlerfamilie schadet nie."

„Ich dachte, Sie nehmen hier diese Position ein", antwortete Greifenstein ungewöhnlich spitz, und als Radecke ihn wütend anfunkelte, schenkte er ihm sein jungenhaftes Lächeln, das bei dem alten Kämpfer sicherlich vergebliche Liebesmüh war. Mit Charme war der nicht zu bezwingen.

Im Auto summte Thomas vor sich hin. Nicht das Stück, das Felix gespielt hatte, er hielt sich an den Schlager von Beckenbauer. „Gute Freunde kann niemand trennen, gute Freunde sind nie allein ..."

Wen könnte er fragen, wie gut der Arzt und der tote Musiker wirklich befreundet waren?

An einer roten Ampel zog er noch einmal das Organigramm aus der Tasche. Er hatte nicht gerade mit vielen Musikern des Stadttheaters gesprochen und auch nicht mit den Musikschülern Zieglers.

Er beschloss, Patricia Regler zu besuchen. Ihre Adresse hatte er sich vorausschauend schon besorgt. Er fuhr einfach nach Lappersdorf und klingelte. Ein sehr großer junger Mann in Sportkleidung machte auf und musterte Reitinger skeptisch.

„Patricia ist nicht da", sagte er kurz angebunden, nachdem Thomas sich vorgestellt und sein Anliegen genannt hatte.

Eine kleine Pause entstand, denn Thomas hoffte, er würde noch sagen, wo sie war und wann sie denn wiederkäme.

„Wenn sie nur kurz einkaufen ist, dann könnte ich doch auf sie warten", schlug Thomas vor, nachdem ihm die Stille unangenehm wurde. Der junge Mann ließ ihn zwar nicht in die Wohnung, aber er bekam nun die Auskunft, die er haben wollte.

„Sie ist nach München, sie muss sich ja einen neuen Lehrer suchen, der sie auf die Prüfung an der Musikhochschule vorbereitet."

„Warum sucht sie einen Geigenlehrer in München?"

„Weil dort auch die Musikhochschule ist, weil es Zeit wird, dass sie einen Lehrer bekommt, der nicht hier in der Provinz versauert und dabei den großen Künstler spielt."

„Sie reden von Ziegler?"

„Von wem denn sonst. Der Fiedler hat doch mit allen Tricks dafür gesorgt, dass sie seine Schülerin bleibt."

„Sie hätte doch auch von sich aus gehen können." Thomas merkte sofort, dass das die falsche Reaktion war.

„So wie Sie jetzt", sagte der junge Mann. „Ich muss nämlich zum Dienst ins Josefskrankenhaus."

„Spielen Sie eigentlich ein Instrument?", fragte Thomas, als hätte er ihn nicht verstanden.

Der junge Mann warf ihm einen vernichtenden Blick zu und schloss die Tür ohne ein weiteres Wort. Offenbar nicht, dachte Reitinger und sah auf das Namensschild: Regler – Stuber stand da. Hoffentlich würde er die nächste Zeit nicht ins Josefskrankenhaus eingeliefert. Er konnte sich nicht vorstellen, dass Herr Stuber besonders nett zu ihm wäre.

Thomas fuhr in die Redaktion. Er besprach mit den Kollegen die Termine des Wochenendes. Die Fußballsaison neigte sich auch in den unteren Ligen allmählich dem Ende zu, für viele Vereine war es noch spannend; Thomas bemühte sich, in seinen Artikeln auch etwas von dieser Spannung zu transportieren, auch wenn ihn das alles im Moment nicht interessierte. Hauptsache, der Jahn kam in die neue dritte Liga. Ob dann die eine oder andere Dorfmannschaft künftig in der A- oder B-Klasse den Ball trat, war ihm eigentlich egal; aber sagen durfte er das natürlich nicht. Jeder Verein nahm sich selbst wichtig, und das war auch normal so, fand er. Wenn es die Vereine nicht gäbe, wäre auf den Dörfern gar nichts mehr los.

Auf seinem Schreibtisch lag eine Notiz von Bobby, dem Fotografen: Larry hat angerufen. Heute nach 22 Uhr am Orchester-Tisch im Kneitinger.

Eigentlich hatte sich Reitinger seinen Abend anders vorgestellt. Wenn er noch hier wohnen würde, könnte er sich wenigstens vorher ein bisschen hinlegen und ausruhen. Aber so wusste er nicht so recht, wohin mit sich. Er vertrödelte die Zeit, indem er an seinem Schreibtisch sitzen blieb, als die Kollegen nach und nach heimgingen, ein bisschen aufräumte und irgendwann auch den Kopf auf die Schreibplatte sinken ließ, um ein paar Minuten zu dösen.

Er kam etwas später zum Kneitinger. Die Musiker standen bereits da. Nicht sehr festlich gekleidet, wie ihm auffiel. Larry lachte, als er das anmerkte.

„Ich zieh mich im Theater um, die anderen auch. Meinst, wir essen und trinken im dunklen Anzug, wenn der Dienst vorbei ist?“

Thomas hielt sich an Larry, der ihm einige Musiker vorstellte und ihm auch über die erste Verlegenheit hinweghalf. „Ich hab euch ja erzählt, dass Thomas etwas schreibt über den Tod vom Roman“, erklärte er.

„Viel hat die Polizei ja noch nicht“, mischte sich einer ein.

„So wie es aussieht, gab es für Roman Ziegler nur Musik und sonst gar nichts.“ Thomas sah fragend in die Runde.

„Das ist bei vielen von uns so“, sagte einer. „Schließlich sind wir alle Musiker geworden, weil wir gerne Musik machen.“

„Aber nicht jeder ist so ehrgeizig wie Roman Ziegler, oder?“

Einen Moment schwiegen sie alle. Larry rempelte einen jungen Geiger an. „Du bist doch mit ihm am Pult gesessen, Laszlo – also?"

Laszlo dachte einen Augenblick nach. „Das ist nicht so einfach zu beantworten", murmelte er mit einem leicht osteuropäischen Akzent. „Er war bestimmt sehr begabt und hat sich als junger Mann Hoffnungen gemacht auf eine Karriere. Dann die erste Stelle hier in Regensburg. Wollte er als Sprungbrett benutzen."

„Ist er aber nicht weit gesprungen, vom vierten Pult aufs dritte vielleicht", mischte sich ein anderer ein, und einige lachten.

Laszlo zuckte die Schultern. „Ist nicht einfach, wenn man großer Künstler sein will und ist nur kleiner Geiger in mittelgroßer Stadt."

„Aber er war doch bekannt hier", meinte Thomas.

Larry sah ihn nachdenklich an. „Bobby sagt, du schreibst sonst über Amateurfußball. Ist das dein Traum?"

Thomas überlegte, dann seufzte er: „Freilich würde ich auch lieber über den FC Bayern schreiben."

„Und manche von uns hätten es eben auch gerne weitergebracht."

„Ich sitze in meiner Redaktion und schreibe über Fußballer", sagte Thomas. „Aber bei euch ist das doch was anderes. Ihr seid doch Künstler, euch bewundern die Leute ..."

Manche Musiker wechselten müde Blicke.

„Wir sitzen im Graben", meinte einer. „Es ist warm und stickig und eng. Keiner sieht uns, keiner achtet auf uns. Wir sehen nichts außer dem Dirigenten, uns sieht auch keiner. Alle starren auf die Bühne, hören den Sängern zu, die ohne uns auch nichts wären. Der Dirigent, der kriegt Applaus, aber der ist doch auch nur so gut, wie wir ihn sein lassen. Graben, das ist ganz unten, das ist nicht Podium. Und Oper ist nicht Konzert."

„Ich sitze seit mehr als zehn Jahren da unten, und mir gefällt's", mischte sich einer ein. „Bloß die meisten Dirigenten, die gefallen mir nicht."

Thomas sah Larry fragend an.

„Ein Posaunist", raunte der ihm zu und wandte sich an den Kollegen: „Du hast noch deine Jazzband, sonst würdest du genauso jammern wie die anderen."

„Wer von euch kennt eigentlich Leo Volkmann?“, fragte Thomas ganz direkt.

„Ich kenn ihn aus der Zeit, als er noch nicht so viel getrunken hat“, sagte einer. „Aber er war immer so nervös. Anfangs ein Bier vor dem Dienst, zwei danach. Dann zwei davor, drei danach. Und so ging's immer weiter. Bis er manchmal im Dienst eingeschlafen ist. Schade um ihn.“

Thomas musterte nachdenklich den Mann, der das erzählte. „Und die Geschichte mit seinem Finger?“

„Da stand Aussage gegen Aussage. Aber dass Ziegler Volkmann das angetan haben soll ..., ich glaub's nicht.“

Einer der Musiker schlug dem Kollegen auf die Schulter. „Ich könnte dich manchmal schon umbringen, vor allem wenn du immer bei der Probe mitsummst.“

„Wenn du das wahr machen willst, sag's mir“, meldete sich ein anderer zu Wort. „Das nervt mich auch so. Dann helf ich dir.“

Die Männer lachten. Offenbar war ihnen in dem Moment gar nicht bewusst, dass ja einer von ihnen tatsächlich schon zu Tode gekommen war.

„Wenn Sie wissen wollen, wie sich ein Orchestermusiker im Graben fühlt, dann sollten Sie mal in die Oper gehen“, schlug einer vor, nachdem Thomas eine Runde für alle bestellt hatte. Er zog zwei Karten heraus und gab sie ihm. „Waren für meine Schwiegereltern. Aber er ist krank, und sie will alleine nicht.“

„Danke.“ Reitinger sah auf die Karten: Die Entführung aus dem Serail. Mozart, nicht Mendelssohn. „Entführung würde jetzt grade noch fehlen“, brummte er und erntete damit lautes Gelächter.

Thomas wechselte das Thema. „Ziegler hatte doch auch Geigenschüler.“

„Er hatte vor allem Patricia“, sagte einer, und wieder lachten alle.

„Der Roman hatte wenigstens nur eine. Aber du hast eine an jedem Finger“, rief ein anderer.

„Was kann ich dafür, dass die Mädels alle Oboe lernen wollen?“, grinste der gut aussehende junge Mann.

„Ob die überhaupt was bei dir lernen?“

„Aber sicher“, lachte der Oboist. „Ich dränge mich keiner auf.“

„Oboe hätte ich lernen sollen", seufzte der Posaunist.

„Es liegt nicht am Instrument, Horst, es liegt schon auch an der Visage", feixte ein Kollege, und wieder lachten alle.

„Ziegler hatte also ein Verhältnis mit Patricia Regler."

„Warum fragst denn, wenn du es schon weißt?", sagte einer.

„Wie sicher ist das?", bohrte Reitinger nach.

„Das hat doch jeder von uns gewusst", meinte Laszlo.

„Er war zu dumm für Heimlichkeiten", stellte der Posaunist fest.

„Oder zu eitel", überlegte der Oboist. „Es hat ihm schon gefallen, dass so ein junges, hübsches Mädchen auf ihn stand."

„Du musst es ja wissen", grinste Larry.

„Ziegler war verheiratet, und Patricia hat einen Freund."

Die Musiker sahen Thomas irritiert an. „Ja – und?" Dann prosteten sie sich zu.

6. Kapitel

Ich habe frei. Das war Reitingers erster Gedanke, als er am Samstag gegen zehn Uhr vormittags die Augen öffnete. Er blinzelte, sah sich in seinem Jugendzimmer um, fragte sich, ob er nicht doch wenigstens die zwanzig Jahre alten Poster von der Wand nehmen sollte. Wollte er nicht alles anders, neu, besser machen?

Dazu würde er Gelegenheit haben, dachte er und kroch aus dem Bett. Er hatte sich fest vorgenommen, ein paar Stunden im Garten zu arbeiten. Während der Kaffee durchlief, zog er eine alte Hose und ein T-Shirt an, mit dem er sonst joggen ging. Dann stellte er sich auf die Terrasse, die Kaffeetasse in der Hand, und betrachtete nachdenklich den Garten. Was sollte er zuerst ausreißen? Konnte er wirklich Gemüse von Unkraut unterscheiden? War es nicht schon an der Zeit, irgendetwas zu ernten? Die Erdbeeren!

Reitinger pflückte Erdbeeren. Nach einer halben Stunde stellte er stolz die volle Schüssel auf dem Terrassentisch ab und überlegte, was er nun damit anfangen sollte. Die Mutter hätte einen Kuchen oder Marmelade gemacht. Aber das war ihm zu viel Aufwand. Da er schon mal beim Erdbeerbeet war, rupfte er nun alles heraus, was nicht nach Erdbeerpflanzen aussah, was also keine Früchte trug.

Das Bücken fiel ihm schwer, aber zugleich merkte er, dass er bei dieser Arbeit gut nachdenken konnte. Das Gespräch mit den Orchestermusikern ging ihm nicht aus dem Kopf. Er hatte immer gedacht, Musiker seien glückliche Menschen. Sie hätten ihre Berufung, ihr Hobby, ihre Leidenschaft zum Beruf gemacht. Viele Stunden am Tag taten sie genau das, was sie immer hatten tun wollen. Mit Begeisterung, mit Seele, mit Hingabe. Jetzt hatte er ein knappes Dutzend kennen gelernt und musste feststellen: Ganz so war es nicht. Die meisten sprachen nicht von einem Auftritt oder einem Konzert, sondern vom Dienst. Sie mochten den Dirigenten nicht besonders und die Kollegen auch nicht alle. Es gab Feindschaften, Intrigen, Gemeinheiten. Dann aber auch Zusammenhalt, Gemeinschaft, Liebschaften und das Bier nach dem Dienst. Wenn er es sich genau überlegte, dann war es wie in der Redaktion. Warum war er Journalist geworden, warum war es auch für andere ein Traumberuf gewesen? Weil sie schreiben wollten, was Sache ist. Die Wahrheit. Deshalb hatte er doch sein Studium aufgegeben, weil es in der Juristerei nicht um die Wahrheit ging. Deshalb war er zur Zeitung gegangen. Doch schon nach dem Volontariat hatte er seine hehren Ziele aus dem Auge verloren. Zu oft hatten sie sich Geschichten aus den Fingern gesaugt, zu oft hatten sie seichte Storys ohne Bedeutung über regionale Promis und Halbpromis gebracht, über die niemals ein böses Wort fallen durfte, und wenn die Kritik noch so gerechtfertigt gewesen wäre. Er hatte diese Kuscherei gehasst. Aber er war selbst so. Es gab sehr gute Journalisten, mutige Leute, die recherchierten, nachfragten, nicht aufgaben und sich trotzdem an die Regeln der Fairness hielten. Er wusste, dass er nicht dazu gehörte. Er war fair, aber nicht mutig. Er war wie die Musiker, die nur noch Dienst schoben.

Roman Ziegler war anders gewesen. Wenn das stimmte, was seine Frau sagte, war er ein begeisterter Geiger geblieben. Er lebte für die Musik, so hatte sie es formuliert. Aber es gab Hindernisse. Im Orchester gab es keine Aufstiegsmöglichkeiten, sein Laienensemble war an die Grenzen seiner Leistungsfähigkeit gekommen, seine Lieblingsschülerin und Geliebte war offenbar auf dem Absprung. In Leo Volkmann hatte er noch einen alten Feind.

Thomas richtete sich auf. Das Erdbeerbeet war unkrautfrei. Er sah sich die anderen Beete an. Wo war es ihm als Laien noch möglich, Unkraut von Gemüse oder Obst zu unterscheiden? Er nahm sich das Beet mit Radieschen und Radi vor. Wenn er da die falsche Pflanze aus dem Boden zog, dann konnte er sie wenigstens essen. Tatsächlich unterliefen ihm am Anfang ein paar Fehler, dann aber lernte er, das eine vom anderen Grün zu unterscheiden. Die Radieschen und Radi legte er auf den Tisch zu den Erdbeeren und jätete weiter.

„Schön machst du das", hörte er eine vertraute Stimme, und ihm entging keineswegs der ironische Unterton. Lisa war da. Thomas spürte Freude und zugleich Unsicherheit.

„Dass du mich auf dem Land besuchst ..."

„Es ist Post für dich gekommen, und ich dachte, vielleicht ist was Wichtiges dabei."

Eine Ausrede, befand Thomas. Er erhielt nie wichtige Post. Aber was machte das? Er fand es schön, dass sie vorbeikam.

Thomas wischte sich die Hände ab, ging auf seine Frau zu. Sie küsste ihn auf beide Wangen, lächelte verlegen.

„Wolltest du als Kind Landwirt werden?"

„Ich wollte immer Robin Hood sein."

„Der Retter der Witwen und Waisen? Da bist du ja beim Fall Roman Ziegler gerade richtig."

„Sei nicht sarkastisch, Lisa. Deine Freundin Julia hat's schwer genug."

Thomas nahm seine Post entgegen, blätterte sie kurz durch, dann steckte er die Briefe ein. Lisa hatte inzwischen seine Ernte begutachtet.

„Radi, Radieschen, Erdbeeren“, stellte sie sachlich fest. „Ist das dein Mittagessen?“

„Ich habe noch nicht einmal gefrühstückt.“

„Wie wär's mit einem späten Frühstück?“, schlug sie vor.

„Du isst doch nie was am Vormittag.“

Lisa sah auf ihre Armbanduhr: „Ist schon fast zwölf.“

Thomas wurde verlegen. „Ich habe nicht viel im Haus.“

„Also nichts“, beschrieb sie treffend die Lage. „Kaffee und Milch?“

„Auch nicht mehr viel.“

Lisa seufzte, dann holte sie aus ihrer Handtasche Papier und Stift. Sie machte sich Notizen.

„Du kannst noch ein bisschen weiterarbeiten“, schlug sie vor. „Ich geh ins Dorf einkaufen.“

Thomas hätte so gerne etwas richtig Nettes gesagt. Etwas, was von Herzen kam und zu Herzen ging, aber nichts fiel ihm ein.

„Danke“, brummte er und ging, sehr bewegt, zurück zu seinem Radieschenbeet.

Lisa wusste, dass er seine Freude über ihren Besuch nicht besser zeigen konnte. Aber manchmal wäre es doch schön, wenn er auch ein paar nette Worte um seine versteckte Freude ranken könnte, dachte sie.

Dann ging sie einkaufen.

Gemütlich saßen sie auf der Terrasse. Es gab Kaffee, Semmeln, Butter und Käse, dazu Radi und Radieschen. Lisa hatte außerdem einen fertigen Tortenboden gekauft und ihn mit Erdbeeren belegt.

„Das ist noch eine Menge Arbeit“, stellte Lisa fest und deutete auf die Beete.

„Aber nicht mehr heute“, sagte Thomas, dem es schon lang reichte.

„Musst du noch ins Büro oder zum Recherchieren?“, fragte seine Frau. Thomas schüttelte den Kopf.

„Heute ist richtig frei.“

„Was hast du dann noch vor?“

Da fiel es Thomas ein. Er hatte Opernkarten für den Abend. „Gehst du mit mir in die Oper?“, fragte er überfallartig und sofort sah er, dass Lisa keine Zeit hatte.

„Tut mir leid ...“ begann sie zögernd, „aber ich bin eingeladen, bei Julia Ziegler.“

Thomas seufzte. Immerhin zeigte Lisas Mimik, dass sie es bedauerte, schon anderweitig verabredet zu sein.

„Wie sieht es denn aus mit den Ermittlungen?“, fragte Lisa nach.

Thomas zuckte die Schultern. „Die Polizei hat den Mörder noch nicht gefunden - und ich auch nicht, wenn du das meinst. Das ist aber auch nicht mein Job.“

„Was ist denn mit diesem abgestürzten schrägen Musiker, mit dem Roman Ziegler verfeindet war? Die Polizei sucht doch nach ihm.“

„Wo auch immer er sich versteckt - sie haben ihn noch nicht.“

„Denkst du, dass er es war?“

„Warum sollte er ihn ausgerechnet jetzt umbringen? Die Geschichte dieser Feindschaft ist schon viele Jahre alt.“

„Vielleicht ging es ihm jetzt besonders schlecht.“

Thomas war nicht überzeugt. Er fand Volkmann auf seine kauzige Art sympathisch. Er wollte gerne einen Täter, den er nicht leiden konnte. Aber wo suchen und finden?

„Wie war eigentlich Julia Ziegler früher?“, fragte er Lisa, weil er das Gefühl hatte, noch gar nicht viel über diese Frau zu wissen.

Lisa lächelte und versank in Erinnerungen: „Julia war witzig, geistreich, originell, mutig. Ich kenne sie ja nur aus dem Tanzkurs und privat, aber ich habe mitgekriegt, dass sie eine gute Schülerin war, ohne viel lernen zu müssen. Sie hatte jede Menge Verehrer, eine Zeitlang jede Woche einen neuen Freund. Ihre Eltern waren reich, sie erfüllten ihrer einzigen Tochter jeden Wunsch. Sie hätte alles studieren können, aber sie entschied sich für Kunst. Sie hatte auch einige Ausstellungen in Regensburg und Umgebung.“

„Ich dachte, sie hat in München studiert.“

Lisa lachte: „Elternhaus mit Swimmingpool und eigenem Atelier in Regensburg, dazu ein Landhaus in der Nähe von Falkenstein mit ihrem Reitstall, das hätte ich auch nicht so einfach aufgegeben. Sie ist gekommen, so oft es möglich war."

„Hast du sie öfter besucht?"

Lisa schüttelte den Kopf.

„Wir sind abends und am Wochenende miteinander weggegangen, bis sie Abitur gemacht hat. Ich habe ja damals schon gearbeitet. Aber als sie studierte, hatten wir kaum mehr Kontakt, sie bewegte sich in ganz anderen Kreisen. Ich wusste trotzdem, was sie macht, sie stand öfter in der Zeitung - Tochter eines Promi, Künstlerin und so."

Vielleicht sollte er mal nach diesen alten Artikeln im Archiv suchen, überlegte Thomas. Lisa redete unterdessen weiter.

„Dann tauchte auf einmal dieser Roman Ziegler auf; Julia verschwand hinter ihm. So jedenfalls ist mir das vorgekommen. Auf einmal war er ständig in der Zeitung, und sie wurde Hausfrau und Mutter."

„Sie organisiert jetzt Ausstellungen für andere Künstler."

„Sie sollte selbst malen. Ich fand ihre Bilder großartig."

„Roman Ziegler duldete kein zweites Talent neben sich."

Lisa schüttelte nachdenklich den Kopf. „Wenn mir jemand damals gesagt hätte, dass sich Julia so etwas später von irgendeinem Typen gefallen lassen würde ..."

Einen Moment schwiegen sie beide.

Lisa schnitt den Erdbeerkuchen an, gab Thomas ein Stück, nahm sich selbst auch eines.

„Wenn du heute nicht mit in die Oper kannst, gehst du dann morgen Abend mit mir essen?"

Lisa sah ihn überrascht an.

„Als Ausgleich für das Frühstück", fügte er fast entschuldigend hinzu.

Lisa lächelte und nickte: „Aber nur, wenn ich wieder das Lokal aussuchen darf."

Thomas nahm sich vor, nachher noch am Bankautomat vorbeizugehen. Er wusste nicht, was seine Frau vorhatte.

„Auf mich wirkte Julia Ziegler einerseits sehr selbstbewusst, aber auch hilflos", nahm Thomas den Faden wieder auf.

„Ihr Mann ist ermordet worden, vielleicht hat sie Angst um ihre Kinder oder um sich selbst“, überlegte Lisa.

Auf den Gedanken war Thomas noch gar nicht gekommen, dass möglicherweise auch andere Familienmitglieder in Gefahr waren.

„Aber warum sollte jemand ihr oder den Kindern was antun wollen?“

„Vielleicht ist es eine Familiengeschichte und hat gar nichts mit Musik zu tun.“

Thomas sah seine Frau irritiert an. Da plagte er sich die ganze Woche mit Musik, Konzerten und Künstlern – und dann so was.

„Du weißt doch was“, bohrte er nach, einfach mal so auf Verdacht.

Lisa zögerte, dann aber gab sie sich einen Ruck. „Ich weiß nichts, aber ich vermute was.“

„Dann sag's mir doch.“

„Ich dachte eigentlich, du kommst selber drauf mit deiner Spürnase.“

Thomas fasste instinktiv nach seiner stattlichen Nase. Lisa lachte.

„Musst nicht alles so wörtlich nehmen.“

„Was vermutest du?“ Er ließ nicht locker.

„Der Doktor.“

„Du meinst, sie haben ein Verhältnis miteinander?“

„Es ist nur so ein Gefühl, wenn sie seinen Namen nennt.“

Thomas nickte: „Dafür hatte Ziegler eine junge Geigenschülerin.“

Lisa sah ihn perplex an. „Du weißt ja doch mehr, als ich dachte.“

„Das nehme ich jetzt mal als Kompliment, auch wenn es nicht so klingt“, grinste Thomas. „Wie bist denn du auf den Doktor gekommen?“

„Er entspricht viel mehr ihrem früheren Beuteschema“, erklärte Lisa. „Julia hatte immer ein Talent, Männer kennenzulernen, die ihr das Leben leichter machen. Als Kind hatte sie ihren Vater und später immer wieder Jungs, die ihr den roten Teppich ausrollten. In dieser Hinsicht war Roman Ziegler ein Fehlgriff. Er brauchte selbst jemanden, der ihn unterstützte.“

Thomas verstand: „Die gemeinsame Sorge um den kranken Felix hat Greifenstein und sie zusammengeführt. Ein kompetenter Arzt, der einer einsamen Frau hilft."

Lisa nickte. „Ich habe mich übrigens gewundert, dass Julia mich eingeladen hat. Wenn sie zwischen einer alten Freundin und einem attraktiven Mann wählen konnte, hätte sie sich früher immer für den Mann entschieden."

„Vielleicht halten sie ein bisschen Distanz. Der Liebhaber könnte auch der Mörder des Ehemannes sein."

Als Lisa gefahren war, saß Thomas noch lange auf der Terrasse, sah auf den verwilderten Garten, hing seinen Gedanken nach, aus denen ihn erst das Telefonklingeln riss. Therese Reitinger freute sich zu hören, dass ihr Sohn im Garten war. Er verschwieg, dass er seine Bemühungen bereits vor zwei Stunden eingestellt hatte. Er versprach aber, ordentlich zu gießen und auch auf dem Friedhof nach dem Rechten zu sehen. Dann fragte er die Mutter, was sie denn heute noch vorhätte.

„Nichts", sagte sie unverblümt, und er wunderte sich fast. „Ich hab meine Wohnung sauber gemacht und jetzt ist Ruh."

„Ich geh in die Oper, magst mit?", fragte er spontan, und Therese Reitinger war überglücklich.

„Was wird denn gegeben?", fragte sie.

„Entführung aus dem Serail", las Thomas von den Karten ab, die auf dem Kästchen im Flur zwischen dem Telefon und seiner Geldbörse lagen.

„Mozart! Wie schön!", freute sich die Mutter. „Aber warum ich mich eigentlich melde: Vorher hat einer bei mir für dich angerufen."

„Wie kommt er denn da auf dich?"

„Ich glaub, er hat alle Reitingers in Regensburg durchtelefoniert, und da ist er halt auch bei mir gelandet."

„Und wer war das?"

„Ich hab den Namen nicht so gut verstanden."

„Und was wollte er?"

„Das hat er nicht gesagt. Aber ich hab ihm deine Adresse und Telefonnummer gegeben. Der wird sich schon melden."

Das fürchtete Thomas auch.

„Geh gleich zum Friedhof, sonst vergisst du es wieder“, sagte die Mutter noch, bevor sie auflegte.

Natürlich traf er auf dem Friedhof die Lauberin und nicht nur sie. Samstags nach dem Mittagessen schien hier der größte Treffpunkt im Ort zu sein. Dutzende von Frauen rupften an den Pflanzen der Gräber herum, unterhielten sich lautstark von Grab zu Grab.

Die Lauberin als Mutter des Feuerwehrkommandanten schien besonders interessante Neuigkeiten zu haben. „Und dann sagt mein Bertl, dass die Brandursachenermittler im Stadel etwas gefunden haben, was darauf hindeutet, dass es wahrscheinlich eine Brandstiftung war, aber eine versehentliche“, rief sie über den Friedhof, damit auch wirklich jeder Mensch mitbekam, dass sie etwas wusste, was sonst noch niemand wusste.

„Das hab ich in der Zeitung aber noch nicht gelesen“, schrie eine andere Frau fünf Gräber weiter zurück, und die Lauberin richtete ihren Blick fest auf den Reitinger.

„Die Geschichte haben die noch gar net!“, sagte sie laut und ein bisschen schadenfroh. „Die wissen nämlich auch net alles.“

Thomas beugte sich tief über das Grab seines Vaters und rupfte etwas unmotiviert da herum. Er war sich bewusst, dass aller Augen auf ihn gerichtet waren. Er war nicht nur der einzige Mann auf dem Friedhof und außerdem mit vermutlich dreißig Jahren Abstand der Jüngste hier, jetzt war er auch noch der ahnungslose, dumme Journalist.

„Wahrscheinlich war's eine Zigarette“, ergänzte die Lauberin stolz.

„Wer raucht denn in einem Stadel?“, fragte eine der Frauen, aber darauf wusste keine eine Antwort.

„Das kann denjenigen aber teuer zu stehen kommen!“, wusste die Hitzlkoferin, die das Grab ihrer Schwiegereltern goss.

„Vielleicht ist einer bei euch aus dem Wirtshaus gekommen, hat auf dem Heimweg geraucht und dann aus Versehen seine Kippe beim Gerber in den Stadel geworfen.“

„So sind unsere Gäste net, dass sie anderer Leut Sach anzünden!“, verteidigte die Wirtsfrau ihr Publikum.

„Da war doch sogar schon ein Mörder dabei oder gar zwei“, gab die Lauberin noch einmal heraus, und die Hitzlkoferin wandte sich beleidigt ab.

Während er die Gießkanne mit Wasser volllaufen ließ, dachte Thomas nach. Das Ergebnis der Brandursachenermittler war natürlich eine Nachricht für die Zeitung. Er würde wohl für die Montagsausgabe etwas schreiben. Vorher wollte er aber noch einmal mit dem Bertl und den Experten reden, falls er einen am Wochenende erreichte. Auf die Lauberin durfte er sich jedenfalls nicht verlassen.

Nach dem Grabgießen hängte er die Kanne zurück, wünschte allseits noch einen schönen Nachmittag und wollte gehen.

„Halt“, rief die Lauberin schallend, als hätte sie ihn beim Stehlen erwischt.

Gehorsam, wie er war, blieb der Thomas stehen und drehte sich um.

„Kannst net mein Grab mitgießen. Mein Kreuz ...“, sagte sie, und ihre Stimme nahm jetzt einen klagenden Ton an, so wie ihre Bewegungen sich deutlich verlangsamten und sie zu hinken begann.

„Ich kann leider net, Lauberin“, redete sich Thomas raus. „Ich muss gleich in die Redaktion und arbeiten. Ich möchte doch net länger der blöde, ahnungslose Journalist sein.“

Einige Frauen lachten, vermutlich war auch ein bisschen Schadenfreude gegenüber der Lauberin dabei. Thomas ging, im Bewusstsein, dass er sich auch nicht immer vorzeigen lassen wollte wie ein dressierter Pudel.

Richard Wachter saß zu Hause auf der Terrasse und las ein Buch, als Thomas aufkreuzte. Seine beiden Kinder bliesen im Garten gerade eine überdimensionale Luftmatratze auf, die die Form einer Schildkröte hatte. Jedes von beiden pustete einmal hinein, übergab dann an das andere. Ein kleiner Hund lief um die beiden Kinder herum und kommentierte jede noch so kleine Zunahme dieses seltsamen Plastiktiers mit lautem Bellen. Wachter grinste dem alten Freund entgegen, ließ das Buch sinken und deutete auf den Stuhl gegenüber.

„Du hast heute frei“, wunderte sich Thomas.

„Du auch“, war die Antwort.

Thomas schielte auf den Titel. Es ging um angeborene Herzfehler. „Du bildest dich ja fort, Richard.“

„Will eben nicht blöd sterben. Willst was trinken?“

Thomas entschied sich für ein Wasser, und Wachter verschwand im Haus, um es zu holen, während Thomas in dem Buch blätterte. Aber er verstand kaum etwas.

„Tut dir was weh oder willst was wissen?“, fragte er, und als Thomas ihn erstaunt ansah, lachte er. „Du kommst doch nicht zufällig hier vorbei.“

„Ich war grad auf dem Friedhof. Die Lauberin sagt, das beim Gerberhof war Brandstiftung und es könnte eine Zigarette gewesen sein, die einer im Vorbeigehen hingeworfen hat.“

„Ich rauche nicht, also kann ich's nicht gewesen sein“, stellte Wachter gleich einmal klar.

„Aber wir waren doch beide im Wirtshaus. Vielleicht ist einer heimgegangen, der seine Kippe so weggeschnippt hat, die fällt in den Gerber seinen Stadel und ...“

„Vielleicht.“

Richard Wachter klappte sein Buch zu und sah zu den Kindern, die jetzt lauthals stritten und sich gegenseitig schubsten. Die Schildkröten-Luftmatratze lag schlapp im Sand.

„Wir haben doch einen Blasebalg“, rief er den beiden zu. „Holt ihn und blast endlich gescheit auf.“

„Wann fahren wir denn zum Baden, Papa?“, fragte das Mädchen.

„Wenn die Schildkröte fertig ist“, antwortete der Wachter. Gleich lief das Mädchen ins Gartenhaus, auf der Suche nach dem Blasebalg.

„Was ist, wenn das mit dem Brand ein Lausbubenstreich war?“, wandte der Arzt sich wieder an den Thomas.

„Brandstiftung? Das kann teuer werden.“

„Daran denkt doch keiner, wenn er so was ausheckt. Das wissen wir zwei doch am besten.“

„Wir haben nur einen Strohballen auf dem Feld angezündet damals.“

„Hätte aber auch schiefgehen können. Wenn der Wind ein bisschen anders gegangen wäre, hätte auch ein Stadel abbrennen können."

„Hast du einen Verdacht?" lenkte Thomas das Gespräch um.

„Wie alt sind eigentlich die Kinder vom Gerber?" Wachter sah auf seine eigenen Kinder, die jetzt mit dem Blasebalg hantierten.

„Keine Ahnung."

Wachters Frage brachte Thomas auf einen völlig neuen Gedanken, den er nicht ganz zu Ende denken wollte. Wenn es die Kinder vom Gerber waren, dann konnte das für den Bauern und seine Familie sehr unangenehm werden.

Schweigend saßen sie da, Thomas trank sein Wasser, Richard Wachter sah auf seine Armbanduhr, dann auf die Kinder, die mit dem Aufblasen der Luftmatratze fast fertig waren.

„Ich muss gleich weg, Thomas. Wenn du also was Spezielles willst, dann lass es bald raus."

„Ich wollte was über Diabetes wissen", erklärte Thomas.

„Gesünder essen, kein Alkohol, viel Bewegung", antwortete Richard Wachter schnell und, als er das verblüffte Gesicht seines Gegenübers sah, da lachte er. „Ich sag das öfter jeden Tag, zu allen, die gefährdet sind."

„Kennst du Dr. Greifenstein in Regensburg?"

„Der ist aber ein Kinderarzt, der nimmt dich nicht als Patienten."

„Er behandelt den kleinen Felix Ziegler, den Sohn des ermordeten Geigers."

„Ich kenne ihn nicht persönlich. Aber ich habe bisher nur Gutes von ihm gehört. Die Kinder mögen ihn, die Eltern auch, vor allem die Mütter."

„Was soll das denn wieder heißen?"

„Nichts. Er ist mit einer Kollegin verheiratet. Aber er sieht gut aus, ist aufmerksam, höflich und verständnisvoll, hab ich gehört. Er und seine Frau leben angeblich getrennt."

„Das kann dem nettesten Kerl passieren", bemerkte Thomas und sah, wie sich ein Grinsen auf Richard Wachters Gesicht ausbreitete.

„Wenn du von dir auf andere schließt ..."

„Wir haben uns nicht getrennt, wir leisten uns nur zwei Wohnsitze."

„Das haben die Greifensteins auch. Zwei Wohnsitze, aber eine gemeinsame Praxis. Das hat mir ein Kollege erzählt; und dass er den Greifenstein öfter mit einer hübschen blonden Frau und zwei Kindern sieht."

Julia Ziegler, dachte Thomas. Also doch.

„Papa, wir sind fertig!", rief das Mädchen.

„Super, dann fahren wir!" Richard Wachter stand auf.

„Wie kriegst du die aufgeblasene Schildkröte in dein Auto?" fragte Thomas.

Richard Wachter sah ihn verärgert an. „Hättest auch früher sagen können. Was meinst, was das jetzt für ein Geschrei gibt, wenn ich die Luft wieder rauslasse."

Thomas verschwand lieber schnell.

Was sollte er mit dem schönen, freien Tag noch anfangen? Reitinger beschloss, sich in den Garten zu setzen und die Sonne zu genießen, bevor er in die Stadt fuhr und mit der Mutter in die Oper ging. Doch da saß schon jemand. Ein ungebetener Gast. Es war Leo Volkmann.

Thomas hätte ihn fast nicht erkannt. Denn Volkmann trug eine Sonnenbrille und war unrasiert. Offenbar seine Tarnung, denn schließlich hatte ihn die Polizei gesucht und tat das vielleicht immer noch.

„Wie kommen denn Sie hierher?", fragte Thomas entgeistert.

„Mit dem Bus", erklärte Volkmann ungerührt, und Thomas stellte fest, dass seine Erdbeeren weg waren.

„Ich wollte meine Geige wiedersehen", sagte Volkmann. „Sie können das vielleicht nicht verstehen, aber ich vermisse sie und würde gerne ein oder zwei Stunden hier spielen."

„Was meinen Sie, was die Nachbarn da sagen!"

„So ein Spießer sind Sie, dass Sie sich Gedanken über Ihre Nachbarn machen?" Leo Volkmann grinste spöttisch.

„Außerdem muss ich bald weg."

„Es stört mich nicht, allein zu sein, das wissen Sie ja."

Thomas setzte sich erst einmal und sah den Geiger ratlos an.

„Hat Ihre Frau Mutter Ihnen nicht gesagt, dass ich angerufen habe?", wunderte Volkmann sich. „Ich habe gerade noch den einzigen Bus erwischt, der heute hierher fährt."

„Wo waren Sie denn die ganze Zeit?", erkundigte sich Thomas.

„Seien Sie froh, wenn Sie das nicht so genau wissen", erklärte ihm Volkmann. „Denn wenn die Polizei Sie nach mir fragt, dann müssen Sie nicht lügen."

Als er Thomas' immer noch fassungsloses Gesicht sah, lächelte er. „Waren Sie nie ein Streuner?"

Nein, das war Thomas nie.

„Kann ich etwas zu essen haben?", fragte Leo Volkmann sehr direkt, und Thomas tischte ihm die Reste des späten Frühstücks auf.

„Keine Wurst?"

„Meine Frau hat keine gekauft."

Volkmann aß auf, was da war, und trank dazu ein Bier. Thomas sah unwillkürlich auf die beiden Finger der linken Hand, die letztlich Volkmanns Schicksal besiegelt hatten.

„Er hat sie Ihnen also in einer Autotür eingeklemmt, der Ziegler", begann er das Gespräch, und Volkmann lächelte.

„Muss ich mit Informationen fürs Essen bezahlen?"

Thomas platzte der Kragen. „Sie müssen gar nichts, und ich muss auch nichts. Nehmen Sie Ihre Geige und verschwinden Sie."

Volkmann knickte ein. Der neue Ton, dazu Thomas' finsterer Blick, das tat seine Wirkung. Er bemühte sich um ein paar beschwichtigende Gesten. „Also gut, noch mal von vorne." Aber erst mal biss er von einer Semmel ab, es dauerte einige Zeit, bis er den Mund wieder halbwegs leer hatte, er spülte mit einem ordentlichen Schluck Bier aus der Flasche nach. „Als Roman Ziegler nach Regensburg kam, das war für mich der Anfang vom Ende."

Thomas hörte aufmerksam zu, unterbrach den Geiger aber nicht mit Fragen, denn nun hatte er ihn da, wo er ihn seit Tagen haben wollte: Dass er von sich aus erzählte, dass er die ganze Geschichte ausbreitete.

„Ziegler war zerfressen von dem Bemühen, etwas Besonderes zu sein. Dabei war er Tuttigeiger wie wir anderen auch. Er wurde sicherlich in seiner Heimat im Sauerland wie ein Genie behandelt, er war bestimmt der Beste im Schulorchester, vielleicht war er auch der Fleißigste an der Musikhochschule, aber bei uns war er so gut oder schlecht wie viele andere auch. Seine Ambitionen konnte er hier nicht ausleben. Das mögen die Kollegen nicht, und es geht auch nicht. Wir brauchen keine Solisten, wir brauchen Teamspieler. Das war er nicht."

Leo Volkmann schob den Rest seiner zweiten Semmel in den Mund. Bis jetzt hat er ja noch nicht so schlecht über Ziegler geredet, dachte Reitinger, sagte aber nichts, weil er bemerkte, wie es in Volkmann arbeitete, wie er seine Gedanken und Erinnerungen sortierte.

„In der ersten Zeit war er noch sehr nett. Als er seine feste Stelle hatte, wurde er anders. Es gab Kollegen, die sagten, er habe nicht umgeblättert, auch wenn das sein Job war. Musste sich plötzlich bücken, der andere saß dumm da. Oder spielte selbst auswendig weiter, der Pultnachbar musste aufhören. Oder er hat dafür gesorgt, dass die Lampe an einem anderen Pult einen Wackler hatte, so dass anderen mittendrin das Licht ausging."

„Das ist doch alles Kindergarten."

„Die Kunst ist, bei allen Kämpfen professionell genug zu bleiben, dass auch was Ordentliches dabei rauskommt. Aber wenn Sie öfter wegen so Kleinigkeiten und Pannen aufhören und der Dirigent Sie auf dem Kieker hat ..."

„Bei dem könnte man sich doch beschweren."

„Das muss man schon intern regeln. Der Dirigent gehört nicht dazu, im Zweifelsfall ist er ein Feind."

Das verstand Thomas zwar nicht, aber das war im Moment auch nicht sein Problem. „Haben das alle so gesehen wie Sie?"

Volkmann schüttelte den Kopf.

„Ziegler machte das nicht mit allen. Er brauchte ja auch Verbündete, um sich in Regensburg sein kleines musikalisches Reich aufzubauen. Er suchte sich Schüler; und da sein Schwiegervater ein reicher und einflussreicher Mann war, bekam er auch Schüler aus Familien, wo das Geld zu Hause ist. Wenn er einen nicht haben wollte, gab er ihn weiter an einen Kollegen, der auf seiner Seite stand. Er hatte viele Muggen in Kirchen, auf Friedhöfen, bei kleineren Feierlichkeiten; auch da ließ er die Kollegen teilhaben, die zu seinem Clan gehörten. Er gründete sein Streichquartett, da durfte er der Chef sein. Beim Salonorchester war es ähnlich. Freunde mit reinziehen, bei angesehenen Leuten spielen, absahnen."

„Das klingt nicht nach Musik, das klingt nach Mafia."

Volkmann lachte bitter. Er sah auf seine leere Bierflasche und nahm sich eine weitere Semmel. Thomas ging ins Haus und holte noch ein Bier für seinen Gast.

„Für Sie keins?", fragte Volkmann, und Thomas schüttelte den Kopf.

„Ich gehe heute noch in die Oper, und da mag ich nicht einschlafen."

„Hoffentlich haben Sie einen Platz, wo Sie in den Orchestergraben hineinschauen können", brummte Volkmann. „Und hoffentlich ist es schön heiß, damit die in dem kleinen, engen Loch schmoren wie in der Hölle."

„Was hatten Sie denn für einen Platz in diesem System?"

„Bis Ziegler meinte, er müsse die Regensburger Kulturlandschaft neu erfinden, hatte ich hier auch meine Pfründe", erzählte Volkmann. „Laienorchester, Streichquartett, Schüler, Muggen. Aber dann habe ich ihm Paroli geboten, wenn er andere Kollegen mobben wollte, wenn er sein Herrschaftssystem weiter ausbaute. Mir war schon klar, dass er seinen Schwiegervater beeindrucken wollte, dass es ihm um Macht ging. Er wollte der Größte sein, der Beste. Aber wie so viele Musiker ist Ziegler als Tiger gesprungen und als Bettvorleger gelandet."

Thomas gefiel das Bild, er wollte es sich merken und hoffte, dass ihm das auch gelang.

„Ich wollte mir das nicht alles gefallen lassen", erzählte Volkmann kauend und trinkend weiter. „Weil mir nichts Besseres eingefallen ist, habe ich mal nachgeforscht, woher das Bürschchen denn kommt, weil er in Regensburg immer den ganz vornehmen Kerl gegeben hat. Ein paar Telefonanrufe, und ich habe mehr gewusst. Die Verwandtschaft im Sauerland war nicht so vornehm. Die Eltern hatten einen kleinen Handwerksbetrieb am Rande eines Dorfes. Den mussten sie damals gerade aufgeben, und der Bruder wollte das alles umbauen und einen Swingerclub draus machen. Natürlich stand das Dorf kopf. Es war klar, dass Ziegler diese Verwandtschaft in Regensburg nie erwähnen, geschweige denn vorzeigen würde."

„Sie recherchieren gut, Sie sollten zur Zeitung gehen."

„Ich gehe nur zur Zeitung, wenn ich über das Orchester schreiben darf", grinste Volkmann, und Thomas fand, das sei gar keine so schlechte Idee.

Leo versank unterdessen wieder in seinen Erinnerungen. „Wir hatten in der Pause eines Konzerts richtig Streit, Ziegler und ich, und ich habe ihm das mit dem Swingerclub vor allen Kollegen um die Ohren gehauen. Das war ein Spaß! Die meisten fanden es sehr lustig und planten schon einen Betriebsausflug ins Sauerland, aber ich wusste, dass es ihn zutiefst kränkte. Er sagte nichts mehr."

„An dem Abend ist das mit den Fingern passiert?", fragte Thomas.

Volkmann schüttelte den Kopf. „So dumm war der Ziegler nicht, dass jeder nur eins und eins zusammenzählen braucht. Es dauerte vier Wochen, dann aber hatte er seine Chance. Nach einem Konzert waren wir noch in einem Lokal. Peter, ein Kollege, wollte mich mit nach Hause nehmen. Aber er war schon zu betrunken, um noch zu fahren. Da erklärte Ziegler sich bereit, Peter nach Hause zu bringen und mich auch. Ich setzte mich zu den Geigen auf den Rücksitz, hatte die Hand noch an der Tür, da schlug Ziegler sie zu."

„Dann gibt es ja einen Zeugen!" Thomas war wie elektrisiert.

„Peter hat nichts gesehen. Er war blau wie ein Veilchen, er saß schon auf dem Beifahrersitz, sah nach vorne, es war stockfinster. Ziegler behauptete, die Tür sei von selbst zugefallen oder ich hätte sie zugemacht. Er sei schon ums Auto herum gegangen zur Fahrerseite, als er meinen Schrei gehört habe. Da ich auch nicht ganz nüchtern war, glaubten natürlich alle Roman Ziegler."

„Sie haben damals viel getrunken."

„Nicht so viel, dass ich nicht hätte spielen können."

„Stimmt es, dass Sie manchmal während einer Vorstellung eingeschlafen sind?"

„Da hat mir einer was ins Bier getan; und wer, das können Sie sich denken."

„Aber an Verfolgungswahn leiden Sie nicht?"

Volkmann stand auf: „Geben Sie mir meine Violine, und ich verschwinde."

„So hab ich's nicht gemeint", beschwichtigte Thomas.

„Sie wollen nur die Geschichte zu Ende hören", vermutete Volkmann. „Aber da gibt's nicht mehr viel. Ich bin gleich zum Arzt, das schien auch gut zu verheilen. Aber ich hatte ständig Schmerzen beim Spielen, ich war nicht mehr so schnell, der Mittelfinger ließ sich nicht gut bewegen. Ich habe mehr getrunken als vorher, habe nicht mehr gut gespielt. Angeblich war ich untragbar. Sie bauten mir eine goldene Brücke in den Ruhestand wegen Arbeitsunfähigkeit. Ein bisschen Rente, ein Leben ohne Musik, Streit mit meiner Frau, der soziale Abstieg – den Rest können Sie sich vorstellen. Und jetzt will ich meine Geige."

„Sie wollten doch hier üben."

„Ich mag Ihnen nicht zur Last fallen."

„Spielen Sie ruhig eine Stunde. Ich dusche mich, ziehe mich ordentlich an und dann nehme ich Sie im Auto mit zurück nach Regensburg."

„Erst geköpft, dann gehangen, dann gespießt auf heiße Stangen, dann verbrannt, dann gebunden und getaucht; zuletzt geschunden."

Osmin sang seine Vorstellung von Folter, und Thomas saß neben seiner Mutter im Regensburger Stadttheater. Er konnte von seinem Platz aus herrlich in den Orchestergraben sehen. Tatsächlich war es eng dort, es sah auch nicht sehr gemütlich aus. Er starrte auf die Geiger, wollte erkennen, ob sich zwei Pultnachbarn gut oder schlecht vertrugen, ob sie sich das Leben mit kleinen Gemeinheiten schwer machten. Nichts konnte er feststellen. Gar nichts. Nicht einmal, ob ihnen das Musizieren Freude machte oder nicht.

Er stellte sich Roman Ziegler im Orchestergraben vor, der als Tiger gesprungen und als Bettvorleger gelandet war. Dann Leo Volkmann, der mit dem Bier seine Nervosität bekämpfte und während der Aufführung einschlief. Er versuchte, einzelne Musiker wiederzuerkennen, die er am Orchester-Tisch angetroffen hatte. Er applaudierte zur Pause und lief schnell hinaus, um für seine Mutter und sich etwas zum Trinken zu beschaffen.

„Geköpft, gehangen, gespießt, verbrannt ..." Therese Reitinger schüttelte den Kopf. „Was sich die Leute alles einfallen lassen, um sich das Leben zur Hölle zu machen."

Thomas nickte und trank gierig sein Wasser, es war schwül heute, er schwitzte in seinem guten Anzug. „Gefällt's dir, trotz der Folter?", fragte er.

Seine Mutter nickte. „Musikalisch ein Genuss", sagte sie. „Aber die Geschichte! Da halten diese Wilden zwei Mädels gefangen ..."

„Mutter, das spielt in der Türkei."

„Trotzdem sind's Barbaren", rief die Reitingerin, und Thomas stellte mit Unbehagen fest, dass einige Leute schon zu ihnen herübersahen. „Man entführt nicht einfach Leute, und dieser Wächter ist ja auch noch so zudringlich ..."

„Es ist eine Oper", beschwichtigte Thomas. „Außerdem mehr als zweihundert Jahre alt."

„Wenn ich die Nachrichten höre, dann hab ich das Gefühl, bei denen hat sich gar nicht so viel geändert seitdem."

„Das sagt eine, die ausländisch kochen lernt und von ihren netten Nachbarn aus dem Iran schwärmt."

„Es gibt überall Gute und Böse", beschloss die Mutter diese Diskussion. „Hab ich dir übrigens erzählt, dass ich am Dienstag in einen Vortrag über Christentum und Islam gehe?"

Hoffentlich schickte die Zeitung niemanden hin, die Mutter würde bestimmt über die Entführung aus dem Serail reden.

„Sollen wir noch was trinken?", fragte Reitinger nach der Oper, aber seine Mutter schüttelte den Kopf.

„Ich mache morgen einen Ausflug mit ein paar Senioren. Kelheim, Wanderung nach Weltenburg, Donaudurchbruch, weißt schon. Wo wir früher immer gern hingefahren sind, als du noch klein warst. Dein Vater hat ja den Donaudurchbruch so gemocht ..."

Thomas konnte sich erinnern. Er hatte die Wanderung nicht so geschätzt wie sein Vater. Nachdem er die Mutter nach Hause gebracht hatte, machte er sich auf den Weg nach Helmering.

Er ging bald zu Bett, konnte aber nicht schlafen. Unruhig wälzte er sich herum, überlegte dann, was ihn morgen beim Sonntagsdienst erwartete, ob er danach mit Lisa über ihre Zukunft reden sollte, wie Lisas Abend mit Julia Ziegler wohl gewesen war und dann fiel ihm ein, dass er sein Handy in der Oper abgeschaltet und nachher nicht mehr angemacht hatte. Vielleicht hatte sie ihn noch angerufen. Er stand auf, schaltete das Handy ein. Ein Anruf um zwei Uhr morgens – also vor einer halben Stunde. Bobby Friedrichs Stimme überschlug sich vor Aufregung: Dr. Greifenstein war tot.

7. Kapitel

Es war schon drei Uhr früh, als Thomas in dem kleinen Ort nahe Falkenstein ankam. Die ganze Fahrt über hatte Bobby Friedrich ihn über die Handy-Freisprechanlage informiert. Hier war der umgebaute Bauernhof, der Alexander Radecke gehörte; samt Reitstall, Teich, Tennisplatz. Und Golfplatz, denn mit Golfausrüstung hatte er ja schließlich sein Geld gemacht. Radecke war angeblich öfter mit Geschäftsfreunden hier, in letzter Zeit weniger, meinte Bobby. Das hätten ihm Nachbarn erzählt.

An diesem Wochenende fand ein Probenwochenende des Laienorchesters Gaudeamus statt. Selbst der hartgesottene Bobby Friedrich hatte es pietätlos gefunden, dass sie hier übten, obwohl ihr Dirigent tot war; aber der Vereinsvorsitzende Franz Klar, den er kurz hatte sprechen können, hatte ihm dasselbe gesagt wie ein paar Tage zuvor Reitinger bei der Abendprobe. Roman Ziegler hätte nicht gewollt, dass eine Probe ausfiel, und außerdem übten sie für seine Beerdigung.

Der Bauernhof war groß genug, an die zwanzig Leute zu beherbergen, wenn sich auch einige ein Zimmer teilen mussten. Ein paar Musiker waren nach der Probe nach Hause gefahren und wollten am nächsten Morgen wiederkommen, andere waren hiergeblieben, hatten geredet, Karten gespielt und getrunken.

Als Thomas in das Dorf kam, sah er von Weitem, welches Haus er ansteuern sollte. Die Fenster waren fast alle erleuchtet, im Hof waren Polizeiwagen und Notarzt, einige Leute vom Dorf standen auf der Straße und redeten über den Vorfall.

Bobby Friedrich wartete vor dem Anwesen auf Thomas. „Sie lassen mich nicht rein", beklagte er sich, aber auch Thomas wusste kein Mittel, wie man durch die Polizeiabsperrung kommen könnte. Er fragte sich, ob Jana da sei, ob sie ihm etwas erzählen würde.

„Von wegen Wochenende", brummte der Polizeiarzt, der gerade aus dem Haus kam.

„Woran ist er denn gestorben?", fragte Bobby Friedrich.

„Ich sag nix. Gute Nacht - oder was davon übrig ist." Damit war er weg.

Thomas linste durch die offene Tür hinein. Er sah Jana Meyerbeer, wollte ihr zuwinken, zulächeln, aber sie sprach gerade mit einer etwa vierzig Jahre alten Frau, die sich immer wieder die Tränen abwischte.

„Wahrscheinlich die Ehefrau", vermutete Bobby und brachte seine Kamera in Anschlag. „Wenn sie doch nur ein bisschen herschauen würde ...", seufzte er. Kaum wandte die Frau den Kopf, drückte er ab. Jana Meyerbeer sah das und kam sofort auf sie beide zu.

„Ich hab nichts gemacht", sagte Thomas schnell.

„Feigling", zischte Bobby Friedrich und hielt seine Kamera ganz fest.

„Weg mit dem Foto", forderte die Kommissarin. Sie streckte herausfordernd die Hand aus. Bobby seufzte abgrundtief, dann zeigte er ihr das Foto auf seinem Display und löschte es. Jana Meyerbeer war zufrieden.

„Woran ist er gestorben?", fragte Thomas.

„Am Montag ist eine Pressekonferenz."

„Ach, komm." Thomas war wirklich sauer.

„Sieht aus wie ganz gemütlich im Sessel eingeschlafen, ein schöner Tod."

„Und vorher noch was getrunken."

„Aber davon stirbt man nicht gleich", hörte Thomas zwei Kerle von der Spurensicherung plaudern. Er grinste. Jana Meyerbeer atmete tief durch, dann ging sie einfach wieder zurück ins Haus.

Bobby Friedrich bastelte an seinem Fotoapparat herum.

„Ich wette, du hast das Bild noch", sagte Thomas.

„Wenn du noch ein bisschen lauter redest, dann kriegt das deine Freundin, die Kommissarin, auch mit", fauchte Bobby.

„Du bist wirklich ein gerissener Hund." Thomas schwankte zwischen Bewunderung und Abscheu.

Sie blieben, bis die Leiche abtransportiert wurde. Bobby schlug vor, die Witwe noch anzusprechen, aber das war Thomas jetzt doch zu derb. Er fragte sich vielmehr, wann und wie Julia Ziegler vom Tod ihres Geliebten erfahren würde. Sie war ja keine Angehörige. Die Ehefrau war hier. Wahrscheinlich fiel diese undankbare Aufgabe ihrem Vater zu. Der Hausherr war aber nicht zu sehen. Manche der Umstehenden sagten, Alexander Radecke habe einen Schock erlitten und der Arzt habe ihm ein Beruhigungsmittel gegeben. Andere wiederum behaupteten, er sei gar nicht da, wollte erst am nächsten Tag kommen. Von den Musikern des Laienorchesters zeigte sich keiner. Sie blieben im Haus, hielten sich vermutlich der Polizei zur Verfügung.

Thomas versuchte, noch einmal an die Kommissarin heranzukommen, aber sie hatte offenkundig keine Lust, mit ihm zu sprechen.

„Ihr steht euch aber auch nicht mehr so gut", murmelte Friedrich, bevor er sich nach Hause verabschiedete. „Ich hoffe, sie sagt dir morgen am Telefon mehr, weil sonst haben wir ja bloß meine Fotos und sonst gar nichts."

Das wusste Thomas auch – und es ärgerte ihn.

Wohin mit ihm? Es war fünf Uhr früh, Helmering lohnte sich nicht mehr, er hatte sowieso Sonntagsdienst, in ein paar Stunden sollte er in der Redaktion sein. Thomas fuhr nach Regensburg, stellte sein Auto am Protzenweiher im Parkverbot ab, ungeachtet der nahen Polizei, und ging in seine und Lisas Wohnung. Lisa hatte den Abend mit Julia Ziegler verbracht, er wollte mit ihr reden, vielleicht noch zwei oder drei Stunden schlafen. Leise schloss er die Tür auf, ging hinein und holte sich etwas zu trinken aus dem Kühlschrank. Wasser. Doch dann sah er die offene Flasche Weißwein und konnte nicht widerstehen. Er schenkte sich gerade ein Glas ein, als Lisa im Pyjama dastand und ihn anlächelte.

„Du bist früh dran. Wahrscheinlich willst du unbedingt wissen, was Julia Ziegler mir erzählt hat."

„Ich wüsste viele schöne Gründe, um hierherzukommen", versuchte sich Thomas im Flirten, „aber leider ist es so gar nichts Romantisches. Greifenstein ist tot."

Lisa setzte sich, nahm sofort das Weinglas und trank. Thomas holte ein neues Glas für sich.

„Arme Julia", sagte sie leise. „Weiß sie es schon?"

„Wenn, dann über ihren Vater. Es ist in seinem Haus bei Falkenstein passiert."

„Aber er war gar nicht dort", wunderte sich Lisa. „Julias Buben waren bei ihm über Nacht, in seinem Haus in Prüfening. Ich war selber dabei, als er sie geholt hat."

„Aber die Polizei hat ihn bestimmt inzwischen informiert. Vielleicht ruft er dann seine Tochter an ..."

„Ich fahre hin und sag es ihr", beschloss Lisa.

Einen Moment waren sie still, in ihre eigenen Gedanken versunken.

„War die Kommissarin da?", fragte Lisa unvermittelt.

„Sie hat die meiste Zeit mit einer Frau gesprochen, wahrscheinlich die Ehefrau von Greifenstein."

„Wer hat ihn denn gefunden, und was genau ist passiert?"

„Das weiß ich nicht, ich weiß noch gar nichts."

„Du musst also heute arbeiten."

Thomas nickte.

„Gehst du vorher mit zu Julia?"

Instinktiv wollte Thomas den Kopf schütteln. Aber er sah Lisas herausfordernden Blick, wenn er Nein sagte, hielt sie ihn sicherlich für einen Feigling.

„Wenn du willst, komme ich mit."

„Was habt ihr denn gestern so geredet, hat sie den Greifenstein überhaupt erwähnt?", fragte Thomas, als sie kurz darauf in Lisas Auto stiegen.

„Nur indirekt. Sie hat von Felix' Krankheit erzählt. Dass er immer so schlapp gewesen sei, dass er so viel Durst gehabt habe, dann die Diagnose, dass Greifenstein ihr so sehr geholfen habe."

Lisa startete den Wagen, und sie fuhren los. Die Stadt war leer am frühen Sonntagmorgen, es war kaum Verkehr.

„Wir haben über früher geredet und darüber, was aus uns geworden ist. Sie hat wenig über ihren Mann gesprochen. Ich hatte aber das Gefühl, dass ihr das Malen sehr fehlt."

„Gesagt hat sie's nicht?"

„Indirekt. Dass man nicht ein bisschen Kunst machen kann. Ganz oder gar nicht."

„Da denkt sie wie ihr Mann."

„Mit ihm und den Kindern ist ihre künstlerische Arbeit eben auf der Strecke geblieben."

Sie fuhren die Augsburger Straße stadtauswärts, Lisa war recht sportlich-schnell unterwegs. Thomas fiel etwas ein. „Vielleicht bleibst du bei Julia Ziegler, aber ich muss ins Büro. Wäre also besser gewesen, ich hätte mein eigenes Auto genommen."

„Du kriegst meines; ich finde schon eine Möglichkeit, wie ich wieder in die Stadt zurückkomme."

Thomas grinste. Er mochte Lisas Wagen. Lisa wiederum sah sein Grinsen. Wie ein kleiner Bub sah er dann aus, und zum ersten Mal seit langer Zeit fand sie das wieder sehr anziehend.

„Ob der Tod Greifensteins etwas mit dem Mord an Ziegler zu tun hat?", fragte Lisa.

Thomas zuckte die Schultern. „Ich habe keine Ahnung."

„Bisher war doch dieser alte Musiker verdächtig, der Intimfeind von Roman Ziegler."

„Aber der hat den Greifenstein nicht oder kaum gekannt, glaub ich. Warum sollte er den auch um die Ecke bringen?"

„Ich hatte ja schon mal gedacht, dass der Kinderarzt den Ziegler aus dem Weg geräumt hat."

„Und nun können wir ihn nicht mehr fragen", sagte Thomas und kam sich sehr geistreich vor.

„Die einzige wirkliche Verbindung zwischen den beiden Ermordeten ist Julia", sagte Lisa. „Sehe ich das richtig?"

Thomas erschrak fast, als Lisa das so klar und deutlich formulierte.

Julia Ziegler wusste von gar nichts. Sie trug einen Morgenmantel, als sie die Haustüre öffnete. Sie sah Lisa und lächelte kurz. „Hast du etwas vergessen? Es muss aber etwas sehr Wichtiges gewesen sein, dass du so früh am Morgen ..."

Lisa legte den Arm um die Schulter ihrer Jugendfreundin und führte sie zurück ins Haus. „Es ist etwas sehr Schlimmes passiert", sagte sie, und Julia Ziegler schrie sofort: „Felix!"

Natürlich denkt sie zunächst an die Kinder, schoss es Thomas durch den Kopf, der die Haustür von innen schloss und den beiden Frauen ins Wohnzimmer folgte.

„Nein, Benjamin Greifenstein. Er ist tot."

Julia Ziegler sagte gar nichts. War sie erleichtert, dass ihren Kindern nichts geschehen war? Oder war es der Schock, dass der zweite wichtige Mann in ihrem Leben tot war?

Sie setzte sich, starrte vor sich hin. Lisa hatte immer noch den Arm um sie gelegt, hielt sie fest, offenbar befürchtete sie, dass dies nur die Ruhe vor dem Sturm, die Starre vor dem Zusammenbruch war.

„Er wollte nach Falkenstein fahren", sagte sie tonlos. „Ein Unfall?"

„Er war schon dort", antwortete Thomas. „Wenn ich richtig gehört habe, saß er tot in einem Sessel, als er gefunden wurde."

„Herzinfarkt?“

„Keine Ahnung.“

„Oder ist er auch ermordet worden wie mein Mann?“

Thomas sah so hilflos aus, dass Lisa eingriff: „Julia, wir wissen es nicht. Aber als Thomas mit der Nachricht kam, da dachte ich, vielleicht ist es besser, wenn du jetzt nicht allein bist.“

Offenbar fiel Julia Ziegler ein, dass sich eigentlich ein anderer Mensch um sie kümmern sollte.

„Wo ist mein Vater?“, fragte sie.

Thomas zuckte die Schultern in dem unangenehm eindringlichen Bewusstsein, dass er wirklich nicht viel wusste.

„Aber es ist in seinem Haus passiert. Sie müssen ihn doch gleich angerufen haben.“

Einen Moment waren alle still. Thomas hörte eine Uhr ticken. Julia Ziegler weinte nicht, sie gab keinen Laut von sich. Sie starrte vor sich hin, zum Fenster hinaus in den Garten.

„Soll ich Tee oder Kaffee machen?“, fragte Thomas, aber sie gab keine Antwort. Lisa aber nickte ihm zu, und so verschwand er in der Küche und begab sich auf die Suche nach Kaffeepulver und Tee. Was ich zuerst finde, das mache ich, dachte er. Aus dem Wohnzimmer hörte er die klare Stimme seiner Frau, die leise und beruhigend auf Julia Ziegler einredete. Er verstand nichts, aber es klang beschwichtigend. So würde sie vermutlich auch Kinder trösten, wenn sie beide Nachwuchs hätten.

Zum ersten Mal bedauerte er, dass sie dieses Thema immer wieder auf später verschoben hatten. Wir wollen noch keine Kinder, das hatten sie am Anfang ihrer Beziehung gesagt und dann gelegentlich für sich und für andere wiederholt. Es soll ja auch passen. Wann aber war der richtige Zeitpunkt? Ob Lisa immer noch so dachte? Ob sie lieber einen Partner hätte, mit dem sie eine Familie gründen konnte?

Thomas fand den Tee, verschüttete ihn gleich, fegte die Krümel mit der Hand zusammen und stopfte sie in das Sieb. Dann beschloss er, für sich selbst noch Kaffee zu machen.

„Ich rufe ihn an – sofort.“ Das war Julias Stimme aus dem Wohnzimmer.

Thomas ging zur Tür, er wollte mithören. Leider machte die Kaffeemaschine einen Höllenlärm. Er zog einfach den Stecker aus der Dose.

„Guten Morgen, Papa." Mehr sagte sie nicht. Offenbar redete Alexander Radecke. Lisa sah kurz um die Ecke zu ihm, in ihrem Blick lag Unruhe und Sorge. Dann hörten sie beide einen erstickten Schrei. Sie liefen ins Wohnzimmer. Julia Ziegler war auf dem Teppich zusammengesunken und weinte hemmungslos.

„Warum", fragte sie immer wieder in die Sprechmuschel. „Warum?" Dann ließ sie den Hörer fallen. Lisa nahm ihn auf.

„Herr Radecke? Mein Name ist Lisa Reitinger, ich bin eine Freundin ..."

Lisa horchte einen Moment, dann verfinsterte sich ihr Gesicht. Ohne ein weiteres Wort schaltete sie das Telefon aus und legte es weg.

Thomas sah sie fragend an. Sie formte mit ihren Lippen ein Wort, das sie lieber nicht aussprechen wollte, das Thomas aber als sehr unfeines Schimpfwort identifizieren konnte. Dann setzte sie sich zu Julia Ziegler auf den Boden und strich ihr übers Haar.

Thomas ging zurück in die Küche und steckte die Kaffeemaschine wieder ein. Eine Tasse könnte er jetzt wirklich vertragen.

Alexander Radecke wirkte sehr ernst, als er mit Felix und Paul kam. Er trug einen dunklen Anzug, nahm seine Tochter sofort in den Arm und redete ihr gut zu. Es klang nicht wie bei Lisa, fand Thomas. Vielleicht lag es daran, dass er lieber von Lisa als von diesem Golfheini getröstet worden wäre, im Fall des Falles, aber ihn störte dieser Unterton. Als ob er mit einem kleinen Mädchen spräche.

Julia schien es nach einiger Zeit nicht mehr ertragen zu können, von ihrem Vater getröstet zu werden. Sie befreite sich aus seinen Armen, wischte die Tränen ab und sah sich suchend um. „Wo sind die Jungen?"

„Lisa ist mit ihnen hinausgegangen in den Garten", sagte Thomas, der gerade eine Tasse Kaffee trank und ein bisschen unmotiviert in diesem Wohnzimmer herumstand, was auch Alexander Radecke auffiel. „Was machen Sie noch hier, Sie Schnüffler?"

„Papa, bitte“, mahnte Julia Ziegler.

„Schon gut“, winkte Thomas ab. „Ich muss sowieso zur Arbeit. Wiedersehen.“

„Hoffentlich nicht“, raunzte Radecke.

„Danke fürs Kommen“, schob Julia Ziegler dezidiert nach und musterte ihren Vater mit einem ermahnenden Blick.

Thomas ging durch die offene Terrassentür hinaus und schlenderte bereits auf das Gartentor zu, als Lisa ihn zu sich winkte. Die Jungen saßen gemeinsam im Sandkasten. Paul spielte, Felix sah ihm zu, wirkte dabei völlig apathisch.

„Die Polizei ist zu Radecke gekommen, hat Felix erzählt“, flüsterte Lisa. „Offenbar ist Greifenstein keines natürlichen Todes gestorben, denn sie haben Radecke gefragt, ob es sein könne, dass Greifenstein Selbstmordabsichten hatte. Oder ob Greifenstein Feinde hatte.“

Das war ja eine völlig neue Perspektive.

„Also doch ein Mord?“

„Radecke hat sich offenbar sehr aufgeregt und gemeint, wahrscheinlich habe ihm jemand nach dem Leben getrachtet, schließlich sei es seine Wohnung.“

„Sollte es etwa den Falschen erwischt haben?“

Lisa zuckte die Schultern. „Rufst du mich an, wenn du mehr weißt?“, fragte sie ihren Mann, und Thomas nickte. Er wollte schon gehen, da fiel ihm noch etwas ein. „Warum hast du vorher so böse geschaut, als du Radecke am Telefon hattest?“

„Er hat behauptet, ich würde mich seiner Tochter aufdrängen.“

„Der hat vielleicht Sorgen“, murmelte Reitinger, sah noch einmal ins Haus, wo Radecke und Julia Ziegler miteinander sprachen. Sehr harmonisch sah das nicht aus.

„Bis später“, sagte Thomas, und Lisa nickte. Dann wandte sie sich wieder den beiden Kindern zu.

In der Redaktion war noch niemand. Thomas nahm sich eine Flasche Mineralwasser und durchsuchte den Kühlschrank nach etwas Essbarem, denn nach einer Nacht ohne Schlaf hatte er ständig Hunger. Als er nichts fand außer Fleischsalat, wonach ihm nun nicht der Sinn stand, durchwühlte er auch die Schubladen. Bei Krakowski fand er einige Müsliriegel. Er aß sie alle auf einmal. Frank hatte heute frei, und morgen früh würde er neue besorgen und sie in die Schublade legen.

Jana Meyerbeer ging nicht an ihren Dienstapparat. Er versuchte es auf ihrem Handy.

„Hallo?", meldete sie sich.

„Thomas hier."

„Das ist meine Privatnummer", sagte sie, und er hörte das Eis in ihrer Stimme klirren - zumindest bildete er sich das ein.

„Jana, bitte ..."

„Ich habe sie dir aus privaten Gründen mal gegeben."

„Trotzdem, ich möchte doch nur wissen ..."

Sie schaltete aus. Thomas kam sich sehr schäbig vor.

Während er noch überlegte, klingelte das Telefon. Schnell ging er ran. „Jana?"

Erst dann fiel ihm siedendheiß ein, dass es auch Lisa sein könnte; er sollte etwas vorsichtiger sein, wenn er sich am Telefon meldete, auch wenn er nichts zu verbergen hatte.

Tatsächlich - ein Schweigen am anderen Ende der Leitung.

„Reitinger, Redaktion ...", versuchte er es noch einmal mit einer offizielleren Version.

„Hier ist Franz Klar."

Thomas fiel ein Stein vom Herzen.

„Ich bin der Bratscher, vielleicht erinnern Sie sich noch ..."

„Freilich, Herr Klar, schön, dass Sie anrufen. Sie können mir bestimmt helfen ..."

„Das habe ich mir auch gedacht", sagte Franz Klar, und es klang ein bisschen stolz.

„Wo sind Sie denn?", fragte Thomas nach.

„Ich bin wieder daheim. Die Polizei hat uns alle vernommen und dann wieder freigelassen."

„Können wir uns denn treffen?"

„Ich wohne in der Schwabenstraße", erklärte Klar.

Thomas schrieb den Kollegen einen Zettel, steckte sein Handy ein und fuhr los, die Landshuter Straße hinaus. Er tankte gerade, als es klingelte. Dieses Mal war er klug genug, sich mit seinem Namen zu melden.

„Lisa hier", sagte seine Frau. „Ich bleibe vorläufig bei Julia und den Kindern."

„Was ist mit Radecke?"

„Der ist noch einmal zur Polizei."

„Wie geht es euch denn?"

Thomas hörte Lisa leise lachen, aber besonders froh klang es nicht. „Nett, dass du so fragst. Mir geht's mäßig, und Julia hat ein Beruhigungsmittel genommen."

„Und die Jungen?"

„Der Kleinere wollte gleich mit dem Opa mit, und Felix sitzt die ganze Zeit bei seiner Mutter. Wir wollen nachher vielleicht zu einem Kollegen von Greifenstein – wegen Felix. Dieser Schock jetzt bei seiner Krankheit ..."

„Ich finde das toll, wie du dich kümmerst."

„Bis später. Schreib was Gescheites."

Das hatte sie früher immer gesagt, wenn er ins Büro ging. Reitinger lächelte.

Franz Klar stand bereits vor dem Mietshaus und winkte, als Reitinger mit dem Wagen seiner Frau ankam.

„Am besten, wir fahren nach Falkenstein zum Tatort", schlug er vor, und es klang, als wäre er einer der Ermittler.

Thomas hielt das für eine gute Idee. Nachts hatte er nicht viel sehen können von dem Anwesen. Vielleicht wurde ihm einiges deutlicher, wenn er es vor Augen hatte. Oder Klar erinnerte sich an Dinge, die er jetzt nicht so präsent hatte.

Klar sah sich kurz den kleinen, chicen Sportwagen an. „Ihrer?"

„Er gehört meiner Frau."

„Die ist bestimmt zierlicher als ich", sagte Klar, und Thomas verkniff sich, mit einem Gott-sei-Dank zu antworten.

„Wir können auch mein Auto nehmen. Wenn ich fahre, können Sie sich Notizen machen."

Gutes Argument, dachte Thomas, und sie wechselten das Fahrzeug.

Unterwegs redete Klar ununterbrochen. Er erzählte, wie sie sich am Samstag im Bauernhaus von Alexander Radecke getroffen hatten. Probe, dann Mittagspause, wieder Probe. Manche seien dann heimgefahren, andere blieben da. „Wir haben das schon öfter gemacht", erklärte er. „Meistens haben wir es abends recht gemütlich und am nächsten Tag proben wir wieder."

„Aber Alexander Radecke war nicht dabei", versuchte Thomas das Gespräch etwas zu lenken.

„Der wollte erst heute kommen, weil er seine beiden Enkel zu Besuch hatte über Nacht. Das hat er uns erzählt. Der liebt ja seine Enkel über alles."

Thomas nickte. Vor allem den Paul, der Banker werden soll, dachte er.

„Er hat noch gesagt, das ging nicht anders, weil seine Tochter Besuch hätte, und er hat ihr versprochen, dass er ihr die Buben abnimmt."

Thomas konnte sich nicht vorstellen, dass die Kinder wegen Lisa außer Haus gemusst hätten. Aber wer weiß, was Radecke und seine Tochter da vereinbart hatten.

„Auf jeden Fall haben wir nach der Probe zu Abend gegessen, jeder hat was mitgebracht, vor allem die paar Frauen, die wir in unserem Orchester haben, die lassen sich da nicht lumpen."

Thomas nickte und hoffte, dass ihm Klar Einzelheiten des Abendessens ersparte, er hatte nämlich schon wieder Hunger.

„Nachher sind wir dann zum gemütlichen Teil übergegangen", plauderte Klar.

„Wie viele waren denn noch da?", fragte Thomas und ihm graute davor, wenn er dachte, dass er vielleicht alle Namen bräuchte und mit jedem einzelnen reden müsste. Warum war es keine Streichquartett-Probe gewesen?

„Wir waren so knapp zwanzig", schätzte Klar und legte die Stirn in Falten. Offenbar ging er die einzelnen Personen durch.

„War denn Greifenstein auch da?"

„Ja, aber der hat sich gleich zurückgezogen in seine Gemächer", formulierte Klar ein bisschen geschraubt, und es war zu hören, dass er das missbilligte.

Thomas sah ihn fragend an: „Wie meinen Sie denn das?"

Klar freute sich über Thomas' steigendes Interesse. „Also die meisten haben Zweibettzimmer, und das ist auch immer eine Riesengaudi. Aber wer recht eigen ist, der kriegt auch ein Einzelzimmer. Der Greifenstein hat immer eins."

„Immer dasselbe?"

„Normalerweise schon, aber dieses Mal war er in den privaten Räumen von Radecke, weil der nicht da war."

„Wohnt der Radecke in seinem eigenen Haus extra?", wunderte sich Thomas.

Klar nickte: „Der hat tatsächlich über dem Stadel eine eigene Wohnung für sich ausgebaut. Wir sind also alle im Bauernhaus, und dann geht man im ersten Stock rüber in sein Loft, oder wie das jetzt heißt, ganz elegant."

„Waren Sie da schon mal?"

Klar tat so, als hätte er die Frage überhört und konzentrierte sich plötzlich auf den Verkehr. „Was fahrt ihr denn alle so langsam?", brummte er und setzte zum Überholen an. Reitinger hätte am liebsten gebetet, aber es fiel ihm nicht einmal mehr das Vaterunser ein.

Als Klar vorne einscherte und das Aufblenden des entgegenkommenden Fahrzeugs ignorierte, atmete Thomas tief durch, beschloss, die letzte Frage auf später zu verschieben und setzte neu an. „Der Greifenstein hat sich also zurückgezogen."

Franz Klar nickte. „Der trinkt abends noch gern einen guten Cognac, liest ein gutes Buch, hört gute Musik – alles vom Feinsten bei den feinen Leuten."

„Er wollte also allein sein, ging in Radeckes Extra-Wohnung, und Sie haben ihn nicht mehr gesehen."

„Doch. Schon. Aber das war dann nach Mitternacht."

„Da ist er noch einmal aufgetaucht?", wunderte sich Thomas, bekam aber keine Antwort.

Franz Klar bog in den Ort ein, bremste sportlich vor dem Bauernhaus, das noch von der Polizei versiegelt war. Selbst der Hof war abgesperrt. Er schaltete den Motor ab und musterte Thomas eindringlich.

„Was ich jetzt sage, bleibt unter uns."

Thomas nickte.

„Wir waren noch vier Leute, die wach waren", erzählte der Bratscher. „Das Bier war aus. Da ist uns eingefallen, dass doch der Radecke drüben eine ziemlich gut ausgestattete Bar hat in seinem Loft. Das hat er mal erzählt."

„Dort hat sich Greifenstein vermutlich auch seinen guten Cognac genommen."

Klar nickte: „Ja, das hat er gesagt: So, jetzt noch einen guten Cognac und ein gutes Buch und so weiter."

Thomas verstand: „Sie wollten sich ein bisschen was aus der Bar holen."

Man sah Franz Klar an, dass ihm das sehr peinlich war.

„Warum auch nicht?" So versuchte Thomas, ihn zum Weiterreden zu ermuntern.

„Gell, das sagen Sie auch." Franz Klar taute wieder auf. „Auf jeden Fall haben die Kollegen mich geschickt", fuhr er jetzt fort. „Die Tür war bloß eingeschnappt, nicht verschlossen ..."

Thomas grinste. Offenbar hatte der alte Fuchs mit einer Scheckkarte oder einem Dietrich nachgeholfen, je nach Schloss.

„Dann bin ich rein und hab gedacht: Wenn der Greifenstein noch wach ist, dann sag ich einfach, die Tür war offen, und ob wir noch was haben können."

„Aber er war schon im Bett", vermutete Thomas.

Franz Klar schüttelte den Kopf. „Er saß im Sessel, aber er sah aus, als ob er schliefe. Ich bin dann an ihm vorbei. Hab mich schon gewundert, weil er hatte ein Buch da liegen, aber kein Cognacglas weit und breit. Und in der Bar war alles Mögliche, aber kein Cognac."

Thomas sah ihn sehr verwirrt an. „Was heißt das jetzt?"

Franz Klar zuckte die Schultern. „Ich weiß das doch auch nicht. Mir ist das komisch vorgekommen, und ich hab ihn angestupst. Aber er ist nicht aufgewacht, und ich habe gemerkt ..."

„Da haben Sie die Polizei angerufen."

Klar nickte.

„Und denen haben Sie nicht gesagt, dass Sie die Bar plündern wollten?"

Der Bratscher schüttelte den Kopf. „Offiziell haben wir uns Sorgen gemacht, weil der Greifenstein so schlecht ausgeschaut hat am Abend. Und ich bin gegangen, noch mal nach ihm sehen."

Thomas verstand: „Die Tür zum Loft war offiziell auch nur angelehnt, oder?"

Klar nickte: „Genau."

„Und woran ist er nun gestorben, der Doktor Greifenstein?", fragte Thomas so beiläufig wie möglich.

Franz Klar sah ihn sehr frustriert an: „Ich dachte, das wüssten Sie! Uns hat die Polizei nämlich nichts gesagt."

Obwohl der Ausflug nach Falkenstein für Franz Klar damit eine herbe Enttäuschung war, stieg er mit Thomas aus und zeigte ihm das Bauernhaus, soweit es die Polizeiabsperrung zuließ. Sie gingen um das Anwesen herum, und er erklärte, wer wo mit wem übernachtet hatte. Thomas erkannte den ausgebauten Teil über dem Stadel, gleich im Anschluss an das stattliche Haus, er sah den Teich hinten im Garten in der Sonne glitzern.

„Da ist ja eine Treppe", sagte er erstaunt.

Franz Klar grinste: „Der Hausherr hat einen eigenen Aufgang für sein Loft. Weil er manchmal ganz gern Damenbesuch hat, glaube ich. Den er an den Gästen im Bauernhaus vorbeischleusen will."

„Hatte denn der Greifenstein auch gerne Damenbesuch, hat er deshalb im Loft übernachtet?"

Franz Klar schüttelte den Kopf. „Ich wüsste nichts."

Das war Thomas zu wenig. Er sah den Bratscher auffordernd an. Zögerlich rückte der heraus. „Wir haben ja nicht so viele Damen im Orchester, aber manchmal ergibt sich schon ein Techtelmechtel. Und bei denen, die noch eine Frau oder einen Mann zu Hause haben, sind dann diese Orchesterwochenenden schon sehr beliebt."

„Zum Beispiel?"

„Also, Herr Reitinger!"

Franz Klar grinste und hörte nicht mehr damit auf. Dann aber konnte er doch sein Wissen nicht bei sich behalten. „Sagen wir so: Sie glauben doch nicht, dass sich die hübsche Cellistin in mich verliebt, wenn sie auch einen anderen haben kann, den feschen neuen Dirigenten zum Beispiel."

„Und Greifenstein?", fragte Thomas und lud den Bratscher zum Mittagessen ein, da ihm sein Hunger immer mehr zu schaffen machte.

Klar schilderte den Arzt als hervorragenden Cellisten, der leider nicht zu allen Proben kommen konnte, weil er so viel Arbeit hatte.

Was die Damen im Orchester und darüber hinaus angehe, so habe er, Franz Klar, nie feststellen können, dass der Arzt sich für eine interessierte. Greifenstein war verheiratet, führte mit seiner Frau zusammen eine Praxis. In den letzten Monaten hätten viele über eine Krise spekuliert, sie seien angeblich privat getrennte Wege gegangen.

Das werden von mir auch viele munkeln, dachte Thomas. Dabei verstehe ich mich mit meiner Frau besser als zu der Zeit, als wir angeblich gemeinsame Wege gingen.

Man habe ihn auch oft mit den Zieglers gesehen, aber das sei ja kein Wunder, weil der ältere Ziegler-Sohn krank sei.

Das wusste Thomas auch schon. Vielleicht war er in diesem Punkt sogar ein bisschen weiter.

„Und gestern", plauderte Klar, als er mit dem Essen fertig war und sein Besteck ordentlich zur Seite legte, „habe ich mitbekommen, dass der Greifenstein wieder zu seiner Frau in das gemeinsame Haus einziehen wollte."

Thomas sah ihn überrascht an, und Franz Klar freute sich, dass ihm noch ein Coup gelungen war. „Gell, da schauen Sie! Das haben Sie noch nicht gewusst!"

„Wann und wo und wie haben Sie das mitgekriegt?"

„Wir haben gerade zwei Stunden mit dem Orchester geprobt und dann Pause gemacht. Da hat er mit seiner Frau telefoniert. Erst dachte ich, der Kerl hat ja doch eine Freundin! So telefoniert man nicht nach Jahren mit seiner eigenen Frau. Aber dann hat er sie beim Vornamen genannt."

„Wie heißt sie denn?"

„Saskia."

Also nicht Julia, dachte Thomas. Das wäre jetzt auch zu einfach gewesen.

„Er hat auch überlegt, ob er nicht abends noch heimfährt, aber sie hatte anscheinend was anderes vor. Dann hat er noch gesagt, dass er sich auf das nächste Wochenende freut, da wollten sie gemeinsam wegfahren – nach Marburg, da haben sie nämlich beide eine Zeitlang studiert und sich kennengelernt."

„Darüber haben sie am Telefon gesprochen?"

Klar schüttelte den Kopf. „Das hat er mir nachher erklärt, als er das Handy ausgeschaltet hat. Wahrscheinlich hab ich ein bisschen zu neugierig dabei gestanden, und er hat gemerkt, dass ich mitgehört habe."

Thomas amüsierte sich über die direkte Art des Bratschers, aber immerhin kam der Mann so an Informationen, die sonst niemand hatte. „Kommissar Klar", raunte er leise, und der Musiker strahlte bis über beide Ohren, „ist Ihr Gespräch belauscht worden?"

Franz Klar überlegte einen Moment. „Es standen viele Leute herum", sagte er dann, und Thomas war schon ganz entmutigt. „Aber die meisten haben sich miteinander unterhalten und bestimmt nicht zugehört."

„Was ist mit Alexander Radecke?"

„Der hat gerade seinen Geigenbogen mit Kolophonium eingerieben. Aber damit spielt er auch nicht besser."

„Hätte er zuhören können?"

„Ich glaub schon, aber ich weiß es nicht."

Thomas gab dem Bratscher zum Abschied die Hand. „Vielen, vielen Dank, Herr Klar. Sie haben was gut bei mir."

„Darf ich's mir aussuchen?"

Da war sich Thomas nicht so sicher, aber er nickte mal vorsichtig, eine Kopfbewegung, die man im Notfall auch anders deuten oder als Versehen auslegen konnte.

„Ich wäre so gerne mal in der Zeitung", gestand Klar. „Der Bratscher, der eigentlich Eisenbahner ist."

„Ich weiß nicht recht", zögerte Thomas, aber als er bemerkte, wie traurig Klar nun aussah, da nickte er noch einmal: „Ich lass mir was einfallen."

Das genügte Franz Klar vollkommen als Versprechen. Er war nicht sehr verwöhnt in dieser Hinsicht.

Thomas schaltete sein Handy wieder ein. Natürlich hatte die Redaktion seit zwei Stunden versucht, ihn zu erreichen. Er rief zurück. Krakowski war dran.

„Wo bist du denn, warum meldest du dich nicht?"

„Hat du nicht heute frei?", wunderte sich Thomas.

„Nachdem du anscheinend meine Müsliriegel gegessen hast und dann spurlos verschwunden bist, haben sie mich angerufen. Irgendjemand muss ja die Geschichte über den toten Kinderarzt recherchieren. Und sonst ist auch noch einiges zu tun bei einem Sonntagsdienst – falls du dich daran erinnerst."

„Die Müsliriegel kriegst du morgen wieder."

„Ich habe aber jetzt Hunger."

„Frank, es tut mir wirklich leid ..."

„Geschenkt, sag mir lieber, wo du warst, wo du bist, was du weißt, wann du kommst und wie's weitergeht."

Thomas erzählte kurz, dass er noch einmal in Falkenstein war, dass er mit einem Musiker gesprochen hatte, Details verriet er noch nicht.

„Der Bratscher wollte also noch einmal nach Greifenstein schauen, da war er schon tot", wiederholte Krakowski, was ihm Thomas erzählte. Reitinger hörte das Klappern der Tastatur, Frank machte sich offenbar Notizen.

„Weiß man eigentlich, wie der Kinderarzt gestorben ist?", fragte Thomas.

„Die Kripo mauert", seufzte sein Kollege. „Wenn wir Pech haben, machen wir eine Riesennummer daraus, und es war doch nur ein Herzinfarkt. Traurig genug für Greifenstein, aber eigentlich keine Geschichte für uns."

„Ich habe gehört, sie hätten Radecke gefragt, ob jemand ihm oder Greifenstein nach dem Leben getrachtet habe."

„Das klingt doch schon ganz anders!", rief Krakowski ins Telefon. „Davon sagt bei der Kripo keiner was."

„Soll ich mal mit der Kommissarin reden?", schlug Reitinger vor.

„Ist der Draht zu ihr wieder besser?", feixte Krakowski.

„Ich kann auch gleich kommen", knurrte Thomas. „Dann wissen wir eben nichts oder wenig."

Krakowski zögerte. „Also gut, ich mache das Tagesgeschäft. Aber den Aufmacher schreibst du. Ich hoffe, dass was bei der Geschichte rumkommt."

Thomas Reitinger rief bei der Kripo an, aber Jana Meyerbeer war nicht da. Sie ging auch nicht an ihr Handy. Hausbesuch, dachte er. Wenn ich Glück habe, ist sie da.

Jana Meyerbeer hatte eine kleine Wohnung in der Innenstadt. Das wusste Thomas, auch wenn er nie drinnen gewesen war. Er hatte sie einmal bis vor die Haustüre gebracht. Jetzt war sie mehr als überrascht, als Reitinger vor ihrer Tür stand. „Ganz schön unverschämt, hier aufzukreuzen. Findest du nicht?"

„Es ist dringend."

Sie lachte, aber es klang traurig. „Du brauchst Informationen."

Erst jetzt fiel Thomas auf, wie blass sie aussah. „Du bist ja krank!"

Jana Meyerbeer ging einen Schritt zurück. „Komm lieber nicht rein, ich habe einen Magen-Darm-Virus."

„Ich mache dir einen Tee." Thomas schob sich an ihr vorbei in die Wohnung. Aus dem Augenwinkel sah Thomas das Sofa mit der Decke und der Wärmeflasche, dann ging er in die Küche, setzte Wasser auf. Jana Meyerbeer lehnte am Türpfosten, die Augen halb geschlossen, müde und erschöpft.

„Ich habe mich schon gewundert, was dich heute vom Arbeiten abhält", sagte Thomas. „Es sei denn, der Greifenstein ist tatsächlich eines natürlichen Todes gestorben."

Die Kommissarin antwortete ihm nicht. Erster Versuch, was rauszukriegen, gescheitert, dachte Thomas.

„Der Tee ist oben rechts und auch nicht so hübsch sortiert wie bei deiner Mutter."

Thomas öffnete den Schrank. „Welchen soll ich machen?"

„Kräutertee."

Jana Meyerbeer stieß sich leicht vom Türpfosten ab und wollte ins Wohnzimmer gehen, aber sie taumelte leicht. Thomas sprang hin, nahm sie am Arm, führte sie ins Wohnzimmer zur Couch. Sie legte sich hin, schloss die Augen.

Thomas befühlte die Wärmeflasche, sie war fast kalt. „Ich mache dir eine neue."

Zehn Minuten später saß er bei ihr am Krankenlager und erzählte, was er wusste. Auch, dass Franz Klar Getränke aus der Bar holen wollte, dass Greifenstein gerne Cognac trank, aber keine Flasche da war. Zwar hatte er dem Bratscher versprochen, nichts zu sagen, aber es erschien ihm wichtig, dass offenbar eine Flasche Cognac verschwunden war.

„Das passt", sagte Jana Meyerbeer mit geschlossenen Augen. „Greifenstein roch nach Cognac."

„Aber daran wird er wohl kaum gestorben sein."

„Er hat einen Einstich am Oberschenkel. Irgendjemand hat ihm vermutlich etwas Tödliches verpasst."

Na endlich etwas Konkretes! „Also doch Mord."

„Davon gehen wir aus."

„Und wer soll das getan haben?"

Jana Meyerbeer öffnete erschöpft die Augen. „Sehe ich aus, als hätte ich das schon herausfinden können?"

„Jeder hat Zugang zu diesem Loft", überlegte Reitinger. „Es muss also nicht unbedingt einer von den Musikern aus dem Bauernhaus gewesen sein."

„Wer wusste, dass das Orchester in Falkenstein war?", fragte die Kommissarin. „Wer wusste, dass man über die Treppe auch in die Extra-Wohnung kommt? Wer wusste, dass man die Tür so einfach öffnen kann?"

„Wer wusste, dass Greifenstein drin war?", ergänzte Thomas.

„Das musste der Mörder nicht wissen. Vielleicht hatte er es ja auf Alexander Radecke abgesehen, der normalerweise dort war."

„Man setzt doch nicht dem falschen Typ eine tödliche Spritze!"

„Es war kein Licht im Zimmer, als der Bratscher kam, hat er dir das nicht gesagt? Der Mann wird irgendwie betäubt, mit Alkohol, wahrscheinlich auch mit Beruhigungsmitteln, die man im Cognac nicht schmeckt, was weiß ich. Jedenfalls hat er keine Gelegenheit mehr, eine Lampe anzuknipsen. Er sitzt also im dunklen Zimmer im Sessel. Jemand kommt rein, gibt ihm die Spritze, ohne zu merken, wer es ist, und geht wieder."

„Du meinst wirklich, der Anschlag hat Radecke gegolten?“

„Thomas, ich weiß es doch noch nicht. Im Moment ist es mir auch völlig egal.“ Jana Meyerbeer krümmte sich vor Schmerzen.

„Wo tut's dir eigentlich weh?“, erkundigte sich Thomas teilnahmsvoll.

„Im Bauch“, knurrte sie.

„Wo genau?“

„Rechts unten.“

„Ich fahre dich ins Krankenhaus.“ Manchmal war Reitinger eben doch ein Mann der schnellen Entschlüsse.

Die Diagnose war rasch gestellt: Blinddarmentzündung. Operation sofort. Was Jana Meyerbeer allerdings nicht davon abhielt, noch ein paar Dinge zu erledigen. Sie rief im Kommissariat an und meldete sich krank. Sie telefonierte mit einer Nachbarin, die den Schlüssel zu ihrer Wohnung hatte, und bat sie, ihr einige Dinge ins Josefskrankenhaus zu bringen. Reitingers Angebot, das zu erledigen, hatte sie zuvor abgelehnt. Das sei ihr zu privat, sagte sie. Bedankte sich aber für seine Fürsorge und Hilfe, seine Entscheidung, sie in die Klinik zu bringen.

„Ich hätte noch gewartet, ob es nicht von selbst besser wird“, sagte sie.

„Wär's wohl nicht“, antwortete Thomas und wünschte ihr viel Glück für die Operation.

Als er das Krankenhaus verließ, erinnerte er sich daran, dass der Freund der Geigerin hier arbeitete. Patricia hieß sie. Und er? Er holte seinen Notizblock heraus und blätterte darin. Stuber.

Er wandte sich an eine Krankenschwester, die einen Wagen durch den Flur schob. „Hat der Herr Stuber heute Dienst?“

„Das weiß ich nicht“, antwortete sie, „der Ralf ist sowieso nicht bei uns, sondern drüben bei den Männern.“

Thomas überlegte kurz, dann ging er. Erstens wurde er in der Arbeit dringend erwartet und zweitens war er sich gar nicht so sicher, ob er den Krankenpfleger unbedingt treffen wollte. Er notierte sich dessen Vornamen und ging.

Krakowski sah ihm vorwurfsvoll entgegen, als Reitinger die Redaktion betrat. „Ich kenne das sonst nur aus dem Fernsehen, dass Journalisten sich die ganze Zeit herumtreiben und überhaupt nichts tun“, maulte er. „Am Schluss schreiben sie dann noch die allerbesten Artikel, und der Idiot, der die ganze Zeit die Stellung hält, kann schauen, wo er bleibt.“

Thomas schilderte kurz, was passiert war.

Krakowski pfiff durch die Zähne. „Da kann sich die Kommissarin aber nett bei dir bedanken, wenn sie wieder auf dem Damm ist.“

„Das soll deine Sorge nicht sein. Schreib lieber, was die Polizei bisher weiß oder vermutet: Alkohol und Beruhigungsmittel im Blut, Einstichstelle einer Spritze im Oberschenkel. Das sieht nicht nach einem Versehen aus.“

„Wir haben eigentlich ausgemacht, dass du die Geschichte schreibst.“

Thomas schüttelte den Kopf. „Ich bin vollkommen kaputt, ich schlaf gleich im Stehen ein.“

Krakowski seufzte und machte sich Notizen.

„Schreib auch noch, dass sie überlegen, ob die Spritze nicht für Radecke gedacht war.“

„Der Täter hat sich getäuscht?“

„Möglich wär's. Es war dunkel und es musste schnell gehen.“

„Der Golfmillionär hat auch bestimmt mehr Feinde als der Kinderarzt.“

„Im Zweifelsfall reicht ein Feind.“

„Jetzt wird er auch noch philosophisch“, brummte Krakowski und wandte sich wieder seinem Computer zu.

Lisa ging nicht an ihr Handy. Thomas war enttäuscht. Er hätte gerne gewusst, wo sie war, was sie machte, wie es Julia Ziegler und ihren Söhnen ging. Er sprach ihr auf die Mailbox. Dass er mit der Arbeit fertig sei, dass er jetzt in ihre gemeinsame Wohnung fahre und sich hinlege. Er sei steinmüde. Während der Fahrt überlegte er. Ein Arzt trinkt Cognac, nimmt Beruhigungsmittel, kriegt eine Spritze, ist tot. Wer könnte ihm erklären, was da passiert ist?

Natürlich Richard Wachter. Da hätte er auch früher draufkommen können. Er rief Lisa noch einmal an. Er habe anders entschieden und fahre nach Helmering. Er erklärte noch kurz, warum. Dann fuhr er zu ihrer gemeinsamen Wohnung, legte die Wagenschlüssel von Lisas Auto auf die Garderobenablage und nahm seinen eigenen Wagen für die Weiterfahrt. Als er merkte, dass ihm die Lider schwer wurden, schaltete er das Radio laut, sang mit und öffnete das Fenster. Frische Luft und falsche Töne, das hielt ihn immer wach.

Die Frau des Arztes wirkte nicht sehr begeistert, als sie Thomas aufmachte. „Heute ist bei uns Tag der offenen Tür", bemerkte sie spitz, und bevor Thomas überhaupt fragen konnte, was sie damit meinte, wies sie aufs Wohnzimmer. Aus dem ersten Stock drang das Lachen der Kinder. „Ihr sollt Zähne putzen, nicht rumtoben!", rief sie hinauf.

Als Thomas sie fragend ansah, zeigte sie noch einmal in Richtung Wohnzimmer. „Gehen Sie ruhig rein, da ist die Gesellschaft versammelt." Dann stieg sie die Treppe hoch.

Thomas sah gleich, dass er nicht willkommen war. Auf dem Sofa saßen Gerber und sein Sohn, beide sahen verzweifelt aus, der Junge wischte sich gerade die Tränen von den Wangen. Richard Wachter saß ihnen gegenüber und sah fast erschrocken aus, als er seinen alten Freund Reitinger sah. „Was machst jetzt du da?", fragte er nicht gerade freundlich.

„Ich komm ungelegen", stellte Thomas fest.

„Hast den eingeladen?", fragte Gerber den Arzt mit einem misstrauischen Unterton, und Thomas beeilte sich, diesen Verdacht von Richard Wachter zu nehmen. „Ich wollte bloß was wissen wegen eines Todesfalls in Regensburg."

„Das ist uns wurscht", raunzte Gerber und wandte sich an Richard Wachter: „Schick ihn weg!"

Thomas verstand die Welt nicht mehr. Es war doch erst ein paar Tage her, dass Gerber in seiner Stube gesessen und ihn angefleht hatte, nichts über einen „warmen Abbruch" seines Bauernhofes und über seine Schulden zu machen.

„Ich glaub, du spinnst, Gerber. Behandle mich nicht wie einen Verbrecher, bloß weil ich bei der Zeitung bin. Wenn du was brauchst, stehst wieder nachts vor der Tür und winselst."

Thomas war richtig wütend. Gerber sah ihn unsicher an, Jakob schniefte und zerdrückte in seiner rechten Faust ein Papiertaschentuch, das diesen Namen schon nicht mehr verdiente.

Gerbers Tonfall wurde etwas gemäßigter. „Es ist halt so, dass der Doktor nichts weitersagen darf, wegen dem Arztgeheimnis, so wie der Pfarrer, aber einer wie du ..."

Wachter mochte den Vergleich gar nicht: „Du, die ärztliche Schweigepflicht ist nicht ganz so wie das Beichtgeheimnis."

Der Junge brach wieder in Tränen aus. „Aber ich war's bestimmt nicht. Die anderen zwei auch nicht. Wir haben immer alle Kippen sauber weggeräumt."

„Halt's Maul!", fuhr sein Vater ihn an, aber es war zu spät. Der junge Jakob Gerber konnte seine Schuld nicht mehr für sich behalten und packte aus. Er hatte sich regelmäßig mit zwei Freunden nachts im Stadel getroffen, zum Reden und Biertrinken, geraucht hatten sie auch. Scheinbar ins Bett, dann raus über den Balkon und rüber in den Stadel. Die Eltern hatten nie was gemerkt, meistens schliefen sie schon.

Thomas hörte schweigend zu.

„Wer sind denn die anderen zwei Burschen?", fragte Richard Wachter nach.

„Das sagt er mir nicht, der Saubub!", schrie Gerber und gab seinem Sohn blitzschnell eine Ohrfeige, dass es nur so schallte. „Er will sie nicht verraten, der Depp, der."

„In der Nacht war ich allein, die anderen zwei sind ja gar nicht gekommen."

„Du brennst dein eigenes Elternhaus nieder, du Trottel! Unser Hab und Gut! Als ob wir nicht genug Sorgen hätten. Setzt sich allein in den Stadel und raucht und ist dann auch noch zu deppert, dass er die Kippe wegtut." Noch einmal schlug Gerber zu.

Frau Wachter stand plötzlich in der Tür, die Arme verschränkt, der Gesichtsausdruck eisig. „In diesem Haus wird nicht geschrien und auch nicht geschlagen. Merken Sie sich das, Herr Gerber."

Der Bauer starrte sie sprachlos an, er schien diese Art von Widerspruch nicht gewöhnt.

„Haben Sie mich verstanden?“ Die Frau des Arztes sprach sehr deutlich und klar.

Gerber nickte schwach.

„Schön, dann wäre das ja geklärt. Ich bringe den Herren einen kleinen Imbiss, wenn's genehm ist, und bitte darum, etwas leiser zu sein, denn die Kinder sind bereits im Bett.“

Die vier Kerle starrten sie an, als wären sie es, die gerade zu Bett gebracht wurden.

Frau Wachter deutete auf Jakob. „Du kommst kurz mit und hilfst mir.“

Jakob war sehr erleichtert, dass er das Zimmer verlassen durfte. Die drei Männer wechselten seltsame Blicke, als die beiden gegangen waren.

„Hast aber nicht viel daheim zu melden, Doktor“, spöttelte Gerber.

„Sie hat dir wenigstens die Meinung gesagt, wir waren ja anscheinend zu feig“, antwortete Wachter, und Thomas nickte.

Gerber sah ihn bittend an: „Wenn du das schreibst, dann bin ich am Ende. Meinst, da zahlt eine Versicherung, wenn's mein eigener Bub war ...“ Verzweifelt rieb er sich mit seinen schwieligen Händen übers Gesicht, selbst den Tränen nahe.

Thomas stand auf. „Vielleicht ist es doch besser, wenn ich geh.“

„Dazu ist es jetzt auch zu spät“, sagte Wachter. „Lass dir lieber was einfallen, wie die Familie Gerber aus der Sache herauskommt.“

„Könnte es nicht doch ein Passant gewesen sein?“, fragte Thomas.

„Wer ist denn so blöd und nimmt die Schuld auf sich, wenn er dann vielleicht zahlen muss?“, fragte Gerber.

„Fahrlässige Brandstiftung ist auch strafbar, glaub ich wenigstens“, brummte Wachter.

Sie machten noch Brotzeit miteinander, dann verabschiedeten sich Gerber und sein Sohn. Thomas versprach, nichts zu schreiben, aber er warnte die beiden auch: „Wenn die Brandermittler schon wissen, dass es eine Zigarette war, dann werden die auch nachfragen. Stellt euch darauf ein, dass die ziemlich hartnäckig sind."

„So wie bei den Verhören im Fernsehen", vermutete Jakob, „die dauern stundenlang, bis einer schon gar nicht mehr kann." Man sah ihm an, dass er Angst vor der Befragung hatte.

„Das ist nicht Fernsehen, das ist unser Haus und unser Hof, du Depp", fuhr ihn sein Vater an. „Und du musst dichthalten."

Der Junge nickte eingeschüchtert, dann gingen die beiden.

„Ich glaube, das kann ganz saudumm für den Gerber ausgehen", murmelte Wachter und stellte die Teller der Brotzeit zusammen.

„Wenn du dich bei meiner Frau beliebt machen willst, dann nimmst jetzt den Brotkorb, die Käseplatte und die leeren Gläser und kommst mit."

Thomas tat, wie ihm geheißen. Karrieremänner tragen keine Teetassen in die Küche, hatte Julia Ziegler zu ihm gesagt. Aber Geschirrträger so wie er und sein Freund, der Dorfdoktor, lebten offenbar länger als die erfolgreichen Männer, die Julia Ziegler kannte.

„Jetzt kannst sagen, was du von mir willst", ermunterte ihn der Wachter, während er die Reste ihres Abendessens wegräumte und Thomas das schmutzige Geschirr in die Spülmaschine schichtete. Wachters Frau war nirgends zu sehen, vielleicht war sie schon zu Bett gegangen. Thomas erzählte von Greifensteins Tod.

„Alkohol und Beruhigungsmittel, das klingt noch ganz normal", fand Wachter. „Aber der Einstich, da würde ich auch stutzig."

„Ein Arzt ist doch nicht so blöd und mixt sich einen Cocktail aus Cognac und Schlaftabletten."

„Du wirst doch nicht so naiv sein und glauben, dass Ärzte gesund leben", grinste Wachter. „Ich habe genug Kollegen, die kennen sich mit Aufputsch- und Beruhigungsmitteln aus eigener Erfahrung besser aus als so mancher Leistungssportler."

„Aber er wird sich doch nicht selber was spritzen."

Wachter zuckte die Schultern. „Vielleicht wollte er sich umbringen, und es sollte so aussehen, als wäre es ein anderer gewesen."

„Und wo ist dann die Spritze geblieben? Wie hätte er die noch verschwinden lassen können?"

Darauf wusste der Wachter nichts zu sagen.

„Was hättest du dem Greifenstein denn gespritzt?", fragte Thomas nach.

Wachter überlegte einen Moment. „Insulin. Er war doch sowieso Spezialist für junge Diabetiker. Schlafmittel in den Cognac, wenn er weggedämmert ist, dann die Spritze. Elegant, aber offenbar nicht gut genug ausgeführt."

„Ein Tod, der zu ihm passt", sinnierte Reitinger und dachte an den toten Geiger Roman Ziegler, der eine Geigensaite um den Hals hatte.

Bevor er endlich zu Bett ging, hörte Thomas noch seine Mailbox ab. Lisa erzählte, Alexander Radecke habe sie quasi hinausgeworfen, weil er mit seiner Tochter und seinen Enkeln allein sein wollte. Sie habe nicht den Eindruck gehabt, dass Julia das recht war. Und ihr gemeinsames Abendessen sei ja jetzt ausgefallen, ob sie morgen Mittag miteinander essen wollten?

Der zweite Anruf kam von einer Frau Schneider. Sie sagte ihm, Jana Meyerbeer sei operiert worden, und es gehe ihr den Umständen entsprechend gut. Das solle sie ihm ausrichten. Sie sei nämlich die Nachbarin.

Reitinger war müde. Er stellte den Wecker auf acht Uhr und legte sich hin.

8. Kapitel

Thomas hätte gerne noch länger geschlafen, aber die Sonne schien in sein Zimmer, und nun setzte auch noch das Läuten der Kirchenglocken ein. Je länger es dauerte, desto aufmerksamer lauschte er. Bis ihm auffiel, dass es nur ein einzelner Ton war, der unentwegt angeschlagen wurde. Die Totenglocke. Jemand war gestorben.

Er beeilte sich mit der Morgentoilette, trank schnell eine Tasse Kaffee und ging dann in den Ort. Er war Helmeringer, natürlich wollte er wissen, wer tot war.

Das wollten offenbar alle. Beim Bäcker war es voll, die Verkäuferin hatte schon mehrere Varianten der Geschichte gehört und gab nun die interessantesten davon weiter. „Angeblich ist er mitten in der Nacht noch zum Doktor Wachter und hat so lange geklingelt, bis der aufgestanden ist."

Das kann erst nach Mitternacht gewesen sein, weil vorher war ich noch beim Richard, dachte Thomas und begutachtete die verschiedenen Brotsorten, die hinter der Verkäuferin aufgereiht waren, dunkel und hell, mit Körnern und ohne, rund und eckig. Aber er hatte Zeit, sich zu entscheiden, er war noch lange nicht dran, und das Gespräch war im Moment sowieso wichtiger als der Verkauf.

„Direkt aus dem Wirtshaus ist er gekommen, zum Doktor gegangen und hat gesagt: Mir ist nicht gut."

„Ich habe gehört, dass er ziemlich betrunken war."

„Das war er doch immer."

„Irgendwann macht der Körper nicht mehr mit."

„Wer ist denn überhaupt gestorben?"

Einen Moment war es still, die Frauen sahen sich an, als wäre Thomas direkt vom Mond auf die Erde, geradewegs in ihr Dorf gefallen, ahnungslos, naiv, dumm.

„Dass ausgerechnet du es noch nicht weißt, wo du doch bei der Zeitung bist", bemerkte die Verkäuferin.

„Ich bin noch nicht lange wach", wollte Thomas seine Unwissenheit erklären, aber auch das kam nicht gut an bei den fleißigen Frauen vom Land.

„Der Fritz ist tot", sagte eine Stimme. Die Sprecherin stand ganz vorne an der Theke, mit dem Rücken zu ihm, bisher hatte er sie gar nicht gesehen in dem Durcheinander von Frauen, Einkaufskörben und Gesprächsfetzen.

„Guten Morgen, Kati", murmelte Thomas und drängte sich an den anderen Wartenden vorbei zu ihr hin. Zwar hörte er zwei Frauen maulen, er solle sich bloß nicht einbilden, dass er sich vormogeln könne, aber Thomas ignorierte das. Kati bezahlte gerade Brot und Semmeln, steckte das Wechselgeld ein.

„Der Fritz Löbl?“, fragte er noch einmal nach, und Kati nickte.

„Wiedersehen“, sagte sie dann und bahnte sich einen Weg durch die anderen Frauen.

Thomas hatte zwar noch gar nichts eingekauft, aber er folgte Kati, ohne weiter zu warten.

„Wiederschaun, Frau Löbl“, rief die Verkäuferin ihr nach, und auf einmal sahen sich die Frauen in der Bäckerei irritiert an. Das hätten sie ja beinahe übersehen, dass die Kati mit dem Toten angeheirateterweise verwandt war! War er nicht der Onkel ihres Mannes, aber die beiden hatten keinen Kontakt und mochten sich nicht, schon gar nicht seit der Geschichte draußen auf dem Bockshof vor einem halben Jahr? Und hätten sie jetzt der Kati ihr Beileid aussprechen sollen, wieso waren sie nur nicht früher darauf gekommen, dass da eine Verbindung bestand, hätte man besser nicht sagen sollen, dass er ein Taugenichts war und zu viel getrunken hatte?

Während die Frauen durch die Erkenntnis der Verwandtschaft neuen Gesprächsstoff fanden, standen Thomas und Kati draußen vor der Bäckerei. „Wie geht's dir?“, fragte Thomas.

„Viel Arbeit.“

Thomas nickte. Er wusste, was sich hinter diesen zwei Worten verbarg. Kati mit drei Kindern auf dem großen Einödhof, die Schwiegermutter noch dabei, die allerdings zu alt war, um mitzuarbeiten.

„Meine Eltern kommen oft zum Helfen. Der Vater will sogar den Vorsitz im Sportverein aufgeben, damit er mehr Zeit hat“, ergänzte sie noch. „Manchmal kommt auch der Freisleder.“

Thomas sah sie erstaunt an. Dass der Neubauer und seine Frau ihrer Tochter beistanden, das konnte er gut verstehen. Aber was machte der frühere Schreiner und ehemalige Helmeringer Mesner draußen auf dem Bockshof?

Kati lächelte, als sie Thomas' verblüfften Gesichtsausdruck sah. „Als Mesner kann er kaum mehr arbeiten, weil wir keinen Pfarrer mehr haben, und die eine Messe am Sonntag, die der Neukirchner Pfarrer hält, das macht er doch mit links. Deine Mutter ist weggezogen, also kann er sie auch nicht mehr anbalzen ..."

Thomas grinste in Erinnerung daran, wie Sepp Freisleder jeden Tag rein zufällig vorbeispaziert war, um zu sehen, ob er nicht doch Therese Reitinger antraf, ihr in Haus und Garten zur Hand gehen konnte. Zu ihm kam er nie.

Thomas wollte noch nach Stefan fragen, Katis Mann, doch sie wechselte abrupt das Thema. „Die Helmeringer Fußballer haben gestern gewonnen. Damit sind sie quasi jetzt schon aufgestiegen."

„Ich schreibe eine große Geschichte. Kannst deinem Vater ausrichten."

Die Frauen in der Bäckerei beobachteten, wie sich die beiden voneinander verabschiedeten. Waren sie nicht in der Jugend ein Liebespaar gewesen? War nicht die Kati im Moment viel allein? Hatte eigentlich irgendjemand in letzter Zeit die Frau vom Reitinger gesehen? Doch, ja, die sei am Samstag beim Bäcker einkaufen gewesen, daran konnte sich die Verkäuferin erinnern.

Kati bemerkte die Blicke aus dem Schaufenster. „Wir werden beobachtet, Thomas."

„Dann sag ich jetzt einfach Servus und geh."

Sie nickten sich zu, Kati drehte sich schon zu ihrem Auto, da fiel ihr etwas ein. „Du hast ja gar nichts eingekauft in der Bäckerei."

„Noch mal geh ich nicht rein."

Kati fasste in ihren Einkaufskorb und zog eine Semmel heraus.

Richard Wachters Sprechstunde hatte noch nicht begonnen, aber die Mitarbeiterin des Arztes ließ Reitinger herein. Dr. Wachter rührte gerade in einer Tasse Kaffee und grinste, als er seinen alten Freund sah. „Guten Morgen, Thomas. Kaum sind zehn Stunden vorbei, treffen wir uns schon wieder."

„Ich hab gerade gehört, was mit dem Fritz Löbl passiert ist."

„Du hast nur gehört, was die Leut drüber reden", korrigierte ihn der Arzt.

„Er ist gestern vom Wirtshaus heimgegangen, offenbar war ihm nicht gut, da hat er bei dir zu Hause geklingelt. Er hat gesagt, ihm ist so schlecht, dann ist er zusammengebrochen und war tot. Das reden die Leute."

„Das stimmt nicht ganz, aber so ungefähr", sagte Wachter. „Das ist doch das Schlimme hier auf dem Land. Manchmal stimmt's, was die Leute sagen, und manchmal nicht. Man weiß bloß nicht auf Anhieb, was jetzt was ist."

Einen Moment waren sie beide still. Der Doktor stellte seinem Freund schweigend eine Tasse hin, goss ihm Kaffee ein, schob Milch und Zucker in seine Nähe. Thomas bediente sich.

„Ich werde ihn vermissen im Wirtshaus", murmelte er.

Wachter nickte: „Er war fast immer der Letzte, der heimgegangen ist."

Thomas lachte leise: „Letzten Dienstag nicht. Kannst dich erinnern? Da ist er schon vor halb zwölf gegangen, früher als wir zwei."

„Das war doch der Abend, an dem der Gerberhof gebrannt hat."

Thomas nickte. Er trank seinen Kaffee aus und hob kurz die Hand. „Servus, Richard. Ich muss in die Redaktion."

Thomas hielt unterwegs noch an einer Tankstelle und kaufte Müsliriegel für seinen Kollegen Krakowski. Doch der sah gar nicht begeistert aus, als Reitinger ihm die Entschädigung auf den Tisch legte. „Die sind mit Kokos, die mag ich nicht", maulte er.

„Dann iss sie halt nicht", grantelte Thomas zurück. „Ich wollt's wieder gutmachen, dass ich deine alten, zähen Riegel verdrückt hab."

Reitinger breitete den Inhalt der Packung auf dem Tisch aus und innerhalb kürzester Zeit waren sie alle weg. Jeder Kollege hatte sich bedient, mit Ausnahme von Krakowski, für den sie gedacht waren.

Denen könnte ich auch die alten Sachen aus meinem Kühlschrank hinstellen, dachte Reitinger. In dieser Redaktion verschwand einfach alles, was irgendeinen Nährwert hatte. Schokolade und Kuchen hatten die kürzeste Lebensdauer.

Großes Lob kam vom Chef für Krakowski und Reitinger. „Sie scheinen ein gutes Team zu sein, Sie beide", sagte er anerkennend.

„Fundiert, aktuell, immer einen Schritt schneller als die Konkurrenz; man merkt gar nicht, dass der zuständige Kollege Aschenbrenner in Urlaub ist."

Ich merke es schon, dachte Thomas. Mit Aschenbrenner zu arbeiten, war bei Weitem nicht so angenehm wie mit Frank.

„Wir müssen heute nachlegen", forderte der Chef.

Thomas hatte sich gleich gedacht, dass dem Lob die neue Aufgabe auf den Fuß folgte.

„Ein Geiger ist tot, ein Arzt ist tot. Wir müssen herausfinden, woran dieser Dr. Greifenstein wirklich gestorben ist. Haben Sie nicht einen guten Draht zu einer Kommissarin?", fragte er Thomas.

Krakowski grinste, Thomas nicht. „Die liegt im Krankenhaus, der Blinddarm." Da wollte er unbedingt noch vorbeischauen.

„Was haben Sie denn heute vor in Sachen Recherche?"

„Mir wäre lieb, wenn du dich um die Kripo kümmern könntest", wandte sich Thomas bittend an Frank Krakowski.

„Wenn du mir jetzt noch sagst, was du machst ..."

„Ich würde gerne noch ein paar Leute treffen", sagte er ausweichend.

Frank musterte ihn sehr skeptisch, aber der Chef meinte, er würde das gut verstehen. „Informanten treffen, networken und connecten – Sie können es ja doch, Herr Reitinger. Aber das ist das Schöne in einer Stadt wie Regensburg, dass jeder jemanden kennt, der wiederum einen kennt."

Als die beiden Journalisten in ihr Büro zurückkehrten, starrten die Kollegen sie schweigend an.

„Was ist passiert? Ist die Milch für den Kaffee sauer? Oder ist der Mörder von Ziegler geschnappt? Oder ist das Rathaus eingestürzt?" Thomas fielen nicht mehr Möglichkeiten ein.

Andrea Kriegler fand als erste ihre Sprache wieder: „Da lebt einer auf dem Dorf und ist blind und taub für alles, was da passiert."

„Meinst du mich?", fragte Thomas und ging in Gedanken den Morgen in Helmering durch. Was hatte er übersehen?

„Hallo – bei euch hat's vor einer Woche gebrannt."

Thomas wurde es siedend heiß. Der Gerber-Bub hatte gestanden. Die Zigarette, der Brand, ob das die Versicherung zahlte? Der Gerber wäre ruiniert, er würde den Bub windelweich schlagen. Er musste sich setzen.

„Was wirst denn so blass, Thomas?“ Andrea Kriegler war ganz besorgt. „Du warst es doch nicht.“

Frank Krakowski hingegen wurde misstrauisch. „Oder hast du was gewusst und uns nicht gesagt?“

Thomas wollte vor den Kollegen schon ein umfassendes Geständnis ablegen, da kam ihm Andrea Kriegler zuvor. „Er kann nichts gewusst haben, das ist gerade erst letzte Nacht aufgeflogen. Dieser Fritz Löbl ...“

Thomas stutzte. Was hatte nun der Tod vom Fritz mit dem Brand zu tun? Aber er schwieg besser. Bevor er sich noch verriet, wollte er lieber erst Andreas Version anhören.

„Die Polizei sagt, heute Morgen habe sich eine Frau aus Helmering gemeldet, eine gewisse ...“, Andrea Kriegler blätterte in ihren Notizen, „Frau Wachter.“

„Die Frau vom Doktor?“, fragte Thomas verwundert.

Die Kollegin nickte. „Sie hat vor zwei Stunden bei der Polizei angerufen und sich als Zeugin gemeldet.“

Thomas verstand die Welt nicht mehr - was wollte denn Frau Wachter gesehen haben? Warum hatte ihm Richard vorher nichts davon erzählt?

„Heute Nacht kam dieser Fritz Löbl, der schon sehr alt war und offenbar auch gerne getrunken hat, auf dem Weg von der Kneipe nach Hause bei den Wachters vorbei, weil ihm nicht gut war“, erzählte die Journalistin. „Frau Wachter hat ihm aufgemacht. Ihr Mann war kurz mit dem Hund draußen. Während dieser Löbl auf den Doktor wartete, ging es ihm immer schlechter, da hat er Frau Wachter anvertraut, dass er den Brand beim Gerber verursacht hat. Er hat einfach seine Zigarette weggeworfen und nicht weiter darauf geachtet. Kurz nach diesem Geständnis ist er zusammengebrochen und gestorben.“ Andrea Kriegler sah Thomas triumphierend an. „Da wärst du nie drauf gekommen, oder?“

Thomas schüttelte nur stumm den Kopf.

Die Kollegin blätterte weiter in ihren Unterlagen. „Vergangenen Dienstag war der Brand. Fritz Löbl saß mit anderen am Stammtisch und ging überraschend früh. Das hat ihr Mann erzählt, sagt Frau Wachter."

Thomas nickte: „Stimmt. Ich war auch da."

„Dann weißt du ja, wie's weiterging. Löbl war weg, dann kam der Feueralarm, die Feuerwehr rückte aus, die Scheune und der Stall standen in Flammen."

„Das ist dann so was wie fahrlässige Brandstiftung", murmelte Thomas. Der Gerber-Sohn war damit aus dem Schneider.

Frank Krakowski mischte sich ein: „Der Schuldige ist tot und kann nicht mehr zur Rechenschaft gezogen werden. Zahlt dann die Versicherung?"

„Vielleicht erwischt es die Hinterbliebenen von diesem Fritz Löbl", überlegte Andrea Kriegler.

„Der hat keine direkten Verwandten, nur einen Neffen und eine alte Schwägerin."

„Ob die zahlen müssen?", fragte sich Krakowski.

„Das kann ich mir nicht vorstellen", mischte sich die Praktikantin Melanie ein.

„Aber wenn sie die Erben sind ...", spann Andrea den Faden weiter.

„... können sie das Erbe ausschlagen", ergänzte Melanie.

„Außerdem gibt's beim Fritz Löbl nichts zu erben", schaltete sich Thomas ein.

Andrea Kriegler sah sie genervt an: „Das sind doch alles Spekulationen, wer jetzt was zahlen muss oder ausschlagen kann und ob und wann und welche Versicherung dran ist. Wie wär's mit Recherchieren?"

Melanie war auf diesem Ohr taub, sie strahlte Thomas an. „Übrigens: Deine Mutter hat mir nach dem VHS-Kochkurs ein Apfelkuchenrezept gegeben, das ist wirklich toll. Ich hab gestern Besuch gehabt und den gebacken ..."

„Ihr werdet ja noch beste Freundinnen", knurrte Thomas.

„Sei froh, dass du so eine nette Mutter hast. Meine kann überhaupt nicht kochen und backen", antwortete Melanie.

Da spürte Thomas, dass die Semmel schon längst nicht mehr in seinem Magen war. Er hatte Hunger; und die Müsliriegel waren auch alle weg.

Thomas beschloss, zu Fuß zum Chaplin zu gehen, wo er mit Lisa zum Mittagessen verabredet war. Es war ein gutes Stück Weg, aber er musste nachdenken und vor allem telefonieren. So schlenderte er über den Bismarckplatz, warf noch einen kurzen Blick auf das Stadttheater, die Wirkungsstätte des ermordeten Ziegler, ging am Kneitinger vorbei und überlegte, ob er jemals wieder mit den Musikern am Orchester-Tisch stehen würde. Als er den Arnulfsplatz überquerte, zog er sein Handy aus der Hosentasche und stellte fest, dass es nicht eingeschaltet war. Während er seine PIN eingab und zugleich über die Straße ging, hörte er ein Hupen, sah kurz hoch, ein Autofahrer schimpfte, sagte gewiss etwas Beleidigendes, aber da seine Fenster geschlossen waren, konnte Thomas es nicht hören. Sie sitzen hinter ihren Glasscheiben wie die Affen im Zoo, dachte er, da brummte sein Handy – mehrere Anrufe. Es war immer dieselbe Nummer, es war Richard Wachter.

Seine Frau habe da eine Idee, sagte der Dorfdoktor. Die würde er aber gerne erst mit Thomas besprechen. Es ginge um den Brand beim Gerber und um den Tod vom Fritz Löbl. Der zweite Anruf war etwas drängender. Warum er nicht endlich einmal sein verdammtes Handy einschalte, damit sie diese Geschichte besprechen könnten, bevor seine Frau sich an die Polizei wende. Der dritte Anruf begann mit einer Beleidigung. Dann sagte Wachter, dass der Gerber mit seinem Sohn wieder da gewesen sei, der Junge sei mit den Nerven am Ende, die Polizei wolle mit den beiden reden, seine Frau befürchte, der Junge werde das nicht durchstehen. Deshalb sei sie auch nicht mehr zu bremsen und werde ihren Plan jetzt einfach so durchziehen. Und wenn der Herr Journalist dann doch mal seine Mailbox abhöre, dürfe er sich gerne melden.

„Es tut mir leid", sagte Thomas aufrichtig, als er endlich den Arzt am Telefon hatte. „Ich hab einfach vergessen, das Handy einzuschalten."

„Dann erzähle ich dir jetzt, was meine Frau gemacht hat."

„Musst du nicht, ich hab's schon in der Redaktion erfahren."

„Das ging aber schnell", wunderte sich Wachter. „Ich hoffe, du hast dich nicht verplappert."

„Ich bin gar nicht zum Reden gekommen, die Kollegin hat mich zur Schnecke gemacht, weil ich gar nichts mitkriege in meinem Dorf."

„Dann weißt du also: Der Brand ist geklärt."

„Meinst du, dass der junge Gerber das aushält, so ein Geheimnis für sich zu behalten?"

„Wenn keiner mehr nachfragt, wird er hoffentlich schlau genug sein, seinen Mund zu halten. Ich hab gesagt, wenn ihn sein Gewissen plagt, kann er gern zu uns kommen", erzählte der Arzt.

„Bist ja doch so eine Art Beichtvater", feixte Thomas.

„Darfst mir auch gerne alles anvertrauen."

„Ich überleg's mir. – Was hat der Löbl wirklich gesagt, bevor er gestorben ist?"

„Ich weiß auch nur das, was mir meine Frau erzählt hat."

„Sie will also den Gerber-Sohn schützen."

„Sie sagt, es ist die beste Lösung für alle."

Thomas war müde und erschöpft. Der Tag war noch lange nicht vorbei, und er hatte eine Ahnung, dass er auch heute nicht früh ins Bett kommen würde. Er ging den Weißgerbergraben hinunter und die Donau entlang. Von hier aus konnte er fast zu seiner Wohnung nach Stadtamhof sehen, im Moment ja eher Lisas Wohnung. Wenn er nicht mit seiner Frau verabredet wäre, würde er am liebsten hinübergehen, sich hinlegen, einen Mittagsschlaf machen.

Wenn die Todesfälle geklärt sind und ich den Kopf wieder frei habe, dann muss ich mich um mein Privatleben kümmern, dachte er. Ob die Lisa mich noch will? Vielleicht aber wäre es klüger, erst einmal darüber nachzudenken, was er wollte. Reitinger horchte in sich hinein. Er freute sich auf das Treffen mit seiner Frau. Ja, er spürte sogar so etwas wie Schmetterlinge im Bauch. Wie aber flirtet man mit einer Frau, mit der man schon so viele Jahre verheiratet ist?

Immer wieder kamen ihm bei seinen Überlegungen die beruflichen Gedanken in die Quere. Krakowski hatte ihm erzählt, dass die Polizei alle Laienmusiker befragte, die mit im Landhaus von Radecke gewesen waren. Alibis wurden abgeklopft, Spuren gesichert. Zuvor hatten sie im Orchester des Stadttheaters recherchiert, auch Zieglers Privatleben intensiv durchleuchtet. Ob sie mehr als ich gefunden haben, fragte sich Thomas. Vielleicht noch eine Geliebte? Gehört hatte er nichts davon. Er war froh, dass der Kollege diesen Teil der Arbeit übernommen hatte: Anrufe bei der Polizei, Kontakt und Recherche bei den Behörden. Sein Verhältnis zu Kommissaren und Kommissarinnen war zumindest kompliziert, das konnte Frank sicher besser.

Julia Ziegler war die Verbindung zu den beiden toten Männern, hatte seine Frau gesagt. Aber für ihn gab es noch eine weitere Person: Julias Vater. Radecke mochte den Kinderarzt nicht besonders, das hatte Thomas selbst erlebt. Greifenstein war im Haus des Golfkönigs gestorben, sogar in dessen Privaträumen. Warum hatte Radecke ihm das Loft überlassen? Wollte Radecke ihn von den anderen Musikern absondern und ...? Aber Radecke hatte ein Alibi. Als sein Schwiegersohn ermordet wurde, war er auf seiner eigenen Geburtstagsparty, als Greifenstein starb, passte er auf seine Enkel auf. Ob die Polizei ihn schon in die Mangel genommen hatte? Vielleicht wusste Lisa ja mehr.

„Erzähl mir doch mehr von dem Abend mit Julia Ziegler", bat Thomas, als Lisa und er mit dem Essen begonnen hatten.

„Als ich gekommen bin, wurden die Jungen gerade abgeholt. Die haben ja bei ihrem Opa übernachten dürfen. Julia hatte gekocht, wir haben gegessen, aber mit dem Gespräch, das war ziemlich schwierig. Erst haben wir Erinnerungen aufgewärmt an früher, aber über die Gegenwart oder über die Zukunft zu reden ... Was soll man denn da sagen?"

Lisa stocherte in ihrem Salat, in Gedanken versunken, nicht mit dem Appetit ihres Mannes gesegnet, der seine Pasta schon fast aufgegessen hatte.

„Ihr wart den ganzen Abend zu zweit?"

„Es kamen Anrufe, aber keine Besucher", erinnerte sich Lisa.

„Kannst du sagen, wer angerufen hat, oder ist sie zum Telefonieren aus dem Zimmer gegangen?"

„Nein, besonders heimlich war das nicht. Erst ihr Vater. Die Jungen waren dabei, ins Bett zu gehen, beide wünschten der Mutter eine gute Nacht, dann bedankte sich Julia Ziegler noch einmal bei ihrem Vater, dass er Felix und Paul genommen hatte."

„Er hat deswegen auf die Probe in seinem Bauernhaus bei Falkenstein verzichtet."

„Das hat Julia auch gewundert", sagte Lisa. „Sie sagte, ihr Vater habe als Kind ein wenig Geigenunterricht gehabt. Jetzt frische er seine Kenntnisse auf. Leider sei er nicht sehr begabt, aber ein begeisterter Hobbymusiker; Roman habe ihn in seinem Orchester wirklich nur geduldet, weil er sich zurückhielt und leise spielte."

Thomas grinste. Der Macher, der Manager, der Selfmademan als leiser Mitläufer - schwer vorstellbar. Aber so ähnlich hatte ihm der Bratscher Klar das auch geschildert.

„Sie hat also noch mit ihren Kindern und ihrem Vater telefoniert."

„Und mir erzählt, dass er Felix und Paul an diesem Abend unbedingt haben wollte, trotz der Probe. Er wollte sie entlasten."

„Hätten die Kinder denn gestört?"

„Ich weiß nicht, wie oft Kinder nachts aufwachen, ob sie dann schnell wieder einschlafen. Paul ist noch recht klein und Felix krank ..."

„Hat Radecke nicht noch einmal angerufen?"

Lisa überlegte und zerkrümelte dabei ihr Brot über dem fast leeren Salatteller. „Es war noch ein Anruf. So gegen zehn Uhr. Sie ging mit dem Telefon raus."

„Bei dem Gespräch mit ihrem Vater und ihren Kindern ist sie doch im Zimmer geblieben."

„Dieses Mal nicht. Aber sie machte es ziemlich kurz."

„Hast du irgendetwas mitbekommen?"

„Du bist ja betrunken, hat sie gesagt. Mehr habe ich nicht verstanden, sie hat dann ziemlich leise geredet."

Thomas fragte nicht nach. Er sah Lisa an, dass jetzt ihre Erinnerung auf Hochtouren lief, und er wollte sie nicht in ihrer Konzentration stören.

„Sie hat fast gezischt, sie klang sauer", fiel Lisa noch ein. „Als sie wieder hereinkam, da lächelte sie ein bisschen gezwungen, entschuldigte sich für die Störung."

„Aber den Namen des Anrufers hat sie nicht genannt."

Lisa schüttelte den Kopf.

„Könnte es noch einmal ihr Vater gewesen sein?"

„Schon möglich, dass es Probleme mit den Jungs gab, und er deshalb anrief. Aber wenn er wirklich blau war, dann wäre sie doch hingefahren und hätte ihre Kinder geholt, oder?"

„Wie war sie denn nach diesem Gespräch?"

„Sie war verärgert. Wirkte abgelenkt. Erst nach einer guten Stunde war sie wieder wie zuvor."

„Hat sie irgendetwas Ungewöhnliches über ihren Mann, ihren Vater oder den Arzt erzählt?"

„Warum fragst du?"

„Zwei Männer, die ihr nahestanden, sind tot. Und Radecke lebt. Also entweder ist er in Gefahr oder ..."

„Du meinst, es geht um Julia Ziegler?"

„Vielleicht hat sie noch ein Geheimnis."

„Noch einen Liebhaber?"

Thomas zuckte die Schultern. „Ich frag dich. Ich hab ja nicht mal gemerkt, dass sie was mit Greifenstein hat."

Lisa musterte ihn amüsiert, und Thomas spürte, wie er rot wurde.

„Eigentlich finde ich das ganz süß, dass du so naiv bist."

Thomas nahm's nicht als Kompliment. Er hätte gerne schlagfertig geantwortet, aber ihm fiel nichts ein. Das Klingeln seines Handys befreite ihn aus dieser Verlegenheit. „Wahrscheinlich die Redaktion", seufzte er, aber es war Leo Volkmann.

„Ich bin doch jetzt nicht mehr verdächtig, oder?", wollte er von Thomas wissen.

„Da fragen Sie den Falschen", sagte Thomas. „Ich habe keine Ahnung, ob die Polizei noch hinter Ihnen her ist."

„Aber ich habe den Arzt nicht gekannt. Der ist erst später in das Laienorchester gekommen, da war ich schon weg."
„Ich weiß es trotzdem nicht."
„Würden Sie sich denn mit mir sehen lassen?"
„Wann und wo?", fragte Thomas.
„Gleich im Hafen, bei dem Schiff Maria - ich hab da was für Sie."
Thomas schaltete das Handy aus und sah seine Frau verlegen an. „Entschuldige die Unterbrechung."
„Was Neues?"
„Angeblich was Interessantes."
„Dann wünsche ich dir, dass das auch so ist."
„Einen Kaffee trinke ich aber noch mit dir."
„Ein Held würde jetzt aufspringen und loslaufen."
„Wenn du mich nachher in den Hafen fährst, bin ich genauso schnell."
Lisa lachte, und Thomas hatte das Gefühl, dass sie sich in seiner Gesellschaft wieder wohl fühlte, auch wenn er kein Held war.

Volkmann saß auf dem Schiff, als Reitinger aus dem Sportwagen seiner Frau stieg. Lisa gab ihm noch einen Kuss auf die Wange und wünschte ihm einen schönen Tag. Thomas fand ihn jetzt schon sehr schön. Er ging auf den Geiger zu, der ihm entgegengrinste.
„Kommen Sie rauf, ist nett hier."
Thomas stieg auf das umgekippte kleine Boot, das neben der Maria lag. Mit etwas Mühe wuchtete er sich an Bord des Schiffes, das schon längere Zeit hier auf dem Trockenen lag. Volkmann deutete in eine Ecke, nicht einsehbar von außen, gut versteckt.
„Ich sehe da nichts", brummte Thomas.
„Dann gehen Sie mal hin, auf die Knie und gucken Sie unter diese Bank."
Ein zusammengerollter Futon mit einem Plastiküberzug lag da. Eine Flasche Champagner und Gläser, eine eingepackte Decke, Süßigkeiten, die allerdings schon reichlich vergammelt wirkten.
„Sind Sie jetzt für die Sommerzeit hierher gezogen?", fragte Thomas.

„Das sind nicht meine Sachen. So schöne Dinge hab ich nicht“, antwortete Volkmann.

„Sieht aber aus, als hätte hier jemand gewohnt“, beharrte Thomas.

„Ich finde, es sieht aus, als hätte sich hier jemand verabredet.“

Thomas sah ihn erstaunt an. „Sie wissen sicherlich auch wer.“

Volkmann schüttelte den Kopf. „Aber das ist doch nicht so kompliziert, Herr Redakteur“, sagte er spöttisch. „Wer ist denn hier umgebracht worden?“

Thomas stand auf und starrte Leo Volkmann fasziniert an. „Sie meinen, das Arrangement stammt von Roman Ziegler?“

„Sie haben doch erzählt, er sei von der Party seines Schwiegervaters abgehauen. Dass er hierher gegangen ist, steht für mich fest, nachdem sie ihn da drüben aus dem Hafenbecken gefischt haben.“

„Er hatte ein Stelldichein hier“, überlegte Thomas.

„Netter Treffpunkt für laue Sommerabende - und die Saison fängt ja gerade erst an“, bemerkte Leo.

„Wie haben Sie das Zeug gefunden?“

„Ich habe auch einen schönen Platz für den Sommer gesucht“, grinste der Geiger. „Da habe ich mich umgesehen.“

„Sie sollten Ihren Fund der Polizei melden“, schlug Thomas vor, aber Leo Volkmann schüttelte den Kopf. „Ich tauche noch ein bisschen ab. Wenn Sie sich aber mit Ruhm bekleckern wollen, nur zu.“

Thomas rief im Josefskrankenhaus an und erfuhr, dass Ralf Stuber Dienst hatte. Also fuhr er hinaus nach Lappersdorf, wo der Krankenpfleger und Patricia Regler lebten. Die junge Frau machte auf und musterte Thomas erstaunt.

„Ja, Ralf hat mir von Ihnen erzählt“, sagte sie, nachdem Thomas sich vorgestellt hatte. „Sie verstehen sicher, dass ich überhaupt keine Lust habe, in die Zeitung zu kommen. Schon schlimm genug, dass mich die Polizei verhört hat.“

„Wegen Ihrer Beziehung zu Roman Ziegler?“

„Ich bin nur seine Schülerin“, log sie.

Damit wollte sie die Tür schließen. Jetzt bin ich aber nicht mehr naiv und süß, dachte Thomas. „Es geht um das Schiff Maria im Hafen.“

Patricia sah ihn sehr verunsichert an.

„Ich habe da ein paar Sachen gefunden an Ihrem Treffpunkt ..."

Mehr musste Thomas nicht mehr sagen. Patricia Regler schossen die Tränen in die Augen und innerhalb von fünf Minuten war einiges klarer.

Ja, sie hatte sich öfter mit Roman Ziegler im Hafen getroffen, seit es abends wieder etwas wärmer war. „Sie wissen ja gar nicht, wie das ist, wenn man heimlich zusammen ist. In Regensburg trifft man doch überall Bekannte – wo soll man also hin?"

Das konnte sich Thomas sogar sehr gut vorstellen.

„Im Winter waren wir ein paarmal in München. Sogar dort sind wir einmal Kollegen begegnet. Am Tag darauf wusste in der Regensburger Musikszene wohl jeder Bescheid."

„An dem Abend, als Roman Ziegler ermordet wurde, waren Sie auch verabredet?", fragte Thomas.

„Ich weiß nicht, warum ich Ihnen das alles überhaupt erzählen sollte."

„Ob Sie's mir oder der Polizei sagen, ist doch jetzt auch schon egal." Thomas fand selbst, dass das ein bisschen nach Erpressung klang, und es tat ihm leid, denn so wollte er eigentlich nicht vorgehen, aber er hatte den Eindruck, ihm fehlte nur noch ein winziges Mosaiksteinchen – und das hatte Patricia Regler in den Händen.

„Wir wollten uns nach Mitternacht dort treffen", bestätigte sie. „Roman wäre dann fertig gewesen mit dem Auftritt beim Geburtstag seines Schwiegervaters und er dachte, die Party ginge sowieso bis in den frühen Morgen, ihn würde niemand vermissen."

„Ihr Freund hatte Dienst?"

Patricia nickte. „Ralf war im Krankenhaus, zum Nachtdienst."

„Dann sind Sie also nach Mitternacht zum Treffpunkt."

„Nein, bin ich nicht. Meine Mutter hat gegen zehn Uhr abends angerufen. Sie sagte, meiner Großmutter ginge es nicht gut, ob wir gemeinsam hinfahren könnten, sie wohnt in der Nähe von Straubing."

Thomas begann im Kopf zu rechnen. Patricia Regler war eine junge Frau, ihre Mutter konnte kaum älter sein als er, warum musste man sie begleiten, wenn sie nach Straubing fuhr? Die junge Musikerin schien seine Gedanken zu erraten, sie lächelte schwach. „Meine Mutter ist eine sehr sportliche Autofahrerin. Sie hat eine rote Ampel ignoriert und deshalb derzeit keinen Führerschein. Sie wollte schnell zu meiner Oma, die öffentlichen Verbindungen sind schlecht – also habe ich sie gefahren. Außerdem mag ich meine Oma sehr gern, ich wollte mitkommen, auch auf die Gefahr hin, Roman zu verärgern."

„Sie haben dann Herrn Ziegler vermutlich Bescheid gesagt."

„Das wollte ich, aber es ging nicht. Offiziell hat Roman kein Handy, er hat sich gerne als Feind der modernen Kommunikationsmittel inszeniert."

„Und inoffiziell?"

„Er hatte ein altes Teil, das auf den Namen eines Kollegen lief. Unser Beziehungshandy sozusagen. So trafen wir unsere Verabredungen."

„Sie haben ihn also unter dieser Nummer angerufen, er ging aber nicht ran."

„Er hatte das Gerät verloren. Das hat er mir einen Tag zuvor von einer Telefonzelle aus erzählt. Ich konnte ihn also nicht erreichen." Patricias Augen füllten sich erneut mit Tränen.

Thomas bedankte sich und wollte gehen, da sah er erst die zwei gepackten Koffer im Flur. Er sah Patricia Regler fragend an.

„Ich ziehe nach München", sagte sie.

„Wegen des Studiums?"

„Und für einen Neuanfang."

Thomas besorgte noch schnell Blumen, bevor er Jana Meyerbeer besuchte. Aber sie war nicht in ihrem Zimmer.

„Die läuft schon rum und telefoniert, als wär's kerngesund", kommentierte das die Frau im Nachbarbett.

Thomas legte seine Blumen ab und begab sich auf die Suche nach der Kommissarin. Tatsächlich stand sie im Jogginganzug an einen Baum gelehnt im Freien und telefonierte. Thomas grinste. „Immer im Dienst?"

„Mir ist langweilig hier."

„Aber lange bleibst du doch sowieso nicht mehr."

„Hoffentlich."

„Ich glaube, hier im Krankenhaus gäb's auch was zu tun." Thomas erzählte kurz von dem Schiff Maria und der Geigerin Patricia.

„Der Freund hätte ein sehr gutes Mordmotiv – zumindest bei Ziegler", überlegte sie und steckte dann ihr Handy ein. „Auf welcher Station arbeitet er?"

Der Dienstplan war schnell überprüft. Ralf Stuber hätte in der Nacht, in der Ziegler umgebracht wurde, Dienst gehabt, hatte aber sehr kurzfristig mit einem Kollegen getauscht. Mit dieser Erkenntnis konfrontiert, gab der Krankenpfleger nach einigem Zögern zu, dass er Patricia und „ihren Fiedler", wie er ihn nannte, in flagranti erwischen wollte. Erst kurz zuvor war er den beiden auf die Schliche gekommen. Er hatte in der Wohnung auf dem Boden eine achtlos hingeworfene Saite entdeckt. Die wollte er in Patricias Geigenkasten legen, den er sonst nie anrührte. Dabei hatte er dort ein zweites Handy entdeckt, das er nicht kannte. Die SMS sagten alles. Seine Freundin hatte schon längere Zeit eine Affäre. Aus dem Inhalt der Botschaften, die sie via Handy mit ihrem Liebhaber ausgetauscht hatte, konnte er schnell schließen, dass es ihr Geigenlehrer Ziegler sein musste. Sie hatte sich bevorzugt dann mit ihm getroffen, wenn der Krankenpfleger Dienst hatte. In der letzten SMS hatte der Geiger das Rendezvous im Hafen vorgeschlagen. Nachts um ein Uhr, beim Schiff Maria. Stuber tauschte also den Dienst für diese Nacht und wollte sich Klarheit verschaffen. Warum er die Geigensaite einsteckte, konnte er nicht erklären.

Am Sonntagabend fuhr er in den Hafen. Er brauchte einige Zeit, bis er das schwarze Schiff in der Nähe des Hafenbeckens entdeckte. Doch sein Plan, die beiden zu ertappen, ging nicht auf. Zwar kam Ziegler, nicht aber Patricia. Der Fiedler wollte nach kurzem Warten wieder gehen, da habe er ihn zur Rede gestellt. Der aber habe sich über den dummen Freund seiner Geliebten nur lustig gemacht.

„Da habe ich ihm gezeigt, was man mit einer Geigensaite noch alles machen kann", schloss Ralf Stuber seine Ausführungen. „Ich sag ganz ehrlich: Wie ich die Angst in seinen Augen gesehen habe, da ist es mir besser gegangen. Aber ganz zugezogen hab ich nicht; und ins Wasser geworfen hab ich ihn auch nicht."

Jana Meyerbeer und Thomas sahen sich irritiert an. Ralf Stuber schien erst jetzt zu merken, dass sie ihn für den Mörder hielten. „Ich hab ihn stranguliert, das stimmt. Aber in der Zeitung ist doch gestanden, dass er ertrunken ist. Dafür kann ich nichts."

Immer noch Schweigen. Der Krankenpfleger wurde leichenblass. „Ich dachte, Sie hätten den Mörder schon und wollten nur noch wissen, was vorher war?"

Jana Meyerbeer schüttelte den Kopf.

„Aber Sie haben doch gesagt: Was passierte in den Stunden vor Roman Zieglers Tod?"

„Bevor Sie ihn in das Hafenbecken gestoßen haben."

„Das war ich nicht", schrie Ralf Stuber. „Ich wollte ihm nur Angst machen, damit er meine Freundin in Ruhe lässt. Wie ich gegangen bin, da lag er noch da, zwischen Gleisen und Hafenbecken. Er hat gelebt. Ich habe ihn doch laut genug röcheln hören."

„Ich hoffe für Sie, dass das die Wahrheit ist und sich dafür noch Beweise finden", sagte Jana Meyerbeer.

Thomas hatte jetzt seine Geschichte für diesen Tag. Aber sie gefiel ihm nicht. Verdächtiger gefasst. Das wollte er über seinen Bericht schreiben.

„Heute bist du aber kleinlich", meinte seine Kollegin Kriegler. „Schreib doch wenigstens: Mutmaßlicher Mörder gefasst."

„Das passt nicht in die Schlagzeile."

„Dann bloß: Mörder gefasst."

„Ich wäre mir da nicht so sicher."

Die Kollegin sah ihn sehr nachdenklich an.

„Jetzt denkst du, ob es nicht besser wäre, wenn der Aschenbrenner schon aus dem Urlaub zurück wäre", grinste Thomas.

Dem ertappten Gesichtsausdruck von Andrea Kriegler merkte er an, dass sie das tatsächlich gedacht hatte. Er ärgerte sich. Man würde doch noch Skrupel haben dürfen in diesem Beruf!

„Mach doch ein Zitat", schlug die Kollegin vor. „Ich habe ihn stranguliert. Oder so."

„Dann lieber: Ich habe ihn nicht umgebracht."

Andrea Kriegler verdrehte die Augen, dann kehrte sie an ihren eigenen Schreibtisch zurück. Thomas Reitinger war nicht zu helfen. Das wusste sie nun definitiv.

Krakowski sah das ähnlich wie die Kollegin, als er von seinem Termin zurückkam. „Endlich mal eine richtige Schlagzeile. Und du stellst dich an, als müsstest du deinen besten Freund vor einer Verdächtigung schützen."

Nein, der Krankenpfleger war sicherlich nicht sein Freund, dachte Thomas. Aber Julia Ziegler würde morgen in der Zeitung lesen, dass ihr Mann seit längerer Zeit ein Verhältnis mit seiner Geigenschülerin hatte. Auch wenn sie selbst es bereits wusste, dass es öffentlich wurde, war dann doch noch etwas anderes. Vielleicht sollte sie jemand auf diesen Bericht seelisch vorbereiten.

Lisa lachte, als er sie anrief. „Wir zwei reden ja mehr miteinander als zu der Zeit, als wir noch zusammen gewohnt haben."

„Ich finde das schön." Thomas wagte sich aus seinem Schneckenhaus.

„Mein Mann spricht über seine Gefühle", spöttelte Lisa, aber Thomas überhörte den Unterton. „Ich will nachher sowieso kurz zu Julia", fuhr sie fort. „Wir hatten so viele Jahre keinen Kontakt mehr. Aber mir kommt es so vor, als hätte sie niemand anderen, der sich um sie kümmert, dem sie vertraut. Außer ihrem Vater natürlich."

Natürlich, dachte auch Thomas. Der alte Radecke war für seine Tochter da. Sie würde ihn auch dringend brauchen.

Sie waren alle so zufrieden in der Redaktion, gerade so, als wäre der Fall gelöst. Sie vergaßen, dass auch der Kinderarzt Greifenstein tot war, vermutlich ermordet. Alkohol, Tabletten, der frische Einstich einer Spritze. Selbstmord wohl kaum. Wenn die tödliche Wirkung dieses Cocktails nicht sofort eingetreten wäre, hätte er die Spritze ja noch verschwinden lassen können, aber sicher nicht außerhalb des Hauses. Die Polizei hatte danach gesucht auf Radeckes Anwesen bei Falkenstein, aber nichts gefunden. Die Spritze war weg wie auch der Cognac, der vermutlich ein Betäubungsmittel enthalten hatte.

Der Krankenpfleger hatte natürlich mit Spritzen zu tun. Aber warum sollte er denn den Greifenstein umbringen? Der hatte ja kein Verhältnis mit der jungen Geigerin Patricia. Oder etwa doch?

Thomas musste sich überwinden, aber dann rief er Jana Meyerbeer im Krankenhaus an.

„Wir haben ja an einem Tag mehr miteinander zu tun als im letzten halben Jahr", spottete sie, fast mit den gleichen Worten wie Lisa.

Thomas ging darauf nicht ein, er wollte jeden flirtenden Unterton vermeiden, um nicht noch einmal zwischen Ehefrau und Kommissarin dumm dazustehen wie damals, als er nicht wusste, was er wollte.

„Bist du noch dran?", hörte er Jana Meyerbeer fragen.

„Ich habe eine Bitte. Würdest du mir verraten, ob der Krankenpfleger für den Samstag, an dem der Greifenstein gestorben ist, ein Alibi hat?"

„Die Kollegen haben das sicher schon geklärt, aber da ich krank bin, sagt mir ja keiner was. Und weil ich mich sowieso langweile, kann ich mal für dich nachfragen, ob er Dienst hatte. Ich muss nur in die Männerabteilung hinübergehen und mir den Plan zeigen lassen. Aber was hätte Stuber davon, dass er den Arzt umbringt?"

„Das weiß ich nicht. Ich habe mir eine ganz andere Frage gestellt, nämlich wer mit Spritzen zu tun hat."

Jana Meyerbeer lachte: „Kein schlechter Gedanke. Der Krankenpfleger, die Frau Greifensteins, er selbst, jede Sprechstundenhilfe in seiner Praxis ... Habe ich dir übrigens gesagt, dass die Rechtsmediziner vermuten, es könnte Insulin gewesen sein?"

Darüber hatte Richard Wachter auch schon spekuliert, dachte Thomas. Dann fiel ihm noch ein weiterer Name ein, mit dem er Janas Aufzählung ergänzte: Julia Ziegler. Ihr Sohn war Diabetiker, also hatte sie mit Insulin zu tun und kannte sich mit Spritzen aus. Was hatte Lisa gesagt? Die Verbindung zwischen den beiden Toten war Julia Ziegler. Sie war die Frau des einen und die Geliebte des anderen.

Sollte er vielleicht so ganz beiläufig bei Julia Ziegler vorbeischauen? Er entschied sich dagegen. Er war steinmüde, er wollte nach Hause, seine Ruhe haben, schlafen. Er war im Aufbruch, als sein Telefon klingelte.

„Mir ist da noch was eingefallen, Thomas. Wenn du nicht mehr bis Helmering fahren willst, du kannst gerne auch hier bleiben."

„Danke", krächzte Thomas. Mehr bekam er nicht heraus, so sehr freute ihn Lisas Angebot. Auf einmal wollte er auch gar nicht mehr seine Ruhe haben, sondern überlegte ernsthaft, ob er nicht einkaufen und kochen, sie damit überraschen sollte.

In diese Gedanken hinein kam der Anruf der Kommissarin. „Der Krankenpfleger hatte an diesem Abend Dienst. Er kann unmöglich nach Falkenstein gefahren und Greifenstein eine Spritze gegeben haben. Es ging ganz schön rund in dieser Nacht, sagen seine Kollegen. Der kam nicht einmal dazu, seine Mutter anzurufen. Die hatte nämlich Geburtstag."

Reitinger ging zu Fuß nach Hause. Er schlenderte durch die Altstadt, kaufte sich ein Eis in dem Laden neben dem Hutmacher am Dom, betrachtete die Auslagen des Geschäftes und überlegte, ob er eine Kappe tragen würde, wenn ihm noch mehr Haare ausfielen. Dann ging er durch die Kramgasse, wich den Touristen aus, die ihm entgegenkamen. Auf einigen Umwegen gelangte er doch zur Donau hinunter, stellte sich auf die Steinerne Brücke und sah ins Wasser. Sollte er wirklich kochen – und wenn ja, was? Orientalisch wäre bestimmt was Besonderes, dachte er. Was hatte die Mutter da in ihrem Kurs gelernt? Granatapfelhühnchen? Das klang doch gut, dachte er und rief sie an.

„Du willst kochen?", fragte sie, als hätte er angekündigt, den Dom mit seinen eigenen Händen einzureißen.

„Du bist doch jetzt die Expertin in orientalischer Küche."

„Dann schreib dir mal auf, was du einkaufen musst. Hast einen Stift? Du brauchst ein Huhn, Tomaten und Zwiebeln. An Gewürzen scharfen Paprika, Curry und Gelbwurz, Ingwer und ..."

„Wie viel von jedem?"

„Das mach ich nach Gefühl. Musst halt abschmecken. Ich würde sagen: Eher mehr als wenig."

Angekommen, dachte er, als er die Tür zur Wohnung in Stadtamhof aufschloss und seine Einkäufe abstellte. In diesem Moment fühlte er sich hier aufgehoben. Auch wenn Lisa nicht da war, er war nicht allein, er spürte, dass hier noch eine andere Person lebte, die sich auch bemühte, diesen Räumen Atmosphäre zu geben. Er ging in die Küche und packte aus, auch das gab seinem Hiersein etwas Heimeliges, als wäre es ganz normal, wie er hier werkelte.

Unwillkürlich verglich er in Gedanken die Wohnung mit dem Haus in Helmering. Dorthin kam er ja höchstens zum Schlafen; das war zu wenig, um die vielen Zimmer, samt Keller und Speicher, samt Garten und Terrasse mit Leben zu füllen. Es war vielleicht ein Fehler gewesen, nach Helmering zu ziehen. Aber im Herbst war es ihm als einzige Lösung erschienen, nachdem Lisa und er Probleme miteinander gehabt hatten. Was würde Lisa sagen, wenn er das Projekt Helmering für gescheitert erklärte? Wäre sie einverstanden, wenn er zu ihr zurückkommen wollte? Was würde seine Mutter sagen? Was sollte mit dem Haus geschehen?

Thomas sah auf die Uhr. Lisa würde so schnell nicht kommen, sie wollte ja noch zu Julia Ziegler. Also hatte er Zeit für eine Dusche. Er kam sich so abgestanden und muffig in dieser schönen Wohnung vor. Er genoss die gepflegte Atmosphäre dieses Bades, aufgeräumt, sauber, frisch. Es roch ein bisschen nach Parfum und jetzt nach Lisas Duschgel, ein eigenes hatte er hier ja nicht mehr. So duftete er jetzt eben nach Sandelholz und Orange, nicht herbmännlich, aber frischer als zuvor. Auf der Suche nach seinem Ersatz-Rasierzeug musste er feststellen, dass Lisa seinen Teil des Badschrankes rigoros belegt hatte, es sah aus, als hätte es ihn hier nie gegeben, alles voll mit Kosmetika und Körperpflegeprodukten.

Er fand doch noch in einer Ecke sein altes Rasierzeug, und während er sich den Bart von zwei Tagen aus dem Gesicht schabte, überlegte er, ob er wohl wieder in die getragenen Klamotten würde schlüpfen müssen. Hier gab es sicher noch Hosen und T-Shirts von ihm, wenn Lisa nicht alles der Altkleidersammlung übergeben hatte, aber wo? Er sah nach in der kleinen Kammer, die Lisa für ihn mit einem Gästebett ausgestattet hatte. Tatsächlich fand er eine sehr alte Jeans und ein Hemd, kleidete sich zwar nicht neu, aber doch frisch ein.

Dann ging er zurück in die Küche, breitete den Zettel mit den Notizen aus, die er während des Telefonats mit seiner Mutter gemacht hatte, und begann mit dem Kochen. Während er das Huhn zerteilte, wanderten seine Gedanken wieder zu seinem Fall. Roman Ziegler, ein Leben für die Musik, wenig Zeit für Frau und Kinder, eine Geliebte. Offenbar war ihm seine Affäre zum Verhängnis geworden, nicht seine intrigante oder unkollegiale Art, auch nicht sein Streit mit Leo Volkmann, an dessen Unfall er vielleicht schuld war.

Thomas dachte an das Organigramm, das Lisa angefertigt hatte, und machte in Gedanken eines für Greifenstein. Wie sah dessen Leben aus? Es gab den Beruf als Arzt, die Praxis, die Patienten. Es gab die Ehefrau, die zugleich Kollegin war. Es gab einen Patienten, um den er sich offenbar besonders kümmerte, den kleinen Felix. Er bemühte sich auch um dessen Mutter, Julia Ziegler. Es gab die Musik und über die Musik auch die Verbindung zu Roman Ziegler.

Thomas skizzierte seine Gedanken auf einem Zettel, der auf dem Küchentisch herumlag. Seine Notizen waren bei weitem nicht so übersichtlich wie Lisas Grafik. Er erinnerte sich plötzlich daran, dass Jana Meyerbeer ein ähnliches Bild gemalt hatte damals, als in Helmering ein Mord geschehen war. Sie hatte versucht, die Beziehungen der Menschen untereinander, ihr Verwandtschaftsverhältnis zu begreifen, indem sie die Kontakte grafisch darstellte.

Das Kochen hatte Thomas nun ganz vergessen. Er wachte erst aus seinen Gedanken auf, als er den Schlüssel im Schloss hörte. Wie ertappt sprang er hoch und sah Lisa entgegen, die in der Küchentür stand und ihn überrascht ansah.

„Ich wollte uns was kochen“, murmelte er verlegen.

Lisa stellte ihre Tasche ab und sah auf das Huhn, die Tomaten, die vielen Gewürze. „Das können wir doch zusammen machen“, schlug sie vor. „Ich ziehe mich nur noch rasch um.“

Während des Kochens erzählte Thomas von dem Treffen mit Volkmann, dem Besuch bei der Geigerin, dem Geständnis des Krankenpflegers. Die raffinierte Lösung der Helmeringer Brandsache verschwieg er seiner Frau. Er hatte mit Richard Wachter

Stillschweigen vereinbart und daran wollte er sich auch halten. Lisa schüttete gerade den Basmatireis ab.

„Und wie war's bei Julia?"

„Erzähle ich dir später. Ich suche uns schnell Musik raus, schmeckst du noch die Soße ab?"

Eher mehr als weniger Gewürz, hatte die Mutter gesagt. Thomas hielt sich daran.

„Guten Appetit", sagte Lisa und nahm sich Reis, Fleisch, Gemüse, Soße. Thomas schenkte die Weingläser noch einmal voll, sie stießen an.

„Zum Wohl", sagte sie.

„Auf uns", antwortete er.

Lisa reagierte nicht darauf, sie lauschte offenbar der Musik. Erst jetzt fiel Thomas auf, dass es ihre gemeinsame Lieblings-CD von Eric Clapton war. Am Anfang ihrer Beziehung hatten sie die ständig gehört.

Seine Frau spielte mit ihrem Weinglas und sah unsicher zu ihm hin.

„Was ist, schmeckt's dir nicht?", fragte Thomas.

„Ich hab doch noch gar nicht probiert."

„Du schaust irgendwie so ... komisch."

„Ich komme mir auch blöd vor, wie wir zwei hier sitzen, grade so als ob ..." Sie redete nicht weiter.

„... wie bei einem Date", ergänzte Thomas, und sie nickte: „Und das auch noch in unserer eigenen Wohnung."

„Du bist ja aufgeregt", grinste Thomas und freute sich, dass dieses Mal Lisa weniger souverän war. Sonst war das immer sein Part.

Lisa nickte.

„Weißt du, dass du süß aussiehst, wenn du so nervös bist?", fragte er.

Sie verdrehte nur die Augen, nahm ihre Gabel und begann mit dem Essen.

Plötzlich entdeckte er Tränen in ihren Augen. Erschrocken nahm er ihre Hand. „Was ist denn los mit dir, Lisa, sag doch?"

Lisa holte tief Luft, dann versuchte sie zu lachen. „Es ist so scharf."

Thomas ging um den Tisch herum, klopfte seiner Frau auf den Rücken. Die schnappte nach Luft, dann aber schnupperte sie. „Nach was riechst du?"

„Nach deinem Duschgel, es war kein anderes da."

Lisa setzte zum ersten Mal an diesem Abend ihren berühmten spöttischen Blick auf. „Die Cremedusche für den femininen Typ ab dreißig."

„Bin ich das nicht?"

Lisa schmunzelte: „Weißt du was? Ich würde nach dem Essen gerne noch ein bisschen spazieren gehen. Hast du Lust?"

„Nur wenn ich sagen darf wohin."

Thomas und Lisa gingen nebeneinander her, als würden sie zusammen gehören und doch wieder nicht. Als ihnen ein Pulk Touristen entgegenkam, nahm er instinktiv ihre Hand und ließ sie auch nicht mehr los, als sie sich durch die Gruppe hindurchgedrängt hatten. Lisa machte aber auch keine Anstalten, seine Hand loszulassen. Vielmehr verschränkte sie ihre Finger mit den seinen, so wie sie es früher immer gemacht hatten, weil sie nicht an der Hand geführt werden wollte wie ein kleines Kind, wie sie immer sagte.

„Du scheinst tatsächlich zu wissen, wo du hin willst", bemerkte sie, als er auf den Pfaffensteiner Steg einbog.

„Ich glaube, du weißt es jetzt auch."

Sie suchten am Oberen Wöhrd die Stelle, an der sie früher so oft gesessen hatten. Thomas zog seine Jacke aus, breitete sie auf dem Boden aus. Sie setzten sich, rückten noch ein bisschen näher zusammen, sahen über die Donau auf die Stadt, in der allmählich die Lichter angingen.

„Wie früher", sagte Lisa.

„Beinahe."

„Vor zwölf Jahren waren wir fast jeden Abend im Sommer hier."

„Können wir wieder machen."

„Was ich dir alles erzählt habe, damals."

„Kannst gerne wieder erzählen." Thomas beobachtete sie aus den Augenwinkeln. Sie saßen vertraut da, aber Lisa schwieg.

„Gibt's Ärger in der Arbeit?"

„Es ist wie immer", seufzte Lisa. „Und das ist mein Problem."

„Bisher hat dir das gefallen. Sicherer Job, sicheres Einkommen ..."

Lisa führte den Gedanken weiter: „Alle Wünsche erfüllt, alle Träume verflogen ... Ich würde am liebsten etwas Neues anfangen."

„Weißt du noch, damals?", fragte Thomas. „Ich habe Jura studiert und war so unzufrieden. Du hast gesagt: Schmeiß dein Studium hin, wenn es dir nicht gefällt, mach was anderes."

Lisa lächelte: „Du warst mutig genug, das auch zu tun."

„Dann sag ich das jetzt: Schmeiß die Arbeit hin, mach was anderes."

„Und wovon soll ich leben?"

„Du hast einen passabel verdienenden Mann, der dir treu zur Seite steht."

Lisa schwieg. Sie saßen nebeneinander, sahen sich nicht an.

„Der dich immer noch ..." liebt, wollte er sagen, aber er bekam es nicht über die Lippen, „... gerne mag."

„Das mit der Romantik lernst du nicht mehr", seufzte Lisa.

Thomas wollte den Gegenbeweis antreten und küsste sie.

9. Kapitel

Es duftete nach Kaffee, als Thomas aufwachte. Er lag nicht auf dem Sofa, nicht im Gästebett, sondern in seinem eigenen, ganz eigenen Bett. Er war glücklich. Es ging ihm gut. Er war verliebt in seine eigene Frau.

Er machte die Augen noch nicht auf, sondern rutschte hinüber auf Lisas Seite des Bettes. Aber sie war nicht da.

„Guten Morgen."

Lisa kam mit zwei Tassen Kaffee herein. Thomas lächelte ihr entgegen.

„Du hast dich davongeschlichen."

„Nur für einen Moment." Sie stellte die Tassen ab und küsste ihn.

Thomas zog sie an sich, Lisa ließ es sich gefallen, fiel neben ihm aufs Bett.

„Ich habe mir freigenommen, weil ich am Nachmittag zu Julia gehe", sagte Lisa. „Sie muss noch so viel erledigen und hat mich gebeten, bei den Kindern zu bleiben, weil ..."

Thomas unterbrach sie mit einem Kuss. „Du hast also den ganzen Vormittag Zeit."

„Aber du nicht."

„Ich glaub schon."

Thomas rief in der Redaktion an. Er habe verschlafen, und es würde etwas später. Lisa kam von draußen mit der Zeitung und drückte sie ihm in die Hand. „Willst du?"

Reitinger schüttelte den Kopf: „Ich weiß, was drinsteht."

„Ich hoffe, dass es Julia heute besser geht", seufzte Lisa.

„Warum passt ausgerechnet du auf ihre Kinder auf? Ihr Vater macht das doch so gern."

„Aus irgendeinem Grund wollte Julia das nicht. Und Felix auch nicht."

Thomas sah sie irritiert an.

„Das war ganz komisch", erzählte Lisa. „Als ich gestern vorbeigeschaut habe, da war Julias Vater noch da. Er hat mit dem kleinen Paul im Garten gespielt. Felix war drinnen bei seiner Mutter. Ich hatte das Gefühl, Radecke wollte gerne bleiben. Aber Julia hat ihm klargemacht, dass sie lieber mit mir unter vier Augen reden würde."

„Du wolltest ihr sicher auch lieber unter vier Augen sagen, was heute über ihren Mann in der Zeitung steht."

„Das wusste sie schon. Ihr Vater hat offenbar gute Kontakte zu irgendeinem hohen Tier bei der Polizei. Die waren beide bestens informiert."

„Wie hat sie denn reagiert?"

Lisa hielt ihre Kaffeetasse fest, als wollte sie sich beide Hände daran wärmen. „Sie sagte so etwas Ähnliches wie: Sollen es alle ruhig wissen. Darauf kommt es doch jetzt auch nicht mehr an."

Gemeinsam verließen sie ihre Wohnung. Lisa kam auf das Thema zurück.

„Julias Vater möchte, dass sie mit den Kindern zu ihm zieht. Er hat ein großes Haus in Prüfening, er lebt allein. Er meint, sie sollten nicht in Pentling bleiben. Zu viele Erinnerungen an Roman Ziegler."

„Was sagt Julia dazu?"

„Das geht ihr alles viel zu schnell."

Thomas nickte. War ja noch nicht einmal Roman Ziegler beerdigt, von Greifenstein ganz zu schweigen. „Was willst du denn mit den Kindern unternehmen?"

„Wir bleiben zu Hause. Paul ist ja noch recht klein und Felix im Moment so ängstlich ..."

Thomas sah sie fragend an.

„Julia hat die Kinder ins Bett gebracht, dann haben wir geredet, über ihren Mann, über Greifenstein, wie das alles gekommen ist – und auf einmal schreit Felix und kommt angelaufen. Er klammert sich an seine Mutter, weil er Angst hatte, dass sie weggegangen ist."

„Wie kommt er denn darauf?"

„Er sagt, als sie am Samstag beim Opa waren, da ist er auch mitten in der Nacht aufgewacht, und der Opa war nicht da. Er hat ihn überall gesucht, aber er war weg."

„Das hat er vielleicht nur geträumt."

„Das meinte Julia auch. Radecke ist doch ganz vernarrt in seine Enkel, er würde sie niemals allein lassen."

Thomas nahm sich vor, Radecke danach zu fragen, aber er war sicher, dass es ein sehr unangenehmes Gespräch würde. Radecke hatte ihm seine Abneigung gegen Journalisten im Allgemeinen und ihn im Besonderen deutlich gezeigt. Zumindest sollte er sich vorher ordentlich anziehen. In dieser alten Jeans und dem Hemd, das seit gestern Abend Grasflecken hatte, wollte er weder in der

Redaktion noch bei Radecke erscheinen. Auf eine Stunde kam es nun auch nicht mehr an. Er fuhr nach Helmering. Die Mutter hatte doch Recht gehabt: Er sollte eine Reisetasche mit den nötigsten Utensilien in Regensburg deponieren. Allerdings würde er sie, anders als letzte Woche, nicht mehr bei der Mutter abstellen, sondern bei Lisa.

In Helmering wartete eine Überraschung auf ihn. Vor seiner Haustür waren mehrere Kästen Bier gestapelt. In einem steckte ein Briefumschlag. Thomas zog ihn heraus, machte ihn auf.

„Danke. Familie Gerber."

Die Leute bedanken sich, wenn ich nichts schreibe, dachte Thomas. Wenn ich schreibe, sind sie meistens sauer. Vielleicht habe ich meinen Beruf verfehlt. Verschwiegener Journalismus, das wäre mal was Neues. Aber die meisten Kollegen schrieben ohnehin längst nicht alles, was sie über Politiker oder Prominente wussten.

Gerber war zwar kein Promi, aber er hatte von seiner Diskretion profitiert und bedankte sich auf seine Weise. Thomas trug das Bier ins Haus und stapelte die Kästen im Wohnzimmer, weil sie ihn dort im Moment am wenigsten störten. Dann zog er sich etwas Ordentliches an und nahm sogar noch ein Ersatzhemd mit für alle Fälle.

Er fuhr schnell beim Wirtshaus vorbei, aber Hitzlkofer sagte ihm, dass die Gerbers schon damit beschäftigt seien, auf ihrem Hof aufzuräumen. Der Brand war ja geklärt, jetzt wurde angepackt. Ein paar Nachbarn halfen mit. Schließlich war das hier ein Dorf, da hielt man zusammen.

Thomas fuhr zum Gerberhof, bedankte sich für das Bier.

„Mein Schwager ist doch bei einer Brauerei beschäftigt", erklärte der Bauer. „Da hab ich gedacht: Bier kann man nie genug daheim haben."

Ganz überzeugt von diesem Standpunkt war Thomas zwar nicht, aber er sagte ehrlich, dass er sich gefreut habe, dass er hoffe, für die Gerbers komme jetzt alles wieder in Ordnung. Der Gerber nickte und meinte, sein Sohn würde am liebsten gar nicht mehr zur Schule gehen, sondern nur noch hier mitarbeiten. Er sei der Fleißigste von allen.

Thomas hätte gerne noch mit Richard Wachter gesprochen, aber der Dorfdoktor hatte sicherlich Sprechstunde, und er sollte auch zusehen, dass er in die Redaktion kam. Tatsächlich warteten dort schon alle auf ihn.

„Wie geht es weiter mit der Berichterstattung?", fragte der Chef, und Krakowski erzählte, die Kripo verhöre den Krankenpfleger, aber der wolle weder Roman Ziegler ins Hafenbecken gestoßen noch mit dem Tod Greifensteins etwas zu tun haben.

„Für den Samstagabend hat er auch ein Alibi", brummte Thomas, „er hatte Dienst im Josefskrankenhaus."

„Warum muss ich eigentlich immer bei der Kripo anrufen und mir von denen Informationen erbetteln, wenn du es schon weißt?", grantelte Krakowski.

„Dann läuft noch ein Mörder frei herum!", dramatisierte der Chef, und Krakowski murmelte leise, dass da wahrscheinlich noch einige herumliefen, die nie einer erwischt hatte.

Thomas bat darum, dass Krakowski sich weiter um die Sache kümmerte. Ihm war wirklich nicht so besonders gut.

„Sie sehen auch blass aus, Herr Reitinger", bestätigte der Chef.

Thomas hielt das für eine gute Gelegenheit, das Gespräch mit dem Chef zu beenden. Auf dem Flur traf Thomas seinen Kollegen Leisner.

„Immer noch auf Mörderjagd?"

„Fang nicht du auch noch an. Ich sag's immer allen: Ich schreib bloß drüber."

„Anscheinend war's ja doch nicht Leo Volkmann", meinte Leisner.

„Ich blicke überhaupt nicht mehr durch", seufzte Reitinger. „Wenn der Krankenpfleger Roman Ziegler nur stranguliert hat ... wenn das also wirklich stimmt ..."

„... dann ist ein anderer gekommen und hat ihn ins Hafenbecken geworfen", ergänzte der Feuilletonredakteur.

Thomas nickte. „Da Leo Volkmann quasi im Hafen wohnte, könnte er es doch gewesen sein."

„Was ist dann mit dem toten Arzt?"

Thomas zuckte die Schultern. „Volkmann kann nicht mitten in der Nacht nach Falkenstein gefahren sein. Er hat kein Auto, er hat offenbar auch keine Freunde mit Auto, und ein Taxi kann er sich nicht leisten. Ein Mordmotiv sehe ich auch nicht."

„Vielleicht haben die beiden Fälle ja gar nichts miteinander zu tun", mutmaßte der Kollege.

Julia Ziegler ist die Verbindung, dachte Thomas. Aber sie hat kein Motiv, soweit ich weiß. Und sie hat ein Alibi. In beiden Fällen. Beim Tod ihres Mannes war sie auf dem Geburtstagsfest ihres Vaters. Beim Tod ihres Liebhabers saß sie mit meiner Frau beim Essen.

„Wie war das eigentlich beim Fest vom alten Radecke", fragte Thomas unvermittelt. „Hast du mitgekriegt, wann Ziegler gegangen ist?"

„Das Salonorchester hat irgendwann zwischen Mitternacht und ein Uhr aufgehört. Radecke hat das gar nicht gepasst, er wollte Ziegler dazu bringen weiterzuspielen. Aber der hat gemeint, fünf Stunden Musik seien genug und außerdem sei der Geburtstag ja auch seit Mitternacht vorbei", erinnerte sich Leisner. „Das habe ich zufällig mitgehört, weil ich gerade mit dem Klavierspieler geredet habe, der unterrichtet auch meine Kinder."

„Also nach Mitternacht. Dann ist Ziegler verschwunden. Hast du das gesehen?"

Leisner schüttelte den Kopf. „Ich habe nur gesehen, dass seine Frau auf einmal den Geigenkasten trug, und Radecke stand neben ihr und war ganz offensichtlich wütend. Er redete auf sie ein, aber sie war blass und wirkte unsicher. Dann nahm er ihr die Geige ab und erklärte, er sperre die jetzt ins Auto, egal was sein Schwiegersohn davon halte. Denn wenn ihm sein Instrument so wichtig sei, dann müsse er eben auch selbst darauf aufpassen und es nicht seiner Frau in die Hand drücken."

„Dann hat Radecke den Geigenkasten hinausgetragen?"

Leisner nickte. „Vielleicht hat er die Geige aber auch heimgebracht, ist ja doch ein wertvolles Instrument, das er wahrscheinlich mitfinanziert hat."

Thomas dachte nach. „Wenn er die Geige nach Pentling gebracht hätte, wäre er auf seiner eigenen Party einige Zeit nicht mehr dabei gewesen."

Leisner überlegte kurz. „Jetzt wo du's sagst: Das war er auch nicht. Als ich mich von ihm verabschieden wollte, das war so eine halbe Stunde später, da habe ich ihn nicht gefunden."

„Und Julia Ziegler?"

„Die war die ganze Zeit da. Aber ihr Mann und ihr Vater waren weg."

Höchste Zeit, zu Radecke zu fahren, fand Thomas.

Palazzo protzo di bonzo, fiel Thomas ein, als er vor dem großen Haus stand. Wenn Radecke hier wirklich alleine wohnte, so konnte er vermutlich jeden Tag der Woche in einem anderen Schlafzimmer nächtigen, in einem anderen Bad duschen und sollte er einen Gast haben, so war es möglich, dass er ihm im eigenen Haus nicht über den Weg lief. Kein Wunder, dass er Tochter und Enkel gerne hier hätte, allein musste das doch furchtbar einsam sein. Wenn er dann noch an das große Anwesen nahe Falkenstein dachte, dann leuchtete Thomas zum ersten Mal der Spruch ein, dass Besitz auch viel Arbeit mache. Er war ja schon mit dem Häuschen in Helmering überfordert. Allerdings, überlegte er, als er Radecke sprechen hörte und den herrischen Ton wahrnahm, hatte der Herr dieses Hauses vermutlich Dienstboten.

Thomas ging der Stimme nach, aber nirgends gab es eine Möglichkeit, über den hohen Zaun und die noch höhere Hecke zu gucken. Doch war er sicher, dass Radecke im Garten Anweisungen gab. Vielleicht einem Gärtner oder einem Hausmeister. Er blieb stehen und horchte.

„Du kannst nicht mit den Kindern allein bleiben."

„Das entscheidest nicht du, das ist meine Sache."

„Du bist doch im Moment völlig durcheinander!"

„Willst du mich entmündigen lassen?"

„Du traust mir wohl alles zu!"

„Du machst mir Angst."

Kein Dienstgespräch, sondern ein privates. Keine Angestellten, sondern die Tochter. Alexander Radecke sprach mit Julia Ziegler. Sein Ton war unfreundlich, dominant, sie hielt gut dagegen, fand Thomas, aber man hörte die Anspannung in ihrer Stimme, die etwas schrill und höher als sonst klang. Einen Moment war es still. Thomas wollte schon zurück zum Gartentor gehen und klingeln, da hörte er Radecke.

„Bitte, weine nicht, Julia. Ich bin doch für dich da."

Ein leises Schluchzen war zu hören, aber keine Antwort.

Radecke redete begütigend weiter. „Natürlich ist es nicht schön, allein zu sein, das weiß ich doch am besten. Seit deine Mutter tot ist, habe ich doch nur noch dich und deine Söhne."

Und ein paar wechselnde Begleiterinnen, dachte Thomas, aber die zählten wohl nicht. Der King of Golf wusste zwischen Familie und Privatvergnügen sehr gut zu unterscheiden.

„Wir müssen jetzt zusammenhalten", hörte er Radecke sagen. „Füreinander da sein. Felix bekommt eine Krankenschwester, die sich um ihn kümmert ..."

„Ich sorge selbst für meine Kinder."

„Aber wenn du wieder künstlerisch tätig sein willst, dein Atelier oben ist immer noch so, wie du es verlassen hast ..."

„Über die Zukunft kann ich noch nicht nachdenken, Papa."

„Lass dir Zeit", sagte Radecke verständnisvoll, und da begann in der Nachbarschaft ein Rasenmäher zu dröhnen, und Thomas verstand gar nichts mehr. Jetzt musste er wohl klingeln.

Alexander Radecke wirkte sehr verärgert, als Thomas vor dem Gartentor stand. „Ich beantworte Ihnen keine Fragen. Es reicht, dass die Polizei ständig auftaucht."

Er wollte das Tor schon schließen, als hinter ihm Julia erschien und Thomas freundlich anlächelte. „Kommen Sie ruhig herein", forderte sie ihn auf und ignorierte das wütende Schnauben ihres Vaters. Allerdings bat sie Thomas nicht ins Haus, sondern blieb mit ihm und Radecke im Garten.

„Wir wollten Vorbereitungen für Romans Beisetzung treffen", fauchte ihr Vater.

Julia Zieglers Mund verzog sich schmerzlich, aber sie winkte ab. „Wir haben doch jede Menge Zeit."

„Du solltest deine Kinder nicht so lange in fremder Obhut lassen."

„Sie sind bei Lisa gut aufgehoben."

„Aber weiß sie, wie man mit einem Kind wie Felix umgeht? Was ein Vierjähriger wie Paul gerne mag? Sie haben doch keine Kinder, oder?", wandte er sich unfreundlich an Thomas.

Bevor der antworten konnte, schaltete sich Julia Ziegler ein. „Auf jeden Fall hat mir Lisa hoch und heilig versprochen, dass sie die Kinder keine Minute allein lässt."

Radeckes Gesicht verfärbte sich rot vor Zorn. „Wenn du damit auf Samstag anspielst, ich habe sie nicht allein gelassen. Felix bildet sich das ein."

Julia Ziegler bemühte sich, ruhig zu bleiben. Sie wandte sich Thomas zu. „Entschuldigen Sie, Familienkram. Aber Sie haben sicher ganz andere Fragen."

„Es geht um die Feier im Kulturspeicher." Thomas wandte sich an Radecke, aber der wirkte nicht so, als wolle er ihm eine Antwort geben, deshalb sah er jetzt Julia Ziegler an. „Ihr Mann hat Ihnen so gegen halb ein Uhr seine Geige gegeben und ist hinausgegangen, angeblich um Luft zu schnappen."

„Das haben wir der Polizei erzählt, und es stand schon lang und breit in Ihrer Zeitung", knurrte Radecke; er klang wirklich bedrohlich.

„Sie haben die Geige dann in Ihrem Auto deponiert", wandte sich Thomas an den unfreundlichen Hausherrn, der darauf nicht reagierte.

„Mein Vater hat die Geige nach Hause gefahren, das Instrument ist viel zu wertvoll, um es einfach so im Auto zu lassen", sagte Julia Ziegler ganz selbstverständlich.

Zum ersten Mal wirkte Radecke leicht verunsichert.

„In welches Zuhause?", hakte Thomas nach.

„Meine Tochter ist völlig fertig nach allem, was passiert ist, und Sie kommen mir hier mit einer Violine."

Julia Ziegler ignorierte den Einwand ihres Vaters und sah ihn fragend an. „Wohin hast du sie eigentlich gebracht? Zu uns ja nicht. Obwohl ich dir den Schlüssel gegeben habe." Julia Ziegler suchte den Blick ihres Vaters, der keine Antwort gab und so tat, als ginge ihn das alles gar nichts an. Im Moment rollte er gerade den Gartenschlauch auf, als wäre dies eine vordringliche Maßnahme.

„Wo ist die Geige?“, beharrte Julia Ziegler.

„Bei der Polizei. Da dein Mann mit einer Saite stranguliert wurde, mussten sie ja unbedingt sein Instrument genauestens untersuchen. Eigentlich sollten sie dir die Violine längst zurückgegeben haben.“

„Und wo war sie vorher, bevor die Polizei sie geholt hat?“

„Bei mir, wo denn sonst?“, knurrte Radecke.

„Wo haben Sie die Geige im Haus aufbewahrt?“, bohrte Thomas nach.

„Was stellen Sie für dumme Fragen. Als ob das von Bedeutung wäre!“, fuhr Radecke ihn an.

„Ich glaube, Sie haben das Instrument gar nicht hierher gefahren, sondern nur in Ihr Auto gesteckt. Dann hatten Sie eine andere Idee und sind Ihrem Schwiegersohn zu Fuß gefolgt. In Richtung Hafen.“

„Aber es war doch dieser Krankenpfleger“, rief Julia Ziegler. „Dessen Freundin ...“ Sie redete nicht weiter. Aber Alexander Radecke tat es jetzt. „... ein Verhältnis mit deinem Mann hatte. Sag es ruhig.“

Julia Ziegler sagte nichts, aber sie blickte erwartungsvoll zu Reitinger.

„Der Krankenpfleger sagt, er habe ihn nur stranguliert. Vielleicht ist das die Wahrheit, und jemand anderer hat Ihren Mann, der vermutlich ohnmächtig war, ins Hafenbecken geworfen.“

Die junge Frau sah ihren Vater fassungslos an. „Aber du hast doch damit nichts zu tun, oder?“

Alexander Radecke bemühte sich um Selbstbeherrschung. „Natürlich nicht. Was denkst du von mir.“

„Sie haben kein Alibi für diese Zeit“, bohrte Thomas nach. „Und auch nicht für die Zeitspanne, in der Greifenstein starb.“

Alexander Radecke lachte höhnisch auf. „Ich habe sogar ein sehr gutes Alibi. Ich war bei meinen Enkelkindern.“

Julia Ziegler wurde blass: „Aber Felix hat gesagt, du warst einige Zeit weg!“

„Der Junge ist zu ängstlich. Er hat irgendwas geträumt und sich dann etwas zusammengereimt.“

„Wo warst du denn, als er dich suchte?“
„Ich war kurz im Weinkeller.“
Thomas verfolgte das Gespräch zwischen Vater und Tochter schweigend. Radecke fiel jetzt wieder auf, dass dieser lästige Journalist immer noch herumstand.
„Sie gehen jetzt bitte.“
„Ich rufe die Polizei.“
Radecke lachte höhnisch, schüttelte den Kopf und setzte einen mitleidigen Blick auf, als hätte er es mit einem Irren zu tun. „Was wollen Sie denen erzählen? Dass ich am Samstagabend eine Flasche Wein aus meinem Keller geholt habe?“
„Sie haben mit Ihrer Tochter telefoniert, die Kinder haben ihr Gute Nacht gesagt. Sie haben Ihre Enkel sicherlich vorbildlich für die Nacht versorgt ...“
„Natürlich habe ich das!“, rief Radecke ärgerlich.
„Als die Buben schliefen, sind Sie nach Falkenstein gefahren. Sie dachten sicher, für die Stunde könnten Sie die beiden allein lassen. Bei sich hatten Sie vermutlich eine Insulinspritze.“
„Lächerlich. Was sollte ich damit? Ich bin nicht an Diabetes erkrankt.“
„Aber Sie können an Insulin gelangen und Sie können damit umgehen. Sie wissen auch um seine Wirkung.“
„Es rettet meinen älteren Enkel vor dem sicheren Tod.“
„Es kann für einen anderen den sicheren Tod bedeuten.“
Jetzt verfolgte Julia Ziegler gespannt das Wortgefecht der beiden Männer.
„Ich dachte, Benjamin ist an zu viel Alkohol, vermischt mit Betäubungsmittel gestorben.“
„Und er hatte eine Einstichstelle am Oberschenkel“, erläuterte Reitinger. „Sehr geschickt gemacht, habe ich mir sagen lassen, aber eben doch sichtbar. Alkohol und Betäubungsmittel sind nämlich nachweisbar; bei Insulin ist das schwierig, das gibt es normalerweise im Körper sowieso.“
„Aber warum sollte mein Vater ...“
„Frag nicht!“, unterbrach Radecke seine Tochter. „Das ist doch alles Unsinn.“

Thomas redete unbeirrt weiter. „Ein Musiker des Orchesters Gaudeamus hat mir erzählt, dass Greifenstein ein Mann mit Gewohnheiten war. Er trank gerne nach der Probe einen guten Cognac, immer dieselbe Marke. Sie hatten diese Sorte auch in Ihrer Bar, habe ich mir sagen lassen. Aber die Polizei fand keine Cognacflasche in Ihrem Loft. Außerdem: Wieso haben Sie eigentlich Greifenstein Ihre Privatwohnung zur Verfügung gestellt, Sie mochten ihn doch nicht. Wollten Sie ihn von den anderen Musikern separieren? Haben Sie die Cognacflasche präpariert und ..."

Weiter kam Thomas nicht.

„Das könnte jeder gewesen sein!", rief Radecke dazwischen. „Jeder hat Zugang zu meinem Apartment."

„Es gehört eine gewisse Intelligenz dazu, einen solchen Plan auszutüfteln, finden Sie nicht?", fragte Thomas.

Julia Ziegler sah verzweifelt zwischen Thomas und ihrem Vater hin und her. „Das wäre ein teuflischer Plan. Du benutzt meine Kinder, um ein Alibi zu haben, damit du den Mann, der alles für mich tut, umbringen kannst."

„Ich bin der Mann, der alles für dich tut", gab Radecke kalt heraus. „Die anderen haben dich nur ausgenutzt. Ziegler wollte an dein Geld, und Greifenstein wollte sein Vergnügen."

„Du lügst!", schrie Julia Ziegler ihren Vater an. „Roman hat mich auf seine Weise geliebt, und Benjamin hätte sein Leben für mich gegeben."

„Er wollte zurück zu seiner Frau. Das hat sie mir selbst gesagt, als ich sie kürzlich in der Praxis traf."

Alexander Radecke spielte damit einen weiteren Trumpf aus. Julia Ziegler wich zurück, als hätte sie einen Schlag ins Gesicht bekommen. „Niemals hätte Benjamin mich verlassen." Sie sah zu Thomas, auffordernd, als wollte sie ihn anflehen: Bestätigen Sie mir das, bitte.

„Ich habe leider was Ähnliches gehört", sagte Thomas stattdessen.

Während Julia Ziegler der Umarmung ihres Vaters auswich und sich lieber an einem Baum festklammerte, setzte Thomas nach. „Vielleicht war das der Grund, warum er sterben musste. Er hätte Sie ebenso wenig glücklich gemacht wie Ihr Ehemann."

An Julias Mimik war zu erkennen, dass sie die Zusammenhänge verstand und auch glaubte. „Du hast meine Kinder in Gefahr gebracht, egoistisch, rücksichtslos, um einen kaltblütigen, von langer Hand geplanten Mord zu begehen."

„Du weißt offenbar immer noch nicht, dass alles, was ich tue, zu deinem Besten ist."

„Es ist nicht zu meinem Besten, dass ich jetzt allein bin", schrie Julia Ziegler.

„Du hast mich", gab er lapidar zurück. „Und ich bin der Einzige, der es wirklich gut mit dir meint. Es gibt niemanden in meinem Leben außer dir und deinen Kindern. Ich habe immer alles für euch getan, und wenn man mich lässt, werde ich das auch weiterhin tun."

Julia Ziegler wandte sich ab, kopfschüttelnd, verständnislos. „Du bist ein selbstgerechter, kalter Mann, der über andere Leute entscheidet, als wären sie Sklaven."

„Ich habe dich nie zu etwas gezwungen, aber ich habe dich immer unterstützt."

„Ja, du hast meine künstlerischen Ambitionen gefördert, weil sie dir gefallen haben. Aber du hast versucht, jeden Mann von mir fernhalten."

„Sie waren alle nichts wert."

„In deinen Augen war keiner gut genug. Du wolltest mich ganz für dich, deine Prinzessin sollte nur auf dich hören."

„Es wäre besser gewesen, als sich auf diesen nichtsnutzigen Geiger und den verlogenen Arzt einzulassen."

Alexander Radecke hatte sich wieder im Griff. Er wirkte souverän und überlegen. „Ihr entschuldigt mich. Ich kann nicht den ganzen Tag diskutieren. Ich habe zu tun."

„Ich würde gerne noch einmal auf den Mord an Greifenstein zu sprechen kommen ...", warf Thomas ein.

Aber Radecke winkte ab. „Sie gehen jetzt besser, sonst rufe ich die Polizei wegen Hausfriedensbruch."

Als Radecke im Haus verschwunden war, sah Thomas fragend zu Julia Ziegler. „Klingt das alles wirklich wie ein Hirngespinst?"

Sie schüttelte den Kopf. „Ich habe mit Benjamin in der Nacht, in der er gestorben ist, noch kurz telefoniert. Er klang volltrunken. Er sagte aber, er habe nur ein Glas Cognac gehabt. Er konnte es sich selbst nicht erklären, warum er so müde war. Offenbar war die Flasche wirklich präpariert."

„Das muss nicht Ihr Vater gewesen sein, das ist nur so eine Spekulation von mir."

„Es passt alles viel zu gut zusammen. Der Herrscher über mein Leben hat zugeschlagen und alles in die Ordnung gebracht. Dabei mussten zwei Menschen sterben, die ihm nicht genehm waren." Sie sagte es bitter.

Einen Moment schwiegen beide, dann holte Thomas sein Handy heraus und wählte Jana Meyerbeers Nummer. „Entschuldige, dass ich dich in deiner Genesungsphase störe, aber ich habe eine sehr wichtige Frage."

Die Kommissarin konnte sich erinnern, dass sie am Tag nach dem Mord an Roman Ziegler dessen Geige bei Radecke geholt hatten. Das Instrument sei noch im Wagen gelegen, sagte sie. Das habe sie gewundert, schließlich sei die Violine wertvoll.

Während Julia Ziegler neben ihm stand und fassungslos vor sich hinstarrte, erzählte Thomas der Kommissarin von seinem Verdacht. „Alles nur Spekulation. Dass er dem Schwiegersohn in Richtung Hafen gefolgt ist, und auch, dass er nachts nach Falkenstein gefahren ist. Aber ich wollte es dir wenigstens sagen."

„Danke, Thomas. Ich bin noch nicht fit, ich schicke die Kollegen."

Thomas schaltete das Handy aus und sah Julia Ziegler mitfühlend an. „Tut mir leid, aber ich musste das tun."

Julia Ziegler nickte nur.

Thomas sah nachdenklich auf das Haus, in dem Radecke verschwunden war. „Was macht Ihr Vater jetzt?"

„Ich traue ihm zu, dass er sich an seinen Schreibtisch setzt und einfach weiterarbeitet."

„Wenn er es wirklich war, dann muss ihm doch bewusst sein, dass er bald überführt werden könnte."

„Mein Vater wird sich nie festnehmen und einsperren lassen. Eher ..."

Julia Ziegler brachte ihren Gedanken nicht zu Ende. Aber Thomas verstand sie trotzdem. Schneller als er überhaupt die letzten Jahre einmal gelaufen war, rannte er ins Haus, die Treppe hoch. Er stieß jede Zimmertür auf, sah hinein, hastete weiter, er suchte hektisch und fand Radecke im Büro am Ende des Flurs am Schreibtisch sitzen. Als er auf ihn zueilen wollte, sah Radecke nur kühl hoch.

„Stören Sie mich nicht bei der Arbeit."

Thomas mochte nicht glauben, dass der Mann jetzt einfach so tat, als wäre nichts passiert. „Ich habe die Polizei informiert, Herr Radecke."

„Ich habe meinen Anwalt angerufen. Er wird Sie wegen übler Nachrede oder dergleichen vor Gericht bringen."

Thomas wollte langsam näher kommen, aber Radecke sah ihn wütend an. „Bleiben Sie, wo Sie sind. Oder noch besser: Verschwinden Sie."

„Ich glaube, Ihnen ist noch nicht klar, wie ernst Ihre Lage ist."

Hinter Thomas kam nun Julia Ziegler leise ins Zimmer. Sie sah angespannt zu ihrem Vater, der auf seinem Chefsessel saß, als würde er von hier aus nicht nur eine Firma, sondern die Welt beherrschen.

„Ich gehe nicht ins Gefängnis", sagte Radecke kalt.

„Papa, bitte ...", flüsterte Julia Ziegler und starrte auf den Schreibtisch. Thomas bemerkte ihren Blick und sah, was ihre Aufmerksamkeit auf sich gezogen hatte: ein Dolch.

„Ich habe immer nur dein Bestes gewollt." Radecke ignorierte Thomas vollkommen und wandte sich an seine Tochter.

„Aber du kannst dabei doch nicht so weit gehen, jemanden umzubringen."

„Lieber ein Ende mit Schrecken ..."

Während Radecke vollkommen auf Julia fixiert war und sie mit Gemeinplätzen von seiner edlen Absicht zu überzeugen versuchte, pirschte Thomas sich seitlich heran. Julia Ziegler hatte doch selbst vorher angedeutet, dass ihr Vater sich eher umbringen würde, als ins Gefängnis zu gehen; das würde er verhindern.

„Du konntest es einfach nicht ertragen, dass deine Prinzessin sich abgenabelt hat, dass es andere Männer in ihrem Leben gab."

„Du hast dich aufgegeben für deine Männer."
„So wie Mama für dich."
Radecke sprang wütend auf.
Jetzt nimmt er den Dolch, dachte Thomas und machte einen großen Satz nach vorn. Er schlitterte über den Schreibtisch, die Papiere flatterten in alle Richtungen, der Dolch fiel zu Boden, während Radecke irritiert zurückwich. „Au", schrie Thomas, als er vom Schreibtisch fiel und mit der Stirn gegen den Heizkörper schlug. Julia Ziegler eilte unterdessen herbei und hob den Dolch auf.
„Was soll das?", rief Radecke verärgert.
„Der Dolch", ächzte Thomas nur und hielt sich den Kopf.
Julia Ziegler hielt ihm das Teil unter die Nase. „Es ist nur ein Brieföffner."
Radecke stimmte ein höhnisches Gelächter an. „Sie glauben doch nicht, dass ich freiwillig abtrete?"
Thomas wurde rot, so peinlich war ihm die Sache.
Julia Ziegler aber betrachtete ihn mitfühlend. „Ich habe auch geglaubt, er will sich was antun", flüsterte sie, während Radecke sich weiter über den dummen Journalisten lustig machte.
Durch das Fenster sah Thomas, dass unten bereits die Polizei vorfuhr; und er spürte, wie ihm seitlich an der Stirn eine schmerzende Beule wuchs.

Thomas gab seinen Artikel dem Kollegen Krakowski zum Gegenlesen. Der musterte ihn fragend. „Was hast da am Kopf?"
„Hab ich mir angehauen." Thomas fasste sich instinktiv an die schmerzende Beule.
„Lass mich raten", grinste Krakowski. „Du hast Radecke die Wahrheit ins Gesicht gesagt, er hat dich mit einer Waffe bedroht, du hast dich auf ihn gestürzt. Beim Ringkampf hat er dich verletzt, aber du hast gewonnen."
„So ähnlich."
Der Kollege lachte laut wie über einen guten Witz. Dann wandte er sich dem Artikel zu, überflog ihn: „Wie bist du auf die Idee gekommen, dass Radecke die Geige gar nicht nach Hause gefahren hat?"

Thomas wollte fast die Wahrheit sagen: Dass er sich auskenne mit dem Transport von Geigen, dass er die Geige Volkmanns bei sich gehabt habe, erst im Auto, dann im Haus. Er konnte sich einfach gut vorstellen, dass man das Instrument im Kofferraum vergisst. Aber er wollte nicht von Volkmann erzählen, immerhin hatte er einem Verdächtigen geholfen. „Ich fahre so allerhand tagelang in meinem Auto rum. Ich kenne das."

„Aber so ein Instrument ist doch teuer und für einen Musiker heilig."

„Radecke war mit seinen Gedanken in dieser Zeit sicherlich anderswo. Dass seinem Schwiegersohn die Geige wichtiger war als seine Frau und die Kinder, das hat er sowieso nicht verstehen können."

Gerade kam der Feuilletonredakteur zur Tür herein. „Gratuliere, Reitinger! Der Kollege Aschenbrenner wird stinksauer sein, wenn er nächste Woche aus dem Urlaub zurückkommt und der Fall ist geklärt, ohne dass er darüber berichten durfte."

„Ich glaube, das ist für alle besser außer für den Aschenbrenner", meinte Krakowski. „Der hätte mit Spekulationen und Vermutungen tagelang um sich geworfen, so dass ganz Regensburg nur noch aus Verdächtigen bestanden hätte."

„Ich bin auch froh, dass es vorbei ist", gestand Thomas.

Leisner las auf dem Bildschirm den Artikel. „Ganz schön heftig, wenn der Radecke wirklich den Mann und den Liebhaber seiner Tochter umgebracht hat."

„Gestanden hat er's mir ja nicht", sagte Thomas. „Aber ich glaube, das ist nur noch eine Frage der Zeit – und Sache der Kripo."

„Geige im Kofferraum ...", las Leisner halblaut den Artikel.

„Du hast mich auf die Idee gebracht", erzählte Reitinger. „Radecke war bei seiner eigenen Feier einige Zeit nicht da. Aber er hat die Geige gar nicht heimgefahren, sondern ins Auto gelegt. Ich bin sicher, dann ist er Ziegler gefolgt."

„Ist der Feuilletonredakteur doch für was gut", grinste Leisner und wollte schon gehen.

„Ich habe noch eine Frage", hielt Thomas ihn auf. „Wenn du einen Mitarbeiter brauchst ..."

„Willst ins Feuilleton wechseln?"

Andrea Kriegler, die im Hintergrund saß, kicherte.

„Ich hab an Leo Volkmann gedacht, wenn die ganze Sache vorbei und er nicht mehr verdächtig ist."

Leisner zögerte einen Moment, dann nickte er. „Er könnte mal mit kleineren Sachen anfangen, mit Schulkonzerten vielleicht. Über die ehemaligen Kollegen lasse ich diese verkrachte Existenz lieber nicht schreiben."

Damit ging er. Die Praktikantin sah ihm verärgert nach. „Ich darf gar nicht über Musik schreiben, nur über Vorträge, zu denen keiner von den freien Mitarbeitern gehen will. Heute muss ich zu irgendeinem christlich-muslimischen Dialog. Das dauert bestimmt Stunden, ich bringe hundert Zeilen, und er macht dreißig draus."

Jeder wusste, dass es wohl so kommen würde, deshalb wollte keiner etwas dazu sagen. Aber Thomas erinnerte sich, dass seine Mutter zu dieser Veranstaltung gehen wollte. Hoffentlich diskutierte sie mit dem Referenten nicht das Bild des Türken in der Mozart-Oper.

Krakowski war inzwischen mit dem Gegenlesen des Artikels fertig. „Mit Affekt oder verminderter Zurechnungsfähigkeit braucht der Radecke nicht zu rechnen, wenn das alles so war, wie du vermutest."

„Ein bisschen unzurechnungsfähig fand ich den Typen schon. Neureich, arrogant, selbstherrlich. Er dachte, ohne Männer wäre seine Tochter glücklicher und würde wieder anfangen zu malen."

„Bin ich froh, dass die Eltern meiner neuen Freundin weit weg wohnen", grinste Krakowski. „Die denken auch, ich mache ihre Tochter nicht glücklich."

Thomas überlegte, wann er seine Schwiegereltern zuletzt gesehen hatte – und ob er deren Tochter jemals glücklich gemacht hatte. Er nahm sich fest vor, es in Zukunft besser zu machen, wenn er die Chance dazu bekam.

Thomas rief seine Frau an, als er mit der Arbeit fertig war.

„Ich habe noch einen Abendtermin", sagte sie.

„Dann fährst du sicherlich noch einmal zu Julia Ziegler“, vermutete er.

„Nein, sie hat heute Besuch von einer Freundin, die auch die ganze Nacht bleibt.“

„Wie lange dauert denn dein Termin?“

„Das kann spät werden“, seufzte Lisa.

Einen Moment schwiegen sie beide. Thomas hoffte, sie würde ihn auffordern, in der gemeinsamen Wohnung auf ihn zu warten.

„Willst du mir vielleicht noch was sagen?“, fragte sie schließlich.

„Du bist mir nicht ganz unsympathisch“, sagte Thomas und kam sich für einen Moment sehr witzig vor.

10. Kapitel

Nachts hörte Thomas ein Klopfen. Oder ein Klacken. Er öffnete die Augen, der Schein des Mondes ermöglichte es ihm, sich zu orientieren. Ja, er war wieder in Helmering. Aber was waren das für Geräusche? Plötzliche klirrte die Scheibe, Thomas saß alarmiert im Bett.

Vorsichtig näherte er seinen Kopf dem Fenster, schob den Vorhang ein kleines Stück zur Seite, sah zunächst das kreisrunde Loch in der Scheibe, den nicht allzu großen, aber spitzen Stein auf dem Fensterbrett. Dann lugte er hinaus auf die Straße, blieb aber in Deckung.

„Hab ich was kaputt gemacht? Das tut mir leid“, rief Lisa leise von unten, „das wollte ich nicht.“

Thomas verließ mit dem Kopf seine Deckung, öffnete das Fenster. „Warum hast du nicht geklingelt?“

„Das habe ich auch schon versucht, aber du bist ja nicht wach geworden.“

Thomas ging die Treppe hinunter und sperrte die Haustür auf. Lisa kam herein, schmiegte sich an ihn, küsste ihn. „Ist das Fenster wirklich kaputt?"

„Nicht so schlimm. Ich bin nur erst mal erschrocken."

„Ich wollte dich überraschen."

„Das ist dir gelungen."

Thomas rechnete eigentlich mit einem ironischen Kommentar, als er mit Lisa in sein Jugendzimmer kam. Die Poster an der Wand, die Möbel von damals, aber Lisa hatte nur Augen für ihn.

„Romantisch, so ein schmales Bett", bemerkte sie noch.

„Ich muss erst mittags ins Büro", murmelte Reitinger.

„Und ich mach blau", sagte seine Frau.

Das hatte er noch nie von ihr gehört.

Es hätte ein so schöner Morgen werden können, aber es kam anders. Thomas wurde unsanft von Lisa geweckt, die an seiner Schulter rüttelte.

„Thomas, hörst du das? Jetzt sind wirklich Einbrecher im Haus!"

Reitinger grunzte und wollte noch ein bisschen weiterschlafen, aber da hörte er es auch. Jemand klapperte unten mit Geschirr!

„Musst noch kein Frühstück machen, Lisa", murmelte er.

Lisa rüttelte ihn wieder. „Ich bin doch da und mache überhaupt keinen Lärm!"

Schlagartig öffnete Thomas die Augen und setzte sich schnell auf, wie schon einmal in der Nacht. Irgendjemand schien die untere Etage des Hauses auszuräumen. Anders waren diese Geräusche nicht zu deuten.

„Ich geh nachschauen", sagte Thomas und schlüpfte in seine Hose.

Eigentlich wollte er unbemerkt die Treppe hinunterkommen und den Eindringling stellen. Doch bereits die erste Stufe knarrte.

„Komm nur runter", hörte er die Stimme seiner Mutter. „Damit ich dir die Leviten lesen kann, du nichtsnutziger Bub."

Thomas drehte sich um, sah Lisa an und verdrehte genervt die Augen.

„Wird wohl nichts aus dem schönen Vormittag."

Thomas schüttelte traurig den Kopf.

„Dann kann ich eigentlich auch zur Arbeit gehen", meinte Lisa enttäuscht.

Sie gab Thomas einen Kuss. „Abends bei uns?"

„Wenn sie mich am Leben lässt, dann komm ich gern."

Therese Reitinger stand in der Küche, die Hände in die Hüften gestemmt sah sie ihrem Sohn wütend entgegen. „Wie im Saustall schaut's hier aus! Schlimmer!" Sie zeigte anklagend auf das ungespülte Geschirr, dann wies sie demonstrativ auf ein altes Stück Brot, das sie auf dem Tisch drapiert hatte. „Aber Bier ist genug da; und das steht auch noch im Wohnzimmer, damit jeder Besucher gleich sehen kann, was mein Sohn für einer ist."

Thomas wollte etwas sagen, aber sie ließ ihn nicht ausreden. Mit dem Zeigefinger fuhr sie über die Schrankoberkante.

„Dreck, Staub, Flusen überall. Und dann der Garten! Verkommen, zugewachsen, eine Schande ist das! Ich trau mich kaum in den Ort zu gehen. Was die Leute denken. Das Grab! Immer noch die Blumen vom Winter drauf. Was bin ich froh, dass mich die Lauberin angerufen hat."

Aha, daher wehte der Wind. Die Ratschn vom Friedhof hatte die Mutter verständigt. „Schämst du dich denn gar nicht?"

Jetzt reichte es sogar dem Reitinger. „Hörst endlich auf, mit mir rumzuschimpfen? Ich wohne hier und wie ich das mache, das ist ganz allein meine Sache."

„Es ist immer noch mein Haus, noch waren wir nicht beim Notar!"

„Dann behalte doch dein blödes Haus, und ich zieh wieder weg. Kannst sehen, wem du die alte Hütte verkaufst oder vermietest und ob du dann immer noch kontrollieren kannst, ob sie auch so viel Staub wischen wie du."

Therese Reitinger blieb die Luft weg. Wie redete denn der Bub mit ihr?

Thomas setzte unterdessen Kaffee auf. H-Milch war noch da, das wusste er.

„Aber es verkommt doch alles!", rief die Mutter.

„Es ist bloß nicht mehr so perfekt wie zu deiner Zeit – das kann und will ich auch nicht."

„Die Leute reden drüber."

„Die Lauberin halt. Wenn du auf die alte Schachtel hörst ..."

„Du, ich glaub, die ist zwei Jahre jünger als ich."

Thomas füllte Kaffeepulver in den Filter, dann fiel ihm etwas ein. „Wie kommst du eigentlich hier herein?"

„Liegt doch immer noch der Schlüssel im Blumentopf auf der Terrasse."

„Schämst du dich nicht, dass du einfach so in ein fremdes Haus gehst und kontrollierst, ob alles so ist, wie du das willst?"

„Mir gehört's!"

Wir drehen uns im Kreis, dachte Thomas. Aber da kann man sowieso nicht argumentieren, weil sie immer denkt, dass sie im Recht ist. Doch dieses Mal lasse ich mir nichts gefallen.

Als er gerade wieder kontern wollte, hörte man erneut die Stufen knarren. Therese Reitinger erstarrte. „Du hast Besuch."

„Lisa ist da."

„Da hast du vorher nicht ein bisserl sauber gemacht, damit es ihr nicht so graust?"

„Sie ist wegen mir gekommen, nicht wegen dem Staubsauger."

Therese sah sich um. „Ich tät mich hier nicht wohlfühlen", sagte sie mehr für sich, denn sie fürchtete, dass Thomas ihr gleich widersprechen würde. Das hatte er früher nie getan. Ähnlich wie sein Vater hatte er immer auf Durchzug gestellt, wenn sie mal richtig loslegte mit dem Schimpfen. Genutzt hatte es selten was, aber für sie war es erleichternd gewesen, ihrem Ärger Luft zu machen.

„Guten Morgen, Therese", flötete Lisa und zeigte ihr schönstes Lächeln.

„Ja, grüß dich", stotterte die Reitingerin etwas irritiert. „Du wohnst also jetzt auch hier."

„Ein spontaner Besuch auf dem Land." Dann wandte sich Lisa an Thomas. „Ich geh unter die Dusche."

„Mo-ment", mischte sich die Reitingerin ein. „Ich wisch noch schnell die Wanne und den Boden und hol dir frische Handtücher."

„So dreckig ist es nun auch wieder nicht“, grantelte ihr Sohn. „Und frische Handtücher sind genug im Schrank.“

„Danke, ich finde schon alles“, sagte Lisa und wollte gehen. Da drückte ihr Thomas eine Tasse schwarzen Kaffee in die Hand.

„Danke“, lächelte Lisa und gab ihm einen Kuss, der etwas länger dauerte.

Therese Reitinger wischte unterdessen die Anrichte ab. „Was will's denn mit dem Kaffee in der Dusche“, brummelte sie.

„Lisa nimmt ihre erste Tasse Kaffee meistens im Bad“, erklärte Thomas. „Magst auch einen? Kannst dir ja die Tassen vorher genauer ansehen, ob sie auch wirklich sauber sind.“

Therese Reitinger ging hinaus in den Garten, während Thomas in aller Ruhe Kaffee trank und sich von seiner Frau verabschiedete.

„Ich war sehr beeindruckt, wie gut du dich wehren kannst“, lächelte Lisa. „Eine interessante Perspektive für zukünftige Diskussionen.“

„Wir haben doch nie viel gestritten.“

„Weil du immer ausgewichen bist.“

„Soll ich dagegenhalten?“

„Ich bitte darum.“

Lisa nahm ihre Tasche und wollte schon gehen. Dann wandte sie sich noch einmal um. „Du kommst also nach der Arbeit?“

Er nickte. Lisa lächelte, gab ihm einen Kuss und ging.

Thomas ignorierte seine Mutter, so gut er konnte. Er duschte, zog sich an, packte ein paar Kleidungsstücke ein, denn er ging davon aus, dass er die nächsten Nächte auf alle Fälle in Regensburg verbringen würde. Er war gerade fertig, als die Mutter aus dem Garten hereinkam. „Ein bisserl was hast ja doch gemacht.“

„Hab ich dir doch erzählt.“

„Aber es reicht nicht.“

„Setz dich hin, Mutter.“

Therese Reitinger setzte sich tatsächlich, ohne vorher den Stuhl zu inspizieren.

„Ich hab nicht genug Zeit fürs Haus, den Garten, das Grab. Zumindest nicht, wenn ich's so perfekt machen soll wie du.“

„Ich hab immer nur das Allernötigste gemacht."

„Das seh ich anders, Mutter. Ich kann und will das nicht so haben. Das wird mir alles zu viel."

„Du ziehst ja sowieso zur Lisa zurück, wenn ich das richtig seh."

„Darüber haben wir noch gar nicht geredet. Aber wenn es so ist, dann solltest du dich freuen."

„Ich zieh nicht mehr raus nach Helmering."

„Dann müssen wir gemeinsam überlegen, was wir mit dem Haus machen."

Therese Reitinger stand auf. „Ich geh jetzt zum Gärtner, Blumen fürs Grab kaufen. Und dann mach ich das ordentlich."

„Einen Moment noch."

Sie wandte sich um, sah ihn fragend an. Thomas bemühte sich, dass sie die Wut in seiner Stimme nicht ganz so spürte, aber sie zitterte doch, als er ihr klar sagte: „Dass du einfach hier reinkommst und so tust, als wäre das alles immer noch deins, das passt mir nicht."

Die Reitingerin wollte etwas sagen, aber Thomas ließ sie nicht zu Wort kommen. „Das bin ich nicht gewöhnt von dir und so will ich das auch nicht haben. Mach das nie wieder!"

„Aber man muss sich doch schämen, wenn ..."

„Du musst dich nicht für mich schämen, Mutter. Wenn's da was zu schämen gibt, dann mach ich das ganz allein."

Damit nahm er seine Tasche und ging.

Thomas holte sich schnell beim Bäcker zwei frische Semmeln und wollte schon in sein Auto steigen, als Doktor Wachter auf seinem Fahrrad vorbeikam und ihm zuwinkte.

„Schöne Geschichte in der Zeitung über den Brand."

„Deine Frau hat mir ja auch eine schöne Steilvorlage gegeben. Ein Geständnis von einem Sterbenden, besser kann man's ja nicht erwischen."

Wachter sah sich um, ob ihnen jemand zuhörte, dann dämpfte er seine Stimme. „Wahrscheinlich hätte es den ganzen Zirkus gar nicht gebraucht."

Thomas sah ihn fragend an.

Richard Wachter grinste schief. „Ich hab mich gestern bei einem Bekannten erkundigt, der arbeitet bei einer Versicherung. Ich hab ihn gefragt, was denn wäre, wenn eines meiner Kinder mein Haus aus Versehen anzündet. Und was wäre, wenn's ein Fremder täte, was dann passiert."

„Wenn's Absicht ist, zahlt doch bestimmt keine Versicherung. Bei Fahrlässigkeit wahrscheinlich auch nicht."

„Er sagt, das ist anders. Sie würden in beiden Fällen zahlen müssen. Wenn das Kind das Haus beim Spielen mit dem Feuer ansteckt und auch wenn ein Fremder eine Kippe wegwirft."

Einen Moment waren sie still und schauten sich nur an. Jetzt sah Thomas sich um, ob ihnen niemand zuhörte. „Die Versicherung vom Gerber hätte bezahlt, auch wenn's der eigene Bub war?"

„Anscheinend schon. Zumindest wenn er die richtige Versicherung abgeschlossen hat."

„Das ganze Theater mit dem sterbenden Fritz hätte es gar nicht gebraucht?"

„Vermutlich nicht."

„Vielleicht hätten wir vorher fragen sollen und dann erst lügen."

Sie wechselten schnell das Thema, weil Hans Neubauer auf sie zukam.

„Wann schreibst was über den TSV Helmering und den Aufstieg?"

„Jetzt hab ich Zeit, jetzt mach ich's", antwortete Thomas.

„Nach dem Heimspiel am nächsten Sonntag gibt's Freibier."

„Bis dahin ist die Geschichte auch im Kasten."

„Auf dich kann man sich verlassen, ja, verlassen kann man sich", strahlte der Neubauer und klopfte Thomas auf die Schulter. Dann hob er die Zeitung, die er in der anderen Hand hielt. „Einen Kriminalfall hast auch wieder gelöst."

„Ganz so wild war's nicht."

„Dass der Golf-Radecke einfach zwei Leute umbringt, wer versteht denn das? So ein reicher Mann, der hat doch alles, was er will."

Wachter schaltete sich ein. „Ich hab den mal kennengelernt bei einem Golf-Schnupperkurs für Ärzte. Ein unangenehmer Mensch.

Er erzählte stundenlang davon, wie er es fast aus dem Nichts zu etwas gebracht hat. Seine Firma, sein Umsatz, und dass er seinen Angestellten Führung und Orientierung gibt."

„Ich kann mir vorstellen, was das heißt", brummte Thomas.

„In der Zeitung steht, für seine Familie habe er alles getan", berichtete Neubauer.

„Zum Beispiel den Mann der Tochter umgebracht", meinte Wachter.

„Der entscheidende Hinweis an die Polizei kam von einem Redakteur unseres Hauses", zitierte Neubauer und sah Thomas stolz an.

„Naja, ein Hinweis halt", wiegelte Thomas ab.

„Zu bescheiden bist, Thomas. Deshalb wirst nie was anderes werden als ein netter Kerl."

Hans Neubauer ging weiter, Wachter lachte laut auf. „Netter Kerl heißt so viel wie gutmütiger Trottel. Aber er hat schon Recht, der Neubauer. Du bist nicht blöd und ein guter Journalist bist du auch. Aber wenn's dir beruflich reicht, so wie es ist ... Servus."

Richard Wachter schwang sich auf sein Fahrrad und fuhr weg. Thomas aber stand da und ärgerte sich. Mussten ihm eigentlich alle sagen, was er noch aus sich machen sollte? Der Herr Landarzt war ja auch kein Professor Sauerbruch geworden. Da sah er seine Mutter vom Friedhof kommen. Zögernd ging sie auf ihren Sohn zu.

„Vielleicht hab ich's doch ein bisserl übertrieben", sagte sie.

„Ich nehme das jetzt als Entschuldigung."

„Ich habe grade die Lauberin getroffen, die hat gesagt ..."

„... dass ich das Grab nicht gegossen hab", ergänzte Thomas verärgert.

„Nein, sie hat mir erzählt, dass ein Neffe von ihr hier ein Haus sucht. Der ist aus Norddeutschland und zieht jetzt runter, weil er in Regensburg Arbeit gefunden hat. Kasten heißt er oder so."

„Karsten. Der war mit dem Bertl am Stammtisch."

„Vielleicht ... wenn du nicht mehr hier wohnen magst ..."

„Müssen wir das heute besprechen? Ich habe wirklich ein paar harte Tage hinter mir", meinte Thomas.

„Ich hab's schon gelesen von den beiden Morden", antwortete Therese Reitinger, und der Stolz in ihrer Stimme war nicht zu überhören. „Du hast der Polizei sehr geholfen."

Thomas wollte wieder erklären, dass er nur der Journalist sei, aber dann entschied er sich anders. „Stimmt, auf den Radecke bin ich gekommen." Auf einmal war er selbst ganz stolz auf sich.

„Bub?", sagte die Mutter unsicher, als er ins Auto einsteigen wollte.

Thomas sah sie fragend an.

„Dass die Lisa und du, dass ihr euch wieder vertragt, das freut mich."

„Mich auch, Mutter."

In der Redaktion herrschte Alltag. Melanie gab gerade ihren Bericht zum Vortrag über den christlich-muslimischen Dialog bei Andrea Kriegler ab. „War's spannend?", fragte die Redakteurin.

„Der Vortrag nicht, aber die anschließende Diskussion", grinste Melanie und sah dezidiert zu Thomas Reitinger, der so tat, als ob er diesen Blick gar nicht bemerke.

„War seine Mutter wieder da?", lachte Krakowski.

„Sie hat viele Fragen gestellt, die der Referent nicht unbedingt beantworten konnte."

„Sie hat ihn bestimmt fast in den Wahnsinn getrieben."

„Sei froh, dass deine Mutter so viel unternimmt", hielt Andrea Kriegler dagegen. „Meine ruft jeden Abend an und will, dass ich sie besuche."

Meine besucht mich in aller Frühe, dachte Thomas.

„Ich hätte ein anderes Thema für dich. Ein Hobbybratscher, im Hauptberuf Eisenbahner, ein ganz ein netter Kerl, ist Vereinsvorsitzender von dem Laienorchester ..."

Melanies Gesicht wurde immer länger, die Kollegen lachten.

„Dann doch lieber Volkshochschulkurs, oder?"

„Man kann aus jeder Geschichte ...", fing Thomas an.

„... eine gute Story machen, ich weiß", seufzte Melanie.

„Übrigens, die Meyerbeer hat angerufen, sie ist aus dem Krankenhaus entlassen", fiel plötzlich Krakowski ein und er grinste.

Thomas konnte sich der allgemeinen Spekulation über sein Privatleben entziehen: Er wurde zum Chef gerufen.

„In Ihnen steckt deutlich mehr als Sie auf Anhieb erkennen lassen."

„Danke."

„Wollen Sie eigentlich ewig im Sport bleiben?"

Thomas war überrascht. „Darüber habe ich noch nicht nachgedacht."

„Sollten Sie aber. Allmählich glaube ich, Sie wären im Lokalen besser aufgehoben - vielleicht auch in einer besonderen Position."

Thomas sagte gar nichts, aber das fiel nicht so auf, denn der Chef war noch nicht fertig.

„Vielleicht nicht gleich, aber bei der anstehenden Umstrukturierung könnten wir auch die Aufgaben neu verteilen und Ihre Talente besser nutzen."

„Lust auf was Neues hätte ich schon", platzte es aus Thomas heraus.

„Das ist doch ein Wort", freute sich sein Chef und klopfte ihm auf die Schulter.

Thomas wollte am Abend gerade die Redaktion verlassen, als sein Telefon klingelte.

„Hier Lisa, ich habe ein Problem."

Sie hat es sich anders überlegt, dachte Thomas sofort. Sie will nicht, dass ich bei ihr übernachte, das geht ihr jetzt alles zu schnell.

„Julia Ziegler hat mich gebeten, heute noch vorbeizukommen. Sie kann im Moment nicht gut allein sein."

Er schwieg.

„Schade um den schönen Abend", sagte Lisa leise.

„Ja", murmelte er.

„Aber wir haben doch noch viele vor uns."

„Hoffentlich."

Die Kollegen waren auffallend still geworden. Sie horchten zu, warfen sich amüsierte Blicke zu.

Frank Krakowski begann zu singen: „I just called to say I love you".

Andrea und Melanie fielen ein, bis Hubert Leisner fragend seinen Kopf zur Tür hereinsteckte.

„Wir machen Musik, das ist was fürs Feuilleton", rief Krakowski.

„Das ist was für die Polizei, man nennt es Lärmbelästigung", antwortete Leisner.

„Kann man denn hier nicht mal in Ruhe telefonieren?", schrie Thomas in den Raum.

Augenblicklich waren alle still und starrten ihn erstaunt an.

„Jetzt bin ich wieder da", sagte er ins Telefon.

„Warst das du?", fragte Lisa, und es klang erstaunt und beeindruckt zugleich.

„Nett verstehen sie nicht", knurrte Thomas mit Blick auf die Kollegen, die nun alle scherzhaft den Zeigefinger auf den Mund legten, „pst!" machten und sich gespielt ängstlich ansahen.

„Julia Ziegler hat gefragt, ob du mitkommen willst."

„Ausgerechnet ich?"

„Sie mag dich eben."

„Holst du mich ab?"

„Zehn Minuten."

Thomas legte auf und sah wütend in die Runde. „Kennt ihr das Wort Privatsphäre oder soll ich's buchstabieren?"

„Nein, Herr Kommissar, vielen Dank, Herr Kommissar", salutierte Frank Krakowski, und Thomas fand den Kollegen nicht mehr ganz so sympathisch wie noch vor ein paar Tagen.

Das Wohnzimmer sah etwas anders aus als bei seinem letzten Besuch, das merkte Thomas sofort. Zwar dominierte immer noch der Flügel den Raum, aber die Noten waren weitgehend aus den Regalen verschwunden, dafür standen Fotos von den Kindern da. Kein Bild von einem der drei Männer, die ihr Leben die letzten Jahre so entscheidend geprägt hatten. Dafür lehnte an der Wand ein Gemälde: groß, knallige Farben, fast abstrakt, aber als Silhouette glaubte Thomas doch Häuser, den Dom, die Steinerne Brücke zu erkennen.

„Von Ihnen?"

Julia Ziegler nickte: „Der Blick von Stadtamhof auf die Stadt. Ich habe das Bild noch während des Studiums gemalt, eine Übung sozusagen, ich hatte mich gerade damit beschäftigt, wo die Grenze zwischen abstrakt und konkret verläuft."

Lisa nickte, Thomas aber hielt sich lieber zurück.

Julia Ziegler wurde etwas unsicher. „Ihr wohnt doch dort. Ich wollte es euch schenken."

Lisa fiel ihr spontan um den Hals. „Ich freue mich total. Das ist fast der Blick aus unserem Fenster auf die Stadt."

„Dann passt es ja."

„Du wirst also in Zukunft wieder malen."

„Ich weiß es noch nicht." Dann wandte sich Julia Ziegler an Thomas: „Danke für Ihre diskrete Berichterstattung. Ich habe sehr wohl bemerkt, dass Sie ein paar Details ausgelassen haben, zum Beispiel meine Beziehung zu Benjamin Greifenstein."

„Manche Sachen gehen eben keinen was an."

Während des Essens schwiegen sie die meiste Zeit. Julia Ziegler eröffnete das Gespräch, indem sie sich an Thomas wandte.

„Ich wäre nie darauf gekommen, dass mein Vater so etwas tun könnte. Aber als Sie die beiden Abende skizzierten, da dachte ich: Ich muss blind gewesen sein."

„Ich finde es normal, dass man Menschen, die man liebt, so etwas nicht zutraut."

„Mein Vater mochte Roman noch nie. Aber als er erfuhr, dass mein Mann mich betrog, da begann er ihn zu hassen."

„Und letztlich hasste er Greifenstein aus demselben Grund: Er war dabei, Ihnen weh zu tun. Ihr Vater wollte Ihnen die Demütigung ersparen, von ihm verlassen zu werden", ergänzte Thomas. „Und bei all dem wollte er vermutlich nur Ihr Bestes."

Julia Ziegler nickte: „Das war schon immer so. Aber es wurde schlimmer, als meine Mutter vor ein paar Jahren starb."

Schweigend aßen sie zu Ende.

„Zu viele Männer, die mein Leben bestimmt haben. Das wird mir hoffentlich so schnell nicht wieder passieren", sagte Julia Ziegler gespielt munter. Dann aber brach sie in Tränen aus.

„Eine sehr harte Zeit für deine Freundin", bemerkte Thomas, als sie in Stadtamhof aus dem Wagen stiegen. Lisa nahm seine Hand und ging mit ihm die Häuserzeile entlang.

„So anstrengend das ist, ich glaube, die Kinder geben ihr auch Kraft", sagte Lisa.

Sie waren schon fast an der Tür, als Thomas das Bild einfiel. Er ging zurück zum Wagen, holte das Gemälde, das in eine Decke eingeschlagen war, aus dem Auto. Lisa war ihm gefolgt. Gemeinsam gingen sie zur Steinernen Brücke, suchten sich einen einigermaßen erleuchteten Punkt, an dem sie das Bild sehen und zugleich die Stadt betrachten konnten.

„Da, das ist bestimmt der Salzstadel", sagte Lisa und zeigte auf einen Punkt auf dem Kunstwerk.

„Dann soll das der Dom sein", brummte Thomas und deutete auf eine andere Stelle.

Lisa stupste ihn. „Das war aber jetzt überhaupt nicht schwer."

„Finde ich schon."

„Gar nicht, du hast einfach auf das höchste Bauwerk gezeigt."

„Aber auf dem Gemälde ist er blau."

„Ja, weil's Kunst ist."

„Hoffentlich muss ich nie ins Feuilleton", seufzte Thomas.

Auf dem Heimweg kamen ihnen zwei Betrunkene entgegen, die Thomas anpöbelten.

„Was hast denn da? Ein Buidl?"

Thomas wich ihnen aus, doch sie folgten ihnen, frotzelten über das Gemälde, über die mittelalten Verliebten, die da Hand in Hand gingen.

„Könntest du sie nicht mal so anschreien wie deine Mutter, vielleicht verschwinden sie dann", schlug Lisa vor.

„Hat dir das gefallen?"

„Es hat mir gefallen, dass du dir nicht alles gefallen lässt. Und heute in der Redaktion hast du ja auch mal auf den Tisch gehauen."

Thomas drehte sich blitzschnell herum. „Verzupft's euch, ihr Deppen", schrie er. „Und lasst uns in Ruh."

Der eine der beiden Männer zuckte erschrocken zusammen, der andere fühlte sich provoziert.

„Magst Ärger?"

„Schaun mer mal, wer Ärger kriegt, da vorn ist die Polizei", blaffte Thomas und ging aggressiv zwei Schritte auf den Mann zu, der nicht mehr ganz sicher auf den Beinen war.

Der eine war schon unauffällig umgekehrt und ging in eine andere Richtung, der andere bemerkte das erst jetzt. „He, wart, du Feigling", rief er und folgte ihm taumelnd.

„Du bist eben doch ein Held", sagte Lisa. Sollte sie es ironisch gemeint haben, so fiel es Thomas an diesem Abend nicht auf.

„Hängst du das Bild morgen auf?", fragte Lisa, als sie gemeinsam die Treppen hochgingen.

„Wenn du mir sagst wohin."

„Wirst doch selber wissen, wo es dir am besten gefällt."

Thomas überlegte. „Ich würde es ins Wohnzimmer hängen. Aus dem Fenster sieht man den echten Blick auf die Altstadt und wenn man sich zur Seite dreht, dann hängt über dem Kanapee der blaue Dom."

Lisa sperrte die Tür auf, Thomas trug das Bild hinein, stellte es im Flur ab und nahm seine Frau in die Arme.

„Willkommen daheim", flüsterte Lisa.

Reitingers erster Fall

Lotte Kinskofer: Heimvorteil
Oberpfalzkrimi
192 Seiten, Paperback
Originalausgabe 2007, 2. Auflage Februar 2008
ISBN 978-3-935263-46-7 / 11,00 EUR

Der Regensburger Sportjournalist Thomas Reitinger kehrt in seinen oberpfälzischen Heimatort zurück. Eigentlich will er nur seine Mutter besuchen, wird aber von den Ereignissen in dem doch sonst so beschaulichen Dorf überrumpelt: Der Fußballtrainer des heimischen Sportvereins wurde umgebracht. War er zu ehrgeizig, hat er seine jugendlichen Spieler mit Dopingmitteln versorgt? Oder ist er Opfer dörflicher Intrigen und heimlicher Leidenschaften geworden? Thomas kennt sich hier aus, er soll bleiben und über den Fall berichten, sagt sein Chefredakteur. Seiner Frau ist es nur recht, die geht in Regensburg eigenen Interessen nach. Und Thomas entdeckt nicht nur die Abgründe seines Heimatdorfes, das er als Jugendlicher verlassen hat, sondern findet auch seine erste Liebe Kati wieder. Dumm nur, dass ihre Familie in den Fall verwickelt sein könnte ...

Wien Krimi von Robert Pucher

Robert Pucher: Katerfrühstück
Wien Krimi
240 Seiten, Paperback
Originalausgabe 2006, 3. Auflage Juli 2008
ISBN 978-3-935263-39-9 / 12,00 EUR

Nach einer durchzechten Nacht eine Leiche in seiner Badewanne zu finden, ist schon schlimm genug. Aber nur kurze Zeit später entdeckt der erfolglose, an der Welt verzweifelnde Wiener Schriftsteller Daniel Reichenbach auch noch eine abgesägte Hand am Kahlenberg. Und das ist noch nicht das Ende des Grauens. Wie viele Tote werden ihm noch begegnen?
Die schockierende Mordserie überfordert Bezirksinspektor Doppler heillos. Zumal die Zusammenarbeit mit seiner Vorgesetzten recht schwierig ist: Sie kann ihn buchstäblich nicht riechen ... Alles in allem keine guten Voraussetzungen für die Lösung des Falls!

Attersee Krimi von Beate Maxian

Beate Maxian: Tod mit Seeblick
Attersee Krimi
237 Seiten, Paperback
Originalausgabe 2008
ISBN 978-3-935263-56-6 / 12,00 EUR

Im Garten einer Villa am schönen Attersee im Salzkammergut liegt die ehemalige Richterin Helga Wolf – unbekleidet und tot. Alles deutet auf einen Mord aus Leidenschaft. Aber wer war ihr Liebhaber?
Die unkonventionelle und bisweilen chaotische Inspektorin Sandra Anders und ihre ordnungsliebende Assistentin Rosa Mairinger ermitteln zwischen Urteilssprüchen und heimlichen Liebesnestern. Allmählich beginnt die Fassade der ehrbaren Richterin zu bröckeln. Und dann taucht noch eine zweite Tote auf. Erschlagen. Auf die gleiche Weise wie Helga Wolf. Aber die beiden Opfer verbindet nichts, oder doch?

Urlaubskrimis im Prolibris Verlag

Antje Friedrichs
Letzte Lesung Langeoog
Inselkrimi
8. Auflage 2008
Paperback, 184 Seiten, ISBN: 978-3-935263-00-9

Antje Friedrichs
Die Langeoog-Lektion
Inselkrimi
Originalausgabe 2007
Paperback, 232 Seiten, ISBN: 978-3-935263-48-1

Antje Friedrichs
Letztes Bad auf Norderney
Inselkrimi
4. Auflage 2008
Paperback, 204 Seiten, ISBN 978-3-935263-17-7

Birgit C. Wolgarten
Und es wurde Nacht
Rügen Krimi
5. Auflage 2008
Paperback, 251 Seiten, ISBN 978-3-935263-24-5

Birgit Lautenbach / Johann Ebend
Hühnergötter
Hiddensee Krimi
3. Auflage 2008
Paperback, 190 Seiten, ISBN 978-3-935263-32-0